Les Treize SORCIÈRES

3. Le palais des Rêves

Correction : Milena Desharnais-Lanas
Illustrations de couverture : © Sophie Leullier
et Kirbi Fagan

DISTRIBUTEUR EXCLUSIF :

Pour le Canada et les États-Unis :
MESSAGERIES ADP inc.*
Téléphone : 450-640-1237
Internet : www.messageries-adp.com
* filiale du Groupe Sogides inc.,
  filiale de Québecor Média inc.

Catalogage avant publication de Bibliothèque et Archives nationales du Québec et Bibliothèque et Archives Canada

Titre : Les treize sorcières / Jodi Lynn Anderson ; traduit de l'anglais (États-Unis) par Anne Guitton.
Autres titres : Thirteen witches. Français | 13 sorcières | Palais des rêves.
Noms : Anderson, Jodi Lynn, auteur. | Anderson, Jodi Lynn. Palace of dreams. Français
Description : Traduction de : Thirteen witches. | Sommaire incomplet : tome 3. Le palais des rêves.
Identifiants : Canadiana (livre imprimé) 20220027226 | Canadiana (livre numérique) 20220027234 | ISBN 9782897543709 (vol. 3) | ISBN 9782897543716 (livre numérique : vol. 3)
Classification : LCC PZ23.A583 Tr 2023 | CDD j813/.6—dc23

02-24

Imprimé au Canada

© 2023, Jodi Lynn Anderson

Traduction française :
© 2024 Éditions Nathan

Pour le Québec :
© 2024, Les Éditions Petit Homme,
division du Groupe Sogides inc.,
filiale de Québecor Média inc.
(Montréal, Québec)

L'ouvrage original a été publié par Aladdin, une marque de Simon & Schuster Children's Publishing Division sous le titre *Thirteen Witches – The Palace of Dreams*.

Tous droits réservés

Dépôt légal : 2024
Bibliothèque et Archives nationales du Québec

ISBN (version papier) 978-2-89754-370-9
ISBN (version numérique) 978-2-89754-371-6

Gouvernement du Québec – Programme de crédit d'impôt pour l'édition de livres – Gestion SODEC – www.sodec.gouv.qc.ca

L'Éditeur bénéficie du soutien de la Société de développement des entreprises culturelles du Québec pour son programme d'édition.

 Conseil des arts   Canada Council
du Canada   for the Arts

Nous remercions le Conseil des arts du Canada de l'aide accordée à notre programme de publication.

Financé par le gouvernement du Canada | Canadä
Funded by the Government of Canada

Nous reconnaissons l'aide financière du gouvernement du Canada par l'entremise du Fonds du livre du Canada pour nos activités d'édition.

JODI LYNN ANDERSON

Les Treize SORCIÈRES

3. Le palais des Rêves

Traduit de l'anglais (États-Unis)
par Anne Guitton

petit homme

Pour Gwen

PROLOGUE

Dans les bois marche une jeune fille aux longs cheveux bruns attachés en queue de cheval, un carquois de flèches peintes sur l'épaule. Elle laisse derrière elle la maison dans laquelle dort sa famille.

Il lui faut plusieurs minutes pour atteindre l'échelle. Elle pose un pied sur le premier barreau, qui supporte son poids. Alors la jeune fille – qui est humaine et n'avait jusqu'ici jamais quitté la Terre – grimpe vers le ciel et la Lune.

En son absence, les animaux parlent à leur façon ; les arbres chuchotent par leurs racines ; les buissons désignent de leurs branches l'obscurité magnifique ; les fleurs nocturnes s'épanouissent afin de pouvoir, elles aussi, contempler le ciel. Les créatures de la nuit chassent et se font chasser, évoquant à mi-voix des odeurs et des directions de terriers, murmurant : « reste à l'écart », « approche » ou « je suis là ».

Quand plus tard, cette nuit-là, la jeune fille revient, elle regagne sa demeure d'un pas leste, des secrets plein la tête. Annabelle Oaks se recouche en sachant quels dangers se profilent à l'horizon. Elle se représente des flèches transperçant des cœurs noirs. Elle imagine un avenir où les sorcières seront mortes et où ceux qu'elle aime seront sauvés. Et dans la pénombre, elle entend le souffle calme de sa sœur qui dort dans le lit voisin. Dehors, une chouette hulule doucement. D'ici quelques années, c'est un autre de ces volatiles qui scellera son destin.

La forêt vivante et aux aguets, comme elle l'a toujours été, se tait en attendant l'aube. À des années-lumière de là, dans un hôtel délabré sur une planète lointaine, une table de salle à manger reçoit sa seconde couche de vernis. Annabelle écoute sa maison endormie. Puis elle inspire l'obscurité, et elle rêve.

Chapitre 1

— On y est presque, annonce une voix de femme dans le noir.

Je ne suis pas sûre de savoir à qui elle appartient. Lorsque je tends la main dans l'espoir de toucher quelqu'un – ma mère, mon frère… –, je ne rencontre que le vide. Je commence même à me demander si j'ai encore des mains, car, si j'essaie de me tâter le visage, je ne sens rien.

À part la voix, je ne distingue qu'une chose : un petit point lumineux droit devant moi. Une minuscule lueur tout près de nous, ou bien une immense clarté à des millions de kilomètres. Je n'ai qu'une certitude : il y a quelques instants, je me suis faufilée par un trou découpé dans la couverture d'un magazine. Et je flotte maintenant à travers l'espace, ou sous l'espace, ou peut-être même en dehors de l'espace.

– Bientôt, l'univers nous aspirera comme de l'eau à travers une paille et nous reprendrons forme humaine, explique la voix. Détendez-vous. Vous n'avez rien à faire. Ça va pincer un peu, mais ça ne sera pas douloureux.

La voix est teintée d'un léger accent espagnol. Plusieurs minutes s'écoulent en silence. Puis elle reprend :

– Au fait, je m'appelle Wanda. Wanda Luna. Désolée de faire les présentations ainsi, alors que nous sommes réduits à l'état de conscience désincarnée. Mais *a mal tiempo, buena cara*!

– De conscience quoi? l'interroge une autre voix, que j'identifie aussitôt comme celle de ma meilleure amie Gempa.

– Ah! Ça y est, prévient Wanda. Tenez-vous prêts. Le mieux, c'est de se recroqueviller sur soi-même.

– Se recroqueviller?

– Oui. Faites-vous aussi petits que possible et ramassez ce qui traîne. Rien ne doit dépasser.

Je commence à paniquer, car j'ignore comment «ramasser» les parties de moi qui «traînent». Tandis que je prends une grande inspiration pour me calmer, le point lumineux grossit jusqu'à atteindre la taille d'un ballon, puis d'une maison; brillant, aveuglant et superbe.

Mes orteils se font saisir les premiers. L'aspiration, de plus en plus forte, happe ensuite mes pieds, mes chevilles, mes jambes. Puis il y a un fracas assourdissant, un peu comme celui d'une cascade, et la lumière m'engloutit tout entière. Le haut se confond avec le bas, le bas avec le haut et, alors que je pensais m'envoler vers le ciel étoilé, je m'aperçois soudain que je dégringole vers la terre ferme.

J'ai à peine le temps de crier avant de heurter le sol. Des chocs sourds résonnent autour de moi à mesure que mes compagnons atterrissent eux aussi. Moins d'une seconde plus tard, Flo s'agenouille près de moi, l'air inquiet. Comme c'est un fantôme, il n'a pas souffert de l'impact.

– Rosie, souffle Gempa en s'asseyant, toute tremblante.

Il fait froid et sec.

– Je sens qu'il va se passer un truc, déclare Aria, étalée à plat ventre, mais je ne saurais pas dire quoi.

Presque aussitôt, elle se redresse et vomit avant de conclure :

– Ah, voilà.

Elle n'est pas la seule à avoir la nausée. Les jambes encore faibles, nous nous levons et nous regardons.

– Tout le monde va bien ? nous interroge la dénommée Wanda, qui époussette ses cheveux rouge brique.

Nous hochons la tête, un peu perdus.

– Ça va. Mon nez a amorti ma chute, plaisante Clara, pince-sans-rire, en refaisant son chignon parfait.

Nous sommes une poignée de voyageurs : ma meilleure amie Gempa et Flo le fantôme ; ma mère, Annabelle, et mon frère jumeau, Loup ; Aria et sa grande sœur, Clara ; et, enfin, Wanda. J'ai rencontré les deux dernières il y a quelques minutes, dans le ventre de la baleine temporelle qui nous aidait à fuir un trou noir en expansion. Nous nous tenons désormais sur une plaine blanche et poussiéreuse qui s'étend jusqu'à l'horizon noir. J'ignore où nous sommes, mais ce n'est certainement pas sur Terre.

– C'est quoi, cette odeur ? demande Aria.

– Les étoiles qui brûlent, j'imagine, répond Wanda en désignant le ciel.

Au-dessus de nos têtes brillent en effet des milliers d'étoiles, si fort que leur lumière suffirait pour lire.

– Si je ne me suis pas trompée, nous avons débarqué sur la planète naine Halo 5, à environ vingt mille années-lumière de chez nous. Mais on est toujours dans la Voie lactée, si ça peut vous rassurer.

Wanda lisse sa jupe, frotte sa jambe de bois et secoue à nouveau ses cheveux.

– C'est une chance que tu aies eu ce magazine, confie-t-elle à Gempa. On n'aurait pas pu rêver meilleure destination.

Elle parle de l'exemplaire tout froissé de *La Véto-voyante de Los Angeles*, édition spéciale «Espace», dans lequel nous nous sommes engouffrés. Je le sais et, pourtant, j'ai encore du mal à y croire. Peu à peu, d'autres détails me reviennent, éclipsés jusque-là par le choc et la confusion.

– On a quitté Chompy, je chuchote.

Notre baleine, désormais seule et effrayée au fond de la mer de l'Éternité. D'un geste instinctif, je tire sur les bretelles de mon sac à dos afin de récupérer ma lampe-torche *Lumos*, avant de me rappeler qu'elle a disparu. Les sorcières l'ont détruite en même temps que Minnie, ma mésange magique.

– On a quitté le monde, précise Aria d'une voix fêlée en se rapprochant de sa sœur.

Puis quelqu'un pousse un grognement, et je mets quelques secondes à m'apercevoir qu'il sort en réalité de ma bouche.

La bataille contre les sorcières sur la plage.

La couverture de néant oubliée là-bas.

Le trou noir qui s'est ouvert au-dessus de la Terre.

Nous nous dévisageons, accablés. Est-ce que tout s'est volatilisé ? La mer ? Notre ville ? Les pays ? Le monde ?

Plus je retrouve mes esprits, plus j'ai envie de me rouler en boule et de disparaître.

Gempa est pâle comme la mort. On ne voit même plus ses taches de rousseur, ce qui n'arrive presque jamais. Je la pousse du coude, mais elle ne dit rien. Ma mère garde le silence elle aussi, à côté de mon frère qui frissonne.

– Où sont passés les autres ? murmure Aria, perplexe, en se tournant vers Wanda.

J'avais presque oublié l'homme à la barbe blanche et les deux adolescents apparus en même temps que Wanda, à bord de la baleine. Ils ne sont plus là. Notre guide passe une main sur ses joues tachées de suie, les barbouillant davantage.

– Ils ont dû rencontrer un problème en franchissant le portail. Ils sont peut-être morts ou perdus dans l'espace. C'est le risque, quand on voyage de cette façon. Mais avec un peu de chance, ils ont juste atterri ailleurs, sains et saufs. Cela étant, ajoute-t-elle après un temps de réflexion, mieux vaut considérer que nous sommes les dernières chasseuses de sorcières.

– Mais comment est-ce possible ? s'exclame Aria. Comment sommes-nous arrivés ici ?

Wanda pince les lèvres, puis se met en route.

– Je vous expliquerai tout ça plus tard. Le plus urgent, c'est de se repérer. *A mal tiempo, buena cara,* répète-t-elle. Il faut faire contre mauvaise fortune bon cœur.

Elle avance d'un pas résolu, sa jambe de bois frappant le sol à un rythme régulier. Je me demande où elle peut bien aller, étant donné qu'il n'y a que de la terre grise à perte de vue. Soudain, un léger gémissement s'élève derrière moi. Je me retourne et découvre mon frère, maigre et tremblant, qui s'éloigne à reculons.

Je lui tends la main.

– Tout va bien, Loup, je le rassure, d'une voix plus confiante que je ne le suis.

Dès que je m'approche de lui, il bondit en arrière, les épaules voûtées en une posture plus animale qu'humaine. Puis il détale sans se retourner. Ma mère le regarde partir comme si elle voyait le soleil disparaître à l'horizon.

– Il reviendra, lui promet Wanda. D'après ce que j'ai lu, cette planète est minuscule. On en fait le tour en moins d'une heure.

Les yeux de ma mère restent néanmoins rivés sur mon frère, dont la silhouette s'amenuise. Je jette un coup d'œil incertain à Wanda qui reprend sa route.

La plaine grisâtre descend en pente douce. Wanda ne plaisantait pas en disant qu'on pouvait faire le tour de la planète en une heure. Elle est si petite que je sens l'arrondi de sa surface sous mes pieds. Les seuls signes de vie sont quelques arbres hirsutes et desséchés aux troncs noueux et aux branches pointues, ainsi que des créatures blanches et ailées qui se dandinent au loin.

– Des oies de l'espace, nous informe Wanda. Elles se nourrissent de la mousse qui pousse sur les collines rocheuses. Il ne pleut qu'une fois tous les trente-six du mois, ici. Et comme il n'y a quasiment pas de lumière et qu'il fait toujours froid, rien d'autre ne survit.

Elle se tourne vers Flo, qui lévite à côté de moi.

– Cette planète est plongée dans un crépuscule perpétuel ; il n'y a pas de distinction entre la nuit et le jour. Tu ne t'effaceras donc pas.

C'est une bonne nouvelle. Chez nous, les fantômes disparaissent à l'aube ou lorsqu'ils passent trop de temps loin de leur tombe. Mais Flo fronce les sourcils, perdu dans ses pensées. Je devine qu'il s'inquiète pour ses parents, qu'il a hésité à hanter pour l'éternité en revivant en boucle une journée de 1934. Je voudrais le serrer dans mes bras et le réconforter, mais il est impossible de toucher un fantôme.

– Tu étais déjà venue ? demande Aria à Wanda.

Celle-ci secoue vigoureusement la tête.

– Non, mais je connais l'existence d'Halo 5 depuis longtemps. Et, coup de chance, mon arme de chasseuse nous a permis d'y accéder.

Elle tend la main, le poing serré, afin de nous montrer sa bague, un petit anneau d'argent surmonté d'un aileron. Je n'y avais pas prêté attention à bord de Chompy – mais il faut dire que nous étions dans une baleine, que la fin du monde approchait et qu'une inconnue était en train de découper un passage dans l'espace-temps. J'avais de quoi être distraite.

– L'atterrissage a été un peu rude, ajoute Wanda en grimaçant. Elle s'est cassée.

Elle effleure délicatement l'aileron, qui retombe sur le côté.

– Je n'avais encore jamais essayé de parcourir une si grande distance. Et je ne l'aurais jamais fait si le monde…

Elle se racle la gorge.

– Bon, que je récapitule : les sorcières ont tissé une couverture de néant qui s'est transformée en trou noir. Vous les avez tuées, mais la couverture n'a pas été détruite.

Comme elle nous jette un regard interrogateur, nous acquiesçons mollement. Pour être honnête, je ne suis pas vraiment certaine de comprendre ce qui s'est passé.

– Le Roi du Néant était prisonnier d'un autre trou noir, continue Wanda, où la Déesse de la Lune l'avait envoyé il y a des millénaires. Désormais, les deux trous sont connectés l'un à l'autre, ouvrant une sorte de tunnel par lequel le sorcier a pu empoigner la Terre et… la faire disparaître. Si ce n'est pas encore arrivé, cela ne saurait tarder.

Wanda résume tout cela d'un ton las, comme si elle parlait de sa déclaration d'impôts ou de faire le ménage. Gempa, elle, tangue doucement à côté de moi. Depuis que je la connais, elle n'était jamais restée muette aussi longtemps.

– Malheureusement, continue Wanda, rien ne peut résister à un trou noir. Quand on s'approche trop près, on ne peut plus faire demi-tour et on est aspiré. Même une poussière n'y survivrait pas, pas plus que la lumière ni le temps. Et encore moins la Terre. Seul le Roi du Néant, fait de la même substance, peut en ressortir indemne.

Elle nous dévisage tour à tour, l'air grave, puis frotte brusquement ses mains l'une contre l'autre en un geste résolu. Visiblement, « faire contre mauvaise fortune bon cœur » est un peu son mantra.

– Et donc… ? bégaie Aria.

– Pour commencer, répond Wanda en haussant les épaules, il faudrait qu'on sache où on est.

Nous suivons son regard, rivé sur une petite colline de roche grise à une cinquantaine de mètres de là.

– Qu'est-ce qu'on cherche ? l'interroge Clara.

– Un point de vue dégagé.

Guidés par Wanda et Clara, nous gravissons bientôt la colline. Une fois au sommet, nous ne distinguons toujours que la plaine infinie, aride, magnifique et terriblement vide. Soudain, je pense à la Déesse de la Lune. Son astre existe-t-il encore ? Et elle ? Cette question me coupe le souffle.

– Est-ce qu'on peut voir la Terre d'ici ? je demande. Est-ce qu'elle est… encore là ?

Wanda se tapote nerveusement la jambe.

– Ce n'est pas la Terre que l'on cherche. C'est Rufus Halo, le créateur de la Ligue des chasseurs de sorcières.

Elle a dû réussir à se repérer, car elle redescend la colline et s'aventure dans la plaine, où nous sommes bien obligés de la suivre.

– Un chasseur de sorcières ? je m'étonne. Ici ?

Wanda secoue la tête.

– Non, Rufus n'est pas un chasseur. Il est trop lâche pour ça. Mais s'il y a bien une personne dans toute la galaxie capable de nous aider, c'est lui.

CHAPITRE 2

— Attention de ne pas marcher sur les boucliers de défense, prévient Wanda en désignant une étrange petite pierre jaune qu'elle contourne avec soin. C'est bon signe qu'il y en ait autant ; ça veut dire qu'on approche du but. Visiblement, notre mode de transport peu conventionnel n'a pas déclenché de système d'alerte.

Gempa, d'habitude si agile, trébuche contre un rocher, le regard dans le vague. Je la rattrape de mon mieux, bien que je sois moi-même plus maladroite qu'avant. J'ai du mal à me faire à la longueur de mes jambes, qui ont poussé comme des mauvaises herbes quand la Sorcière du Temps m'a volé une année à Londres. J'observe Aria et Clara du coin de l'œil, un peu jalouse de les voir avancer bras dessus, bras dessous, enfin réunies après des années de séparation. J'ai beau scruter l'horizon, aucune trace de Loup.

– Rufus est un génie, reprend Wanda. Et aussi un voleur et un égoïste… mais il joue plutôt bien du ukulélé, paraît-il. Bref, c'est une vraie légende.

Aria et moi échangeons un regard perplexe.

– D'après ce que j'ai compris, il est né avec le don de clairvoyance. Mais contrairement à vous et moi, qui l'utilisons pour chasser les sorcières, il s'en est servi pour créer d'innombrables inventions dans l'espoir de devenir riche. C'est pourquoi il est aujourd'hui l'un des plus grands spécialistes du clair de lune, dont il a capté l'énergie invisible pour alimenter divers objets destinés au téléachat – grille-pains aussi rapides que la lumière, lunettes à vision spectrale, etc. Le seul problème, c'était que ses appareils refusaient de fonctionner pour les gens qui n'avaient pas le don – autrement dit, l'essentiel de l'humanité. Le clair de lune est assez capricieux. À force de l'étudier, Rufus a fini par en apprendre davantage sur les sorcières que n'importe qui. Et il faut lui reconnaître une qualité : il a toujours partagé son savoir grâce à une espèce de bulletin d'information envoyé à tous les chasseurs et chasseuses de sa connaissance, dans lequel il répertoriait ses découvertes sur les armes et la magie. Ces lettres ont aidé des gens disséminés aux quatre coins du monde à constituer une ligue, passant de main en main jusqu'à être toutes froissées, jaunies et illisibles. Elles ont forgé entre nous un lien essentiel.

Wanda brandit sa bague.

– C'est grâce à Rufus que j'ai imaginé cette arme, que j'appelle le découseur, car elle me permet de tailler des trous dans la trame invisible du monde. La lame est cachée là, à l'intérieur. Je m'en sers surtout pour parcourir de longues distances mais, une fois, j'ai percé le chapeau d'Hypocriffa avec.

– Comment Rufus a-t-il atterri ici ? l'interroge Aria, qui va toujours droit au but. Sur ce caillou perdu à l'autre bout de la galaxie ?

– Il voulait se cacher. Comme vous le savez, les sorcières ne supportent pas de se sentir menacées. Or, un beau jour, elles ont découvert l'existence de Rufus.

Les bras écartés, elle saute par-dessus un autre bouclier de défense.

– Heureusement pour lui, ses inventions étaient beaucoup plus efficaces qu'on le pensait. Il a donc décidé de quitter la planète Terre. Entre ses connaissances sur le clair de lune, ses talents d'ingénieur et l'équipement qu'il avait volé à des agences spatiales internationales, il a pu voyager à une vitesse phénoménale. La lettre suivante nous est parvenue depuis l'espace, conclut Wanda avec un sourire. Il y détaillait l'avancée de ses projets ici, sur Halo 5 – avec un enthousiasme quelque peu... exagéré.

En effet, je ne vois toujours rien qui mérite de s'enthousiasmer, à part des boucliers de défense de plus en plus nombreux.

– Rufus est avant tout un survivant qui essaie de sauver sa peau, précise Wanda en s'arrêtant au sommet d'une petite butte. Ah. Nous y voilà.

Au début, j'ai l'impression de contempler un mirage.

Une structure bancale se dresse au milieu de la plaine poussiéreuse en contrebas. Faite de bric et de broc, elle s'étale dans toutes les directions, comme si son architecte l'avait agrandie peu à peu sans pouvoir s'arrêter.

La plupart des portes et des fenêtres pendent sur leurs gonds derrière des moustiquaires déchirées. Le jardin qui entoure le bâtiment est jonché de débris : enjoliveurs, vieilles pancartes, silhouettes métalliques évoquant des carcasses de voitures. Sur la façade, une enseigne au néon à laquelle il manque plusieurs lettres clignote dans toutes les couleurs de l'arc-en-ciel : « L'H TEL D BO T DE LA GAL XIE. »

– L'hôtel du Bout de la Galaxie ? déchiffre Aria.

– Comme je vous le disais, je ne voyais pas d'autre endroit où nous réfugier, dit Wanda. Ni de meilleur. Rufus saura quoi faire.

Éblouis, nous entrons en titubant dans l'hôtel du Bout de la Galaxie, dont Wanda a poussé la double porte en bois vermoulu.

À l'intérieur, nous découvrons un hall désert et agréablement chaud, après notre marche dans le froid, grâce au feu qui brûle dans la cheminée. Trois couloirs s'ouvrent devant nous, comme ajoutés à la va-vite. Sur notre droite se trouve le guichet de la réception, muni d'une sonnette couverte de toiles d'araignée. Des rangées de casiers à courrier vides masquent le mur du fond. Wanda se penche et appuie sur la sonnette. Nous attendons. Je regarde ma mère, en quête d'un sourire rassurant, mais elle guette Loup par la fenêtre.

Wanda tapote sa jambe de bois et s'apprête à sonner une nouvelle fois quand, soudain, nous entendons un *tss tss tss* agacé. Un instant plus tard, un fantôme étincelant traverse le mur et prend place derrière le guichet, les coudes en lévitation au-dessus du bois. Il a un petit bouc et des lunettes rondes par-dessus lesquelles il nous observe avec mépris. Du bout des doigts, il ajuste son nœud papillon.

– Bienvenue sur Halo 5, lance-t-il, votre havre de paix loin de chez vous. Puis-je vous aider ?

Nous restons plantés là, bouche bée. Étant donné que la planète est déserte, je pensais qu'il serait plus surpris de nous voir.

– Nous arrivons de la Terre, lui explique Wanda. Notre planète risque d'être bientôt aspirée par un trou noir, si ce n'est pas déjà fait. Le Roi du Néant est de retour, et nous sommes venus nous réfugier ici.

L'homme la dévisage une minute, renifle, puis attrape un stylo.

– Combien êtes-vous ?

Au début, personne ne répond. Même Wanda semble prise de court. Puis elle nous regarde et compte à mi-voix avant d'annoncer :

– Huit.

L'homme au bouc – son insigne indique qu'il s'appelle Fabian – hoche la tête.

– Le dîner sera servi à 18 heures dans la salle à manger. S'il y a quoi que ce soit que nous puissions faire pour rendre votre séjour plus agréable, n'hésitez pas. Zia va vous conduire à vos chambres.

Il appuie à plusieurs reprises sur la sonnette, et un deuxième fantôme apparaît : une fille, cette fois, âgée d'une quinzaine d'années. Elle porte une robe à corset ornée de sequins, et des barrettes scintillantes retiennent ses cheveux. Elle, au moins, a la politesse de paraître étonnée.

– Zia, merci d'indiquer à nos hôtes où se trouvent leurs chambres, dit Fabian.

Puis il fronce les sourcils comme s'il essayait de se rappeler ce qu'il était censé dire ensuite, avant de conclure :

– Nous vous souhaitons un séjour extr-Halo-rdinaire.

Wanda ouvre, puis referme la bouche sans rien dire. La fille fantôme, Zia, lève les yeux au ciel.

– Merci, bégaie finalement la chasseuse.

Et nous nous engouffrons tous dans le couloir de gauche.

CHAPITRE 3

— Je suis tellement contente que vous soyez là, nous confie Zia en nous guidant le long de plusieurs couloirs.

Certains sont peints de différentes couleurs, d'autres tapissés, comme si les ouvriers avaient utilisé tout ce qui leur tombait sous la main.

— On n'a jamais eu de clients, à part une poignée de spectres arrivée ici par hasard il y a une quinzaine d'années, continue la jeune fantôme. Heureusement que je suis déjà morte, sinon je mourrais d'ennui. Quoique, je devrais me méfier. Il paraît qu'un jour, à Delhi, un fantôme s'est volatilisé à force de ne rien faire.

Elle tire sur sa queue de cheval, à la fois sombre et translucide, tout en nous lançant un regard amusé. L'éclat de sa peau dorée fait ressortir ses yeux noisette.

– J'adore son style, me glisse Aria.

Je me demande si elle parle de la tenue de Zia, de son attitude ou des deux. Le temps d'y réfléchir, je m'emmêle les pieds au moins trois fois. On voit tout de suite que Zia, comme Gempa, est à l'aise avec les inconnus. En d'autres termes, elle est tout le contraire de moi.

À mesure que nous nous enfonçons dans l'hôtel du Bout de la Galaxie, il devient de plus en plus évident qu'il a été bâti sans le moindre plan. On y trouve des escaliers coincés dans des zones presque inaccessibles, des salons confortables perdus au fond de galeries sans issues, des chambres aux portes si étroites qu'on pourrait les confondre avec des placards. Il y a tellement de coins, de recoins et de couloirs qu'il serait impossible de tous les explorer. Et partout, la décoration est passée, la peinture se décolle des murs, les divans perdent leur rembourrage, les matelas s'enfoncent. Pourtant, malgré l'angoisse qui m'étreint encore le cœur, la vue du crépuscule éternel à travers la fenêtre m'apaise. Nous sommes en sécurité ici, au moins pour le moment.

– Nous gardons constamment les cheminées allumées, nous informe Zia. On ne risque pas de manquer de bûches, car elles sont alimentées par le clair de lune. Pas de cendres ni de fumée, et moins de travail pour moi ! Rufus exige que nous nous tenions toujours prêts à accueillir des hôtes. Le sens du service, pour lui, c'est essentiel.

Elle nous observe, impassible, puis son regard se pose sur Frida, l'araignée perchée sur l'épaule de Flo. Elle est aussi morte et transparente que son maître.

– Vous faites peur à voir, reprend-elle en décochant un sourire à notre ami fantôme. Un peu comme ma tante Nahla le jour où on lui a retiré un rein.

– Euh… merci ? répond Flo d'un ton hésitant.

– Mais comment a-t-il fait ? s'étonne Aria. Comment Rufus a-t-il pu construire un hôtel *ici* ?

– Ah, ça… lance Zia en se tapotant le menton. Grâce à un subtil mélange d'arnaque, de physique et de magie. Disons que, sur Terre, Rufus était une sorte de pie voleuse. Il collectionnait tous les bouts de ferraille et objets inutiles sur lesquels il pouvait mettre la main. Il se servait dans les décharges, les musées de l'aviation, ou directement chez les gens. Puis il a tout apporté ici, grâce à un compartiment à inertie installé à l'arrière de son vaisseau. Fabian et moi, on n'avait rien de mieux à faire, alors on a proposé de l'accompagner.

– Rufus pensait que la Ligue des chasseurs finirait par vaincre les sorcières, précise Wanda, dont la jambe de bois heurte le sol à intervalles réguliers. Et qu'après la mort de celles-ci, le monde entier deviendrait clairvoyant. Il était persuadé que les gens se passionneraient alors pour les voyages dans l'espace. Son idée, en construisant cet hôtel, était de compter parmi les premiers à exploiter ce filon.

Nous la dévisageons.

– C'est une blague! s'exclame Aria.

– J'ai dit que Rufus était un génie, se défend Wanda. Pas un visionnaire.

Au même instant, Zia annonce :

– Nous sommes arrivés.

Nous sommes tout au bout du premier étage. Elle nous indique une porte, à Gempa et à moi, avant d'orienter Aria et Clara vers celle d'à côté.

– Ça sent un peu le renfermé, mais ce sont des chambres avec vues – même si on ne peut pas dire qu'il y ait grand-chose à voir à part la plaine. Vous trouverez des peignoirs dans la penderie. Je vous préviens, ils grattent.

– Tu vends vraiment bien l'endroit, la taquine Aria.

Zia sourit avant de conduire Flo à une autre chambre et d'installer Wanda juste après un petit salon.

– Moi, je dormirai avec mon fils, déclare ma mère.

Je lui jette un regard en coin. Je me sens un peu exclue, mais elle ne s'en aperçoit pas.

– Peut-être dans une zone plus tranquille? suggère-t-elle.

– Pas de problème, lance Zia en lui faisant signe de la suivre à l'étage supérieur.

Nous profitons de ces quelques minutes pour déballer les affaires que nous avons apportées du ventre de la baleine.

Gempa et moi occupons la chambre 8, comme l'indique le chiffre fixé sur la porte. Elle est meublée de lits superposés et d'un bureau, sous une étroite fenêtre donnant vers les étoiles. Je pose dans un coin mon sac à dos rempli de livres pendant que mon amie grimpe dans le lit du bas et s'enfouit sans un mot sous la couverture. Ça ne lui ressemble pas. Je contemple la touffe de ses cheveux blond-roux qui dépassent, comprenant qu'elle s'inquiète pour sa famille restée sur Terre. Je ne sais pas quoi dire. À côté, dans la chambre 9, Clara et Aria discutent à voix basse. Elles ont de la chance de pouvoir se confier à quelqu'un.

Puis Wanda réapparaît et s'attarde sur le seuil de notre porte, plongée dans ses pensées.

– Je me pose une question depuis qu'on a quitté votre baleine, déclare-t-elle enfin comme pour elle-même, en faisant tourner sa bague autour de son doigt. Je veux bien croire que les sorcières aient fabriqué un trou noir pour permettre le retour du Roi du Néant. Mais ce que je ne comprends pas, c'est comment il a fait pour sortir de celui dans lequel il était enfermé. Tout le monde sait que la Déesse de la Lune l'a emprisonné il y a des milliers d'années grâce à une clé spéciale.

Je m'abstiens de lui signaler que la plupart des gens ignorent l'existence de la Déesse de la Lune.

– C'est très étrange, continue-t-elle. Elle n'aurait jamais laissé personne lui ouvrir. C'est pour ça qu'on a besoin de Rufus. Si on parvient à mettre la main sur cette clé, on aura peut-être une chance de renvoyer le Roi du Néant d'où il vient. Sinon, c'est sans espoir. Et la seule personne qui connaisse suffisamment les sorcières et la magie pour nous y aider, c'est notre hôte.

Zia nous rejoint bientôt.

– Pourrais-tu nous indiquer la chambre de Rufus ? lui demande Wanda. Nous devons lui parler au plus vite.

La jeune fantôme cligne des yeux, surprise.

– Il occupe la suite du propriétaire au troisième étage. Deuxième couloir à gauche, puis tout de suite à droite en haut de l'escalier.

Alors que Wanda s'éloigne déjà, elle précise :

– Mais il n'est pas là.

La chasseuse se fige et se retourne lentement.

– Tu veux dire… qu'il est sorti de l'hôtel ?

Zia se mord la lèvre, consciente d'avoir largué une bombe.

– Non, qu'il a quitté Halo 5. Quand je suis entrée dans sa chambre pour faire le ménage ce matin, j'ai trouvé le lit défait et le placard vide. Il avait même laissé un mot.

– Quand compte-t-il revenir ? l'interroge Wanda.

Zia nous dévisage avec un mélange de compassion et de gêne.

– Vous feriez mieux de venir voir par vous-mêmes.

CHAPITRE 4

La chambre de Rufus, toute de guingois, est perchée dans le recoin le plus haut et le plus isolé de l'hôtel. Les étoiles brillent derrière l'immense fenêtre qui occupe le mur du fond. Autour du lit à baldaquin, il y a des piles de livres et davantage de souvenirs que je n'en ai jamais vus : des sabots hollandais en bois peint, un éventail gravé, un lot de poupées russes, un taille-crayon en forme de tour Eiffel, une paire de chaussettes brodées « I ♥ NY ».

Zia nous indique une feuille de papier posée sur le manteau de la cheminée. Wanda traverse la pièce en évitant les monceaux d'affaires, puis lit le message à voix haute.

Chers Zia et Fabian,

Je suis au regret de vous annoncer que j'ai décidé de me retirer de ce projet.

La chasseuse déglutit et me regarde, une lueur apeurée dans les yeux.

À la réflexion, je ne suis pas certain qu'Halo 5 devienne un jour la destination préférée des voyageurs de l'espace, comme je l'avais rêvé. Les échos de mon échec se réverbéreront longtemps dans mon cœur, avec une clarté étincelante. Je compte me réfugier dans un coin tranquille pour lire, réfléchir et tenter de reproduire mes expériences en les consignant dans mon journal, que j'espère faire publier un jour.

Je suis désolé.

Humblement,

Rufus Halo

Wanda étudie la lettre durant de longues minutes. Depuis que je l'ai rencontrée, je ne l'avais jamais vue aussi troublée – même quand elle nous a annoncé que le monde risquait de disparaître. Après avoir replacé la feuille sur la cheminée, elle ouvre la porte du placard, effectivement vide, puis s'agenouille et regarde sous le lit. Elle se relève, promène ses mains sur les divers souvenirs, les soulève un à un comme pour les soupeser. Enfin, elle se tourne vers Zia et moi.

– Il ment, affirme-t-elle en scrutant de près la chaussette « I ♥ NY » qu'elle tient à la main. Rufus n'emploierait jamais des expressions comme «à la réflexion » ou « humblement ». Il signait toujours ses lettres par « ingénieusement vôtre ».

Zia et moi échangeons un coup d'œil.

– Ça ne peut pas être une coïncidence, insiste Wanda. Il décide de partir pile au moment où le Roi du Néant s'échappe ! Quelque chose l'a fait fuir. Quelque chose de grave. À mon avis, il n'a pas vraiment quitté Halo 5. Je pense qu'il est... là-dedans.

Elle me tend la chaussette. Le silence retombe.

– Là-dedans ? je m'étonne.

– Oui. Le reste, explique-t-elle en désignant le bric-à-brac qui nous entoure, ce n'est que du camouflage. Seule la chaussette a de l'importance. C'est son poids qui m'a mis la puce à l'oreille : elle est lourde et légère à la fois. Je parie ce que vous voulez qu'il s'agit d'une bulle temporelle. Rufus a dû la voler à la Sorcière du Temps, sans doute avec l'intention de la vendre dans sa boutique de souvenirs. Mais finalement, il lui a trouvé une autre utilité, conclut-elle en s'époussetant les mains.

Nouveau silence.

– Rufus se serait réfugié dans une chaussette « I love New York »... je résume, perplexe.

Zia s'illumine, visiblement ravie qu'il se passe enfin quelque chose.

– Bienvenue dans le monde des clairvoyants, Rosie, dit Wanda. Les concepts de taille, d'espace, de temps et de lieu n'ont plus la même signification. Et les frontières qui les séparent sont perméables.

Tandis qu'elle m'inspecte de la tête aux pieds, je me demande si je cesserai un jour de me sentir comme une novice qui ne comprend rien à rien.

– Il va te falloir une nouvelle arme, me dit-elle. Et on doit aussi prévenir Clara et Aria.

– Pourquoi ?

– Parce que nous allons partir à la recherche de Rufus.

Avant que j'aie pu réagir, Wanda sort de la chambre, sa jambe de bois martelant un rythme endiablé.

Après avoir regagné le couloir où se trouvent nos chambres, nous constatons que les deux sœurs ne sont plus là. Je devine aussitôt quel côté de la pièce est celui d'Aria, grâce aux chutes de tissu artistiquement drapées sur la lampe de chevet. On se croirait dans un boudoir raffiné. En face, le lit de Clara est fait au carré comme celui des militaires.

Même si je ne connais pas très bien la sœur de mon amie, je suppose qu'elle est assez calée en bulles temporelles après être restée piégée des années dans une boule à neige avec Wanda. Ce sont des fragments de temps volés par la Sorcière du même nom, un peu comme des souvenirs ou des cartes postales de ses moments préférés. Pour ma part, j'ignore toujours comment une personne peut entrer à l'intérieur – ce qui est plutôt gênant, puisque c'est ce que je m'apprête à faire.

Nous retrouvons finalement Clara et Aria dehors, dans le jardin de l'hôtel, agenouillées devant un objet métallique à moitié enfoui dans la poussière. En m'approchant, je songe qu'elles se ressemblent vraiment comme deux sœurs : mêmes cheveux noirs attachés en chignons, même constellation de taches de rousseur, mêmes joues brunes. Mais les similarités s'arrêtent là. Clara est alerte, raide et concentrée comme un général d'armée, tandis qu'Aria dégage une sorte d'élégance gracieuse. L'aînée a coincé un crayon derrière son oreille, prête à prendre des notes en cas de besoin. J'aimerais tant découvrir, moi aussi, les différences et les points communs que j'ai avec Loup. Mais il n'est toujours pas revenu.

– Ce truc est clairement conçu pour voler, déclare Clara.

– Oui, c'est un messager, confirme Wanda en s'accroupissant à côté d'elle.

L'engin m'évoque une boîte à café rouillée, avec une série d'engrenages permettant d'actionner deux ailes.

– Rufus se servait de ces appareils pour envoyer ses lettres. Ils sont plus rapides que la lumière.

Alors que je m'apprête à demander comment c'est possible, car cette machine semble avoir été bricolée avec les rebuts d'une décharge, Clara se lève et annonce :

– Et ce n'est pas tout.

Elle cale le messager sous son bras et nous conduit derrière l'hôtel, jusqu'à un gigantesque hangar de tôle, sobre et rectangulaire, assez grand pour abriter une flotte de bus. Après nous avoir lancé un coup d'œil qui signifie : « Vous n'allez pas en croire vos yeux », elle tire les lourdes portes.

À l'intérieur, la pénombre règne.

– Il y a un interrupteur, nous informe Clara en posant le messager pour tâter le mur.

Au même instant, Aria sort son lance-pierre et décoche un caillou tout en fredonnant une mélodie. Le caillou traverse le hangar et dessine un arc lumineux qui permet à Clara d'actionner l'interrupteur.

Je retiens mon souffle, estomaquée par le spectacle qui vient d'apparaître devant nous.

Nous sommes dans un atelier, très différent de ceux que j'ai pu voir jusqu'ici. Des formes trapues ou fuselées se dressent dans tous les coins : un biplan est

suspendu au plafond par des chaînes, une montgol-
fière dégonflée est drapée sur une cloison, à côté d'un
cerf-volant déchiré muni d'un moteur, d'un planeur en
forme de flèche et d'un parachute abandonné sur un
portant. Les murs sont tapissés d'immenses croquis,
de calculs compliqués, de diagrammes de planètes, de
schémas des rayons de la lune entourés d'équations,
de quadrillages censés représenter la trame invisible de
l'espace-temps.

Des combinaisons d'astronautes (du moins, c'est
ainsi que je les identifie) sont alignées sur des crochets
le long d'une paroi. Mélange de surfaces lisses et de
chutes de tissu rapiécées, toutes sont équipées de petits
réacteurs dans le dos. Lorsque je passe ma main sur
l'une des manches, elle émet une lueur qui enfle puis
décroît, comme si elle respirait. C'est un lieu étrange, à
la fois très vieux et incroyablement moderne.

– Que d'inventions miraculeuses avortées, souffle
Wanda. Il a dû les abandonner ici au fil des ans, tandis que son rêve d'un monde peuplé de clairvoyants
s'éloignait.

Clara est allée se planter à l'autre bout de la salle,
au pied d'une espèce de vaisseau. Une cabine vitrée
surplombe le fuselage argenté, dont plusieurs parties
sont manquantes, noircies ou tordues. Sur la porte en
métal de travers, des lettres jaune vif épellent les mots

«Accélérateur astral». Clara tire doucement sur un panneau qui lui reste dans la main.

– C'est l'aéronef à bord duquel Rufus est arrivé ici, nous explique Wanda. Il en parlait dans ses lettres.

En plaquant mon visage contre la vitre, j'aperçois un cockpit aux sièges déchirés et moisis.

– J'ai trouvé les plans d'une grande partie de ces machines, nous informe Clara. La majorité des engins de Rufus fonctionnent au clair de lune.

Elle désigne la porte arrière du hangar, qui donne sur une petite mare scintillante.

– Fourni par la Tisseuse de Lumière, précise Wanda. Il la mentionnait souvent, elle aussi. Ils étaient amis.

Mon cœur se serre. *Étaient.* La dernière fois que j'ai vu les nuages de la Tisseuse et leurs bergers, ils se faisaient aspirer par le trou noir.

– Eh bien, il ne volera plus, soupire Clara en reposant doucement le panneau qui s'est détaché. Non seulement il tombe en morceaux, mais il manque une pièce essentielle qui empêche l'appareil de surchauffer et d'exploser.

Elle désigne un petit emplacement en spirale, protégé par un cache à l'arrière du vaisseau.

– Tu penses pouvoir le remettre en état ? lui demande Wanda. Histoire qu'on puisse aller voir si la Terre est toujours là ?

– L'arme de Clara est une trousse à outils, m'informe fièrement Aria en me montrant la sacoche que sa sœur porte en bandoulière. Elle peut presque tout réparer.

Je tente de me représenter la jeune chasseuse tuant une sorcière à l'aide d'un tournevis.

Clara remue les ailes cassées du messager, qui restent un instant suspendues dans les airs avant de retomber en émettant un nuage de fumée noire.

– Je m'y connais en voitures, Cacahuète. Pas en navettes spatiales.

Aria me lance un coup d'œil gêné.

Je réprime un sourire. *Cacahuète*? Drôle de surnom pour une fille qui écoute des groupes branchés, sait piloter les baleines et nous a littéralement sauvé la vie.

– En gros, vous me demandez de retaper cette machine, de traverser la galaxie avec, de dénicher une preuve de vie, puis de revenir ici sans me faire repérer par le Roi du Néant et ses corbeaux. C'est un sacré pari.

Pourtant, elle attrape son crayon derrière son oreille, sort un calepin de sa poche et se lance dans des calculs savants.

– En parlant de paris, enchaîne Wanda, Rosie et moi, on était venues vous demander quelque chose. Nous allons entrer dans une bulle temporelle – enfin, si ma bague tient le coup. Il faudrait que vous vous assuriez qu'on en ressorte.

Même Clara, habituée aux manières brusques de Wanda, paraît surprise. Je ne peux m'empêcher de frissonner.

– Ah? je bégaie. Parce qu'on pourrait rester coincées?

Wanda me regarde, puis examine la couture renforcée au bout de la chaussette.

– Je ne pense pas qu'il s'agisse d'un piège comme celui dans lequel Clara et moi nous sommes rencontrées. Mais quoi qu'il arrive, les bulles temporelles peuvent être dangereuses. De l'extérieur, c'est impossible de deviner quel fragment de temps elles contiennent. On ne sait jamais sur quoi on va tomber. Il peut aussi bien s'agir d'un souvenir merveilleux que d'un moment horrible. C'est pourquoi nous aurons besoin d'elles, conclut-elle en désignant nos deux amies, pour nous tirer de là en cas de problème.

– Rosie est obligée d'y aller? l'interroge Aria, très protectrice.

– Je crois qu'elle plaira à Rufus. Ce sont des rêveurs, tous les deux, explique Wanda, toujours aussi calme, en essuyant ses mains sur ses hanches. Mais d'abord, allons manger un morceau. Je meurs de faim.

CHAPITRE 5

C'est un groupe incomplet qui s'installe ce soir-là autour de la longue table en chêne illuminée par des bougies, à côté de la cheminée qui crépite.

Gempa est restée au lit, et Loup erre toujours quelque part dans la plaine. Je m'assieds près de ma mère, qui n'arrête pas de regarder par la fenêtre. Elle réagit à peine quand Wanda lui annonce que je vais entrer dans une chaussette.

Étant donné que l'avenir du monde est en jeu, je n'ai pas vraiment la tête à dîner, encore moins aux chandelles, encore moins sur une petite planète à vingt mille années-lumière de chez moi. Mais je me rends vite compte que je suis affamée, en voyant le festin que Fabian et Zia ont préparé pour nous : petits pains chauds, cinq sortes de fromage, un rôti, du gâteau, de la confiture et des fruits.

– Quand un frigo est alimenté par le clair de lune, les provisions y restent éternellement fraîches, nous explique Zia avec un sourire, en posant un plateau de brioches sur la table.

Flo est le premier à noter un détail intrigant : Fabian dispose des couverts en argent autour des assiettes de Clara et d'Aria.

– Comment vous faites ? s'étonne-t-il. Pour porter des objets ? De vrais objets ?

Chez nous, les fantômes ne peuvent pas faire grand-chose, à part flotter sans but. Leurs corps éthérés ne sont pas assez concrets pour interagir avec leur environnement. Mais Fabian renifle d'un air agacé et marmonne que donner des cours ne rentre pas dans ses attributions.

– Rufus a trouvé une solution, nous confie Zia. Il n'y avait que nous trois ici et il avait besoin d'aide pour bâtir son hôtel. Alors il a fait des calculs, des expériences, et maintenant…

De sa main translucide, elle pousse une bougie d'un centimètre sur la table.

– Tadam ! Si j'ai bien compris, c'est une question d'électromagnétisme. Les fantômes sont capables de canaliser les ondes. Cela se produit parfois par accident, quand ils sont en colère ou tristes.

Je repense au Meurtrier, si furieux contre moi qu'il avait fait tomber une hache d'un mur.

– Mais on peut aussi y arriver en se concentrant très fort.

– Depuis que je suis mort, dit Flo en se raclant la gorge, je n'ai jamais réussi ne serait-ce qu'à soulever une plume.

Zia tend la main vers la bougie qu'elle vient de déplacer et la passe dans la flamme, qui vacille.

– Ça s'apprend en cinq minutes. Ensuite, c'est comme savoir siffler : une fois qu'on a compris le truc, c'est facile. Je t'expliquerai.

Elle étreint le bras de Flo d'un geste encourageant. J'éprouve soudain une sensation étrange et un peu douloureuse. Si j'essayais de faire comme elle, mes doigts bien vivants traverseraient le corps de mon ami.

– Quand on s'y met à deux, Fabian et moi, on peut soulever des charges assez lourdes. À trois, ça sera encore mieux.

Je me lève pour attraper le beurre, mais mes pieds s'emmêlent dans ma chaise et je m'étale en avant.

Fabian tente de faire passer son rire pour un éternuement avant de disparaître en cuisine. J'ai tellement honte que je n'ose plus respirer.

– C'est parce que tu as beaucoup grandi quand la Sorcière du Temps t'a volé une année, me rassure ma mère en me caressant la main. Tu ne sais plus où se terminent tes membres.

– Bien sûr que si ! je proteste à mi-voix.

Je jette un coup d'œil timide à Flo, qui me dévisage, l'air pensif. Ma mère s'est déjà retournée vers la fenêtre. Bien que l'horloge posée sur le buffet indique qu'il est tard, il règne toujours la même clarté poussiéreuse dehors, comme Wanda l'avait prédit.

– Il y a un distributeur au deuxième étage, près de la bibliothèque, m'informe Zia en s'asseyant à côté de Flo. Après le dîner, tu devrais aller voir ce qu'il contient. Tu trouveras sûrement quelque chose pour remplacer ton arme.

Un *distributeur* ? Je me demande comment je vais pouvoir fabriquer une nouvelle Minnie à partir d'un sachet de Doritos ou d'une cannette de Coca. De toute façon, il ne peut pas y avoir de nouvelle Minnie. Elle est irremplaçable.

– Merci, Zia.

– Oh là là, qu'est-ce que ça me manque de manger, soupire-t-elle en nous regardant nous régaler. Je pourrais engloutir une maison, si j'avais encore un estomac.

– Une fois, quand j'étais en vie, j'ai éternué et un spaghetti m'est ressorti par le nez, nous raconte Flo.

Aujourd'hui, je donnerais n'importe quoi pour que ça se reproduise. Parce que ça voudrait dire que je peux en remanger.

Comme Zia éclate de rire, il se déride un peu. Puis Fabian revient dans la pièce et un silence gêné s'installe.

– Nous allons maintenant vous projeter une vidéo de bienvenue, annonce-t-il d'un air guindé.

Pendant que Zia nous adresse un regard d'excuse, Fabian appuie sur une télécommande trouvée sur une étagère. Un énorme hologramme apparaît au-dessus du buffet. Les deux fantômes vont se placer de chaque côté de l'image, souriant de toutes leurs dents comme on a dû le leur enseigner.

L'hologramme représente un homme, vieux et maigre, à la moustache noire et aux cheveux poivre et sel. Il porte un costume à carreaux, un nœud papillon orange et un chapeau de feutre orné d'une plume assortie. Aria et moi échangeons un regard par-dessus la table. La tenue et le sourire forcé de l'homme me font penser à une publicité qui passe souvent à la télé, dans laquelle un vendeur de voitures affirme « casser les prix en mille morceaux ».

– Bonjour à tous, je suis Rufus Halo, se présente l'hologramme avec un grand geste du bras. Bienvenue sur Halo 5, destination de voyage d'exception pour l'humanité ! Votre présence nous honore. Mon équipe et moi-même espérons que vous profiterez de votre séjour pour découvrir tout ce que notre belle planète a à offrir.

Des images en trois dimensions de l'hôtel du Bout de la Galaxie défilent alors. Dans cette version, il compte des dizaines d'étages aux fenêtres étincelantes et aux volets rutilants. Des touristes se prélassent sur des pelouses vert vif, jouent aux cartes, lisent ou embarquent à bord de navettes spatiales.

– Testez le jeu de palet à lévitation, explorez la vaste bibliothèque, partez en excursion dans l'espace, venez observer les nébuleuses, participez à des chasses à l'oie et, bien sûr, défiez la mort grâce à l'incroyable course-poursuite cosmique !

On voit apparaître une personne souriante en combinaison étanche, qui semble faire du ski nautique derrière un vaisseau.

– Quant à nos visiteurs spectraux, nous leur proposons des allers simples pour les Limbes à bord de notre joyau, le célèbre Accélérateur astral.

La vieille navette cassée du hangar s'affiche alors à l'écran. C'est un module high-tech étincelant qui file en direction d'un îlot de nuages colorés sur lesquels des fantômes discutent en riant et jouent au golf.

– L'Accélérateur astral fait appel aux technologies magiques et physiques les plus pointues de la galaxie.

Propulsé par le clair de lune et guidé par des instruments dernier cri qui lui permettent de se faufiler à la fois dans l'espace-temps et dans la trame invisible, il se déplace trois fois plus vite que notre messager le plus perfectionné, lui-même plus rapide que la lumière. Ainsi, nous vous conduirons jusqu'aux Limbes tout en vous offrant un spectacle inoubliable.

L'hologramme du vaisseau tire une série de feux d'artifice, que les passagers admirent en poussant des « oh ! » et des « ah ! » derrière la vitre.

– Notre appareil peut accueillir une douzaine de passagers dans le plus grand confort, grâce à ses fenêtres panoramiques et ses sièges en cuir inclinables. Et qui dit technologie de pointe dit également miniaturisation.

Rufus lève une main, serrant entre son pouce et son index un petit tube en spirale qui clignote. Aria, tout excitée, donne un coup de coude à sa sœur. L'objet en question a la même taille et la même forme que la pièce manquante dont elles nous ont parlé.

– La Matrice de Glaciation vous permettra de rester au frais, quelle que soit la vitesse à laquelle vous avancez ou la nature de l'atmosphère que vous traversez. Alors détendez-vous, et profitez du voyage !

Pendant ce temps, au-dessus du buffet, l'Accélérateur astral en 3D s'élève gracieusement, rempli de fantômes enjoués qui agitent la main. Je remarque qu'ils ressemblent tous à Fabian et Zia.

Rufus conclut, le sourire plus large que jamais :

– N'hésitez pas à consulter nos aimables employés pour en savoir plus sur les merveilleuses activités que nous proposons. Nous vous souhaitons un séjour extr-Halo-rdinaire !

L'hologramme disparaît et Fabian quitte la pièce, tandis que Zia se rassied en soupirant. Aria et moi nous regardons une fois de plus. Ce Rufus dégage quelque chose d'un peu... faux.

– C'est quoi, les Limbes ? demande Clara en rajustant son crayon derrière son oreille.

Nous sommes plusieurs à hausser les épaules. Même Wanda ne connaît visiblement pas la réponse à cette question.

– J'en ai souvent entendu parler, déclare Flo, qui jette un coup d'œil incertain à Zia. Je crois que c'est une sorte de « non-lieu » pour les fantômes. Quand on en a assez d'errer sur Terre à l'insu des vivants ou de hanter des maisons constamment en travaux, on peut décider de partir pour les Limbes.

Zia confirme ses dires d'un hochement de tête.

– Ce n'est qu'à quelques milliers d'années-lumière d'ici. Rufus a adapté son vaisseau afin de pouvoir effectuer ce voyage, mais... il n'a jamais eu de clients fantômes à qui le proposer. De toute façon, je ne pense pas qu'ils auraient accepté.

– Pourquoi ? s'étonne Aria.

– Parce qu'une fois qu'un fantôme entre dans les Limbes, il ne peut plus en sortir. Ce qui signifie qu'il ne pourra jamais accéder à l'Au-delà.

Flo fronce les sourcils. L'Au-delà est un lieu mystérieux, même pour les fantômes. C'est là que la plupart des esprits montent quand ils meurent, rejoignant la nappe de brume rosée et scintillante qui entoure la Terre. Si certains d'entre eux n'ont pas cette chance, c'est en général parce qu'ils ont des affaires inachevées à régler – même s'ils ignorent lesquelles.

Je devine que Flo pense à sa famille. Dans notre petit groupe, et malgré notre jeune âge, nous avons tous perdu des êtres chers : Flo, ses parents ; Clara et Aria, les leurs ; moi, mon père, que je n'ai jamais connu et qui me manque depuis toujours. Je ne peux pas imaginer renoncer à une chance de le voir. Mais où se trouve l'Au-delà, aujourd'hui ? Où est passé tout ce qui éclairait le ciel que nous connaissions ?

Tandis que je rumine ces questions, la porte battante s'ouvre à la volée, nous faisant tous sursauter.

Loup se tient sur le seuil, torse nu, échevelé, les joues maculées de sang, les dents serrées sur le cadavre d'une oie de l'espace. Il tient également un objet brillant et pointu, comme un fragment de miroir. Mon cœur bat la chamade.

Maman repousse sa chaise et se précipite vers mon frère. Après une seconde d'hésitation, elle retire doucement l'oiseau mort de sa bouche.

– C'est bien, Loup, le félicite-t-elle d'une voix tremblante. Grâce à toi, nous aurons de quoi dîner demain. Je vais m'occuper de la nettoyer.

Les autres et moi restons assis, estomaqués.

– Il a trouvé les Verrières, commente Fabian qui est de retour. Tout est très tranchant, là-bas. J'espère qu'il ne va blesser personne.

– Cette zone a été frappée il y a des millions d'années par une pluie de verre fondu, développe Zia. Il s'est cristallisé en entrant dans notre atmosphère. C'est le seul coin de la planète où nous n'aimons pas aller.

– Désolée, je marmonne, cherchant une excuse qui pourrait à la fois dédouaner mon frère et apaiser les battements de mon cœur. Il a été... élevé par une sorcière.

– Oh, fait Zia, déconcertée, avant de se reprendre. Bah, on traîne tous des casseroles.

Je lui adresse un sourire reconnaissant même si, au fond de moi, je suis de plus en plus inquiète. Je m'attendais à ce que mes retrouvailles avec mon jumeau se déroulent comme dans les films, à ce qu'on se comprenne et qu'on s'aime instantanément, à ce que chacun finisse les phrases de l'autre. Je nous imaginais rentrant chez nous, sains et saufs. Je pensais qu'il parlerait, qu'il se confierait à moi, qu'on plaisanterait ensemble. Qu'il m'apprécierait un peu, faute de mieux. Mais jusqu'ici, Loup n'a pas prononcé un mot. Et voilà qu'il chasse les oies de l'espace à mains nues.

Brusquement, je prends conscience d'une chose qui me donne le vertige : le frère que je me représentais tandis que je traversais le monde et l'histoire n'existe pas. Et il n'a peut-être jamais existé.

Après le dîner, je monte au deuxième étage, en me perdant plusieurs fois et en me cognant aux coins des murs. (Ma mère a raison : je ne sais plus où se terminent mes membres.)

Le distributeur dont Zia m'a parlé se trouve face à une bibliothèque confortable, dans un petit salon où brûle un bon feu de cheminée. Il y a même deux machines : l'une remplie de bouteilles de soda qui semblent surgies du passé, et l'autre dont le contenu est masqué par un rideau noir. La première propose des « Rafraîchissements » tandis que l'enseigne au néon de la seconde indique « Tout ». Je cligne des yeux, perplexe.

– Oui, tu as bien lu. C'est un Distributeur de Tout.

Je sursaute et me retourne. Zia est plantée derrière moi avec un balai. Elle m'adresse un sourire amical avant de s'approcher.

– Combien d'argent as-tu ? me demande-t-elle. Il accepte toutes les monnaies.

Je fouille mes poches et déniche une vieille pièce d'un penny tout au fond.

– Ça suffira, mais ne t'attends pas à quelque chose de luxueux, me prévient la jeune fantôme. Appuie sur le bouton vert pour voir les différents choix.

Elle désigne le clavier situé sur le côté.

Je m'exécute aussitôt et le mystérieux rideau s'ouvre.

Les étagères pivotantes font défiler leur contenu devant mes yeux, mis en valeur par des rangées de spots dignes des machines à sous d'un casino. Tout y est en format miniature : des sachets de Doritos pas plus gros que l'ongle de mon pouce, mais aussi des voitures, des dés à coudre, une espèce de jacuzzi, de toutes petites montagnes russes, un château...

– Ce sont des répliques de ce que tu peux acheter, m'explique Zia. Les produits du haut nécessitent un sacré budget. Pour un château, il faut compter quinze millions de dollars.

– Tu veux dire que si je glissais cette somme dans la machine, elle me cracherait un château ?

– Oui, en théorie. Enfin, tu indiquerais des coordonnées et le distributeur y enverrait le château. Mais les seules choses vraiment disponibles, ce sont celles qui peuvent sortir par la trappe, comme les chips. Et de toute façon, tes moyens ne te permettent pas de dépasser la rangée du bas.

Je baisse les yeux vers une boîte de céréales probablement périmée depuis 1985, une bague en plastique ornée d'une araignée... À la troisième rotation, je repère une lampe de poche miniature. Elle est beaucoup moins belle que ma *Lumos*, mais on reste dans le même thème. Un code est écrit juste au-dessous : A1005.

Zia, qui a remarqué mon intérêt pour la lampe, tapote la vitre du doigt.

– Si tu as choisi, compose le code sur le clavier.

Je glisse ma pièce dans la fente prévue à cet effet et suis son conseil. Le rideau se referme puis un coup sourd résonne au fond de la trappe. Après avoir récupéré ma lampe, je l'inspecte sous toutes les coutures et l'allume. Un faible rayon de lumière traverse Zia et dessine un petit point sur le mur derrière elle. Nous le contemplons toutes les deux, un peu déçues.

– Disons que ça peut te permettre d'éclairer un minuscule coin d'une minuscule pièce, commente Zia.

J'entends presque mon cœur se serrer.

Ne sachant pas quoi dire, je me dirige vers la bibliothèque. Juste avant que je franchisse le seuil, Zia ajoute :

– Je suis vraiment contente que vous soyez là. Et c'est agréable de rencontrer un autre fantôme. Fabian est si rabat-joie ; je m'ennuie un peu, avec lui. Au fait, comment est-il mort ? me demande-t-elle après un silence.

Je mets une seconde à comprendre de qui elle parle.

– Qui ça, Flo ? Euh, il a été emporté par la mer.

Zia détourne le regard.

– Il est plutôt mignon – enfin, pour un noyé.

Je dresse l'oreille. Je ne m'étais jamais demandé si Flo était mignon mais, maintenant qu'elle le dit, je m'aperçois que c'est vrai.

– D'habitude, ils sont tout boursouflés et un peu bleus ou violets, précise-t-elle en faisant tourner son balai. Moi, je suis tombée d'un balcon en rendant visite à de la famille au Maroc.

– Oh, je suis désolée, je réponds, mal à l'aise.

– Il n'y a pas de quoi. Je me suis brisé la nuque, ça a été rapide. Bien, appelle-moi si tu as besoin de quelque chose cette nuit. Je ne dors jamais. Mais ça, tu le sais déjà, puisque tu as un ami fantôme.

Dans notre chambre, Gempa est toujours blottie sous sa couverture. En me penchant sur elle, je constate qu'elle est éveillée et fixe le plafond. On ne voit que ses yeux et les taches de rousseur de son front.

Je range ma lampe-torche dans ma poche et m'assieds au bord de son matelas, une main posée sur son épaule. Mes doigts me paraissent plus grands qu'avant. Je n'arrive toujours pas à me faire à l'idée que je suis plus âgée qu'elle.

Elle reste néanmoins ma meilleure amie, et la voir aussi déprimée me donne l'impression de contempler un lion à la crinière rasée, comme Aslan dans *Le monde de Narnia*. C'est du courage de Gempa que j'ai toujours tiré ma force. Je suis soudain envahie par une bouffée de haine pour le Roi du Néant, qui a osé mettre mon éblouissante et intrépide amie dans un tel état.

– Je t'ai déjà parlé du poème où D'quan me compare à une pizza ? me demande-t-elle d'une petite voix, sans cesser de fixer le plafond.

D'quan, le petit copain de Gempa, est tout le contraire d'elle : discret, rêveur, toujours en train d'écrire des poèmes. Elle m'a bien sûr parlé de celui de la pizza un bon million de fois, mais je secoue la tête.

– Il disait que mes yeux lui faisaient penser aux pepperoni de chez Luigi, continue-t-elle. C'était magnifique.

Elle se racle la gorge.

– Et maintenant, je ne sais même pas s'il est en vie. Pareil pour Bibi. Et pour ma mère... ma famille... le monde entier.

Des larmes coulent sur ses joues.

– Quand on voyageait dans la mer de l'Éternité, chuchote-t-elle, j'avais l'impression que chaque journée passée à bord de Chompy nous rapprochait de chez nous. Je sentais presque l'odeur de ma maison. Mais je ne vois plus l'intérêt de compter les jours. Parce qu'il y a de fortes chances pour que plus rien ni personne ne nous attende.

J'acquiesce. Gempa adore notre ville, dont elle est le rayon de soleil. Pourtant, elle a tout abandonné pour me suivre dans ce périple aussi étrange qu'effrayant. Moi qui me suis toujours reposée sur elle, j'aimerais aujourd'hui lui rendre la pareille. Mais je ne comprends pas encore tout à fait qui est cette nouvelle « moi » âgée de treize ans – je sais simplement qu'elle se prend les pieds dans les chaises et éprouve un pincement douloureux quand Zia touche le bras de Flo.

Des bruits de pas résonnent dans le couloir, et je me tourne vers la porte au moment où elle s'ouvre.

– Salut, lance Aria depuis le seuil. Clara dit que tout est prêt pour votre exploration de la chaussette demain matin. Tu as trouvé une arme ?

Je brandis ma nouvelle lampe d'un geste dépité. Aria fait la grimace.

– Au moins, elle n'est pas… encombrante, déclare-t-elle.

Nous éclaterions de rire si la situation n'était pas aussi dramatique. Le regard d'Aria se pose ensuite sur Gempa, et elle vient s'asseoir près de moi pour l'entourer de ses bras. Gempa pleure désormais à chaudes larmes. Par chance, contrairement à moi, Aria sait toujours quoi dire.

– Gempa, tu m'as aidée à retrouver Clara, alors je t'aiderai à retrouver ta famille même si je dois y laisser ma peau. Je sais que tu n'y crois plus, mais ce n'est pas grave, parce que j'y crois pour deux.

Je lui étreins le bras. Quand nous l'avons rencontrée, Aria était loin d'être aussi optimiste. Mais j'imagine qu'avoir retrouvé sa sœur, enfermée depuis des années dans la boule à neige posée sur sa table de nuit, l'aide à croire en l'impossible.

Aria se met alors à chanter une mélodie sans paroles qui déploie ses tentacules bleus et rouges autour du lit de Gempa, nous enveloppant de lumière et de tendresse pour nous rappeler que tout n'est pas perdu.

C'est si beau que, plus tard, assise sur mon lit au retour d'une longue promenade dans le crépuscule d'Halo 5, je m'inspire de cet air pour écrire l'histoire qui viendra compléter mon arme. Moi aussi, je voudrais prouver que les choses ne sont pas toujours aussi sombres qu'il y paraît.

Une fois que j'ai terminé, je roule la petite lampe dans la feuille de papier avant de la tremper dans une tasse de clair de lune puisée dans la mare de Rufus. Le contact de la lumière est étrange sous mes doigts, sec alors qu'on s'attendrait à une substance liquide. C'est une sorte de croisement impossible entre l'air et l'eau. Je laisse la tasse devant la fenêtre, dans l'espoir que les étoiles renforcent le pouvoir de la lune. Puis je vais me coucher en priant pour que Minnie revienne. Les mots que je viens d'écrire défilent derrière mes paupières closes:

Il était une fois, une bande de héros qui, pensant avoir gagné, avait en réalité perdu. Il était une fois un monde où l'essentiel — la nourriture, l'eau, les arbres, la terre — avait disparu.

Mais, il était aussi une fois, un oiseau capable de survoler les pires épreuves. Cet oiseau n'avait besoin ni de nourriture ni d'eau; il n'avait besoin ni des arbres ni d'une terre sur laquelle se poser. Toutes les choses dont dépendaient les autres oiseaux, lui pouvait s'en passer.

Personne ne sait à quoi ressemblait cet oiseau, car il ne se laissait jamais voir. Il était fatigué, usé par d'innombrables batailles et las de chercher en vain un refuge dans le ciel. Cet oiseau sentait qu'il devrait bientôt se transformer, mais en quoi?

Chaque fois qu'il se perdait, il déployait ses ailes et se déplaçait. Et parce qu'il se déplaçait, il survivait. Il découvrit ainsi qu'il pouvait survivre dans le vide le plus absolu. Il découvrit que le vide cache toujours quelque chose.

CHAPITRE 6

Quand je me réveille, la chambre est baignée de la même lueur crépusculaire que lorsque je me suis endormie, mais mon corps sent que c'est le matin.

Je mets un moment à m'apercevoir qu'on m'observe. Posé au pied de mon lit, la tête inclinée sur le côté (d'un air perplexe ou impatient, je ne saurais pas le dire), se trouve… un oiseau. Un oiseau lumineux, translucide, magique.

Je frissonne et chuchote pour ne pas réveiller Gempa :
– Tu n'es pas Minnie.

J'aurais pourtant juré que j'avais éteint ma lampe-torche. Depuis quand l'arme d'une chasseuse de sorcières s'active-t-elle toute seule durant son sommeil ?

Avec précaution, je descends l'échelle du lit superposé afin d'aller récupérer la lampe toujours immergée dans la tasse de clair de lune. Lorsque je l'allume et la braque vers le sol, l'oiseau sautille au bout du maigre faisceau lumineux.

Ce n'est pas une mésange mais une sorte de bébé faucon, petit et gringalet, qui devait être le plus faible de sa portée (enfin, de sa nichée). Il a des plumes grises à pois blancs dont il semble avoir perdu une partie, sans rapport avec le bleu étincelant de Minnie. Il a l'air affamé, « rachitique », dirait ma mère.

Il pépie gentiment puis tourne en rond sur lui-même, un peu égaré. Bien qu'il soit lié à la lumière de ma lampe, il parvient à s'en éloigner pour me picorer l'orteil.

– Waouh, qu'il est vilain, cet oiseau ! s'exclame Gempa en s'asseyant dans son lit et en se frottant les yeux.

– Oui, on dirait une version ratée de Minnie, je soupire.

Ma mésange était légère, rapide, joyeuse et enfantine. Rien à voir avec cette bestiole renfrognée qui n'a visiblement pas terminé sa mue. Et qui continue à me picorer le pied.

– Tu devrais l'appeler Pas-Beau, me suggère mon amie.

Je contemple le faucon déplumé qui volette au ras du sol et vient se percher sur ma main, puis qui tente d'enfouir sa tête sous mon bras. « Pas-Beau », ça n'est pas très gentil, mais peut-être qu'en changeant quelques lettres…

– Pas-Beau… Pabo… Pablo ?

Gempa se laisse retomber sur son oreiller et se recroqueville sous sa couverture. Soudain, mes yeux se posent sur l'horloge, et je me rappelle qu'on m'attend quelque part. Suivie par mon nouvel oiseau, je me précipite dans le couloir et grimpe l'escalier jusqu'à la chambre de Rufus Halo.

Moins de vingt-quatre heures après leurs retrouvailles, Clara et Aria sont déjà en train de se disputer.

– On a une planète entière rien que pour nous, et tu arrives encore à me marcher sur les pieds ! s'énerve Clara.

– Ce n'est pas ma faute, ils sont immenses, tes pieds ! réplique Aria.

Wanda, debout devant la cheminée, inspecte la chaussette d'hier comme si elle renfermait les secrets de l'univers.

– Moi, au moins, je n'ai pas des pouces disproportionnés, continue Clara.

– Mes pouces sont magnifiques !

Je contemple les filles avec envie. À les voir ainsi, on ne croirait jamais qu'elles ont été séparées si longtemps. (Et je parie qu'aucune des deux ne se promène dans des champs de verre brisé ni ne tue des oies de l'espace d'un coup de dents.) Wanda leur jette un regard désapprobateur avant de se tourner vers Pablo.

— C'est ça, l'arme qui t'a permis de détruire onze sorcières ? s'étonne-t-elle.

— Hum, pas tout à fait. Elle a pas mal changé.

— Bon. Entre ton drôle d'oiseau et ma bague cassée, ce n'est pas gagné. J'ai fait quelques tests hier soir ; je n'ai pas réussi à me téléporter jusqu'aux Verrières, mais on devrait pouvoir entrer dans la chaussette. Bien que, je le répète, entrer ne soit pas le plus difficile. L'important, c'est d'en ressortir vivantes.

Ma gorge se noue.

— Aria et Clara sont ici pour ça. Si nous ne sommes pas revenues dans une heure, elles nous tireront de là.

— Et on s'y prendra comment ? l'interroge Aria après s'être raclé la gorge.

— Comme la dernière fois. En chantant.

Mon amie n'a pas l'air convaincue. Quand elle a fait sortir Clara et les autres de la boule à neige, c'était un accident. Mais, sans doute parce qu'elle veut prouver sa valeur à sa sœur, elle resserre son chignon et hoche la tête.

– OK. Pas de problème.

Wanda laisse tomber la chaussette par terre.

– Évitez de nous marcher dessus, prévient-elle, ce qui me rend encore plus nerveuse.

Elle pose ses deux mains sur mes épaules, comme pour vérifier que je suis assez solide pour survivre à ce qui m'attend. Puis nous nous agenouillons devant la chaussette et, à l'aide de sa bague, elle découpe un petit trou dans le tissu. L'ouverture scintille légèrement, ce qui indique qu'elle a taillé un passage dans l'épaisseur de l'espace, de la magie et du temps.

– Ça devrait suffire, commente-t-elle en se penchant sur la chaussette. Tu entends quelque chose ?

Un léger bruit, semblable à celui d'un train filant au loin, me parvient.

Je repense à toutes les fois où j'ai détecté du son ou du mouvement dans des endroits improbables : des voix sortant d'un trou de souris en Inde, une étrange ondulation dans un tableau au Nigéria.

– Peut-être qu'on va atterrir dans une gare, dit Wanda. Prends garde à ne pas tomber sur les rails. Il faudra qu'on ouvre l'œil et qu'on se repère vite. Bien, allons-y. Glisse le bout de ta chaussure dans le trou.

J'approche lentement mes orteils de l'ouverture et les vois s'étirer. Puis l'aspiration m'enveloppe de toutes parts et, l'instant d'après, j'ai l'impression qu'on compresse mes organes et retourne mon squelette. Enfin, sans prévenir, la sensation s'estompe et je me retrouve debout.

Avant d'être brutalement projetée contre un mur.

Un immense fracas résonne autour de moi. Quelque chose traverse mon champ de vision et me heurte au niveau de la poitrine. Je hurle, roulée en boule par terre, tout en essayant de comprendre ce qui se passe. Wanda apparaît une seconde plus tard et tombe aussitôt à la renverse, elle aussi. Nous sommes fouettées violemment – par le vent, je réalise soudain. Un vent si fort qu'il nous empêche de nous relever.

Nous sommes dans une chambre, ou plutôt ce qu'il en reste, car elle est en train de s'écrouler. Une fenêtre explose, faisant voler du verre partout. Pendant que je me protège le visage des deux mains, un miroir se brise à côté de moi.

Wanda lutte pour me rejoindre, en vain. Des animaux en peluche tourbillonnent sur le sol, un lit en fer forgé cogne contre le mur et le fracasse. Le vacarme est assourdissant. Derrière la fenêtre, je vois voler des planches de bois. Ma peau entaillée par le verre me brûle.

Et soudain, le silence revient.

Nous restons prostrées au sol, haletantes. Le vent ne souffle plus. Quand Wanda se relève péniblement et s'approche de la fenêtre, je l'imite aussitôt.

Au-delà du mur brisé, une colonne de poussière en forme d'entonnoir s'éloigne à toute vitesse, dessinant des tourbillons gris dans le ciel. Des morceaux de bois, de meubles et des buissons arrachés tournoient autour d'elle.

Bientôt, elle disparaît derrière un bosquet d'arbres.

– Une tornade, souffle Wanda. Désolée, Rosie.

Elle me regarde, écarte les débris dont je suis couverte, inspecte rapidement les blessures sur mes bras puis sort un mouchoir de sa poche afin de tamponner le sang.

– On a eu de la chance, c'était presque fini. Si on était arrivées quelques minutes plus tôt... Enfin, on n'est pas sorties de l'auberge pour autant, précise-t-elle en contemplant le miroir en miettes. La bulle va bientôt se réinitialiser.

Je voudrais lui demander ce qu'elle entend par là mais je suis trop sous le choc. Il n'y a aucun sens à ce qui a été détruit ou pas. Le mur, la commode et le lit ont été réduits en miettes ; une maison de poupées, une lampe et un lapin en peluche sont demeurés intacts. Des moutons de poussière et des plumes flottent autour de nous. On perçoit une légère odeur de fumée, bien que je ne puisse pas dire si elle est réelle ou si mon imagination me joue des tours.

– Nous sommes dans une chambre d'enfant, déclare Wanda d'une voix grave. Au moment où le monde s'est écroulé pour lui. Quelle horreur, de vouloir conserver un souvenir pareil... En même temps, ça ne me surprend pas venant de la Sorcière du Temps.

Je vois très bien ce qu'elle veut dire. « Cette impression de désespoir absolu procure un bonheur sans pareil aux sorcières. Elle leur est aussi essentielle que l'air qu'elles respirent », peut-on lire dans le *Guide universel des chasseuses de sorcières*.

Penser à elles me rappelle que j'ai une nouvelle arme. J'allume Pablo, qui volette à travers la pièce et va se percher sur l'oreille du lapin, avant de sauter sur le toit de la maison de poupées. Mais il rate son coup et se cogne contre la cheminée.

Autour de nous, la réalité semble clignoter.

– Ah! C'est reparti, s'exclame Wanda.

Je comprends alors ce qu'elle entendait par « réinitialiser ». Il y a un frissonnement trouble, un peu comme celui de l'air au-dessus du goudron surchauffé, puis les lieux reprennent l'apparence qu'ils avaient avant notre arrivée. Tout est revenu à sa place, comme si un ordinateur venait de corriger un bug. Nous sommes juste avant le passage de la tornade.

Par la fenêtre, Wanda contemple le ciel qui a la texture grise et fripée d'une chaussette en laine.

– On doit avoir une dizaine de minutes devant nous avant que ça recommence.

– Comment tu le sais ?

– Les bulles temporelles se répètent en boucle à l'infini. En général, elles ne durent pas plus de quinze ou vingt minutes. Il faut qu'on se dépêche.

Wanda baisse les yeux vers sa bague à l'aileron cassé.

Je déglutis. Revivre cette tornade est la dernière chose dont j'ai envie.

– Rufus ? appelle-t-elle. Vous êtes là ? Je suis Wanda Luna, de la Ligue des chasseurs de sorcières. Je suis venue vous aider.

Elle passe ses mains derrière les rideaux redevenus intacts et me conseille :

– Cherche tout ce qui ne te paraît pas à sa place dans ce fragment d'espace-temps.

J'allume ma lampe afin de promener Pablo autour de la pièce, mais il se jette aussitôt sur un bout de fil qui pendouille d'un rideau. Pendant que nous fouillons les lieux avec soin, je tente de me montrer patiente avec lui. Aussi étourdi soit-il, je ne suis pas parfaite non plus. Nous regardons dans les tiroirs de la commode, sous les draps, dans le placard.

Apparemment, Wanda est une spécialiste de la fouille. Elle soulève le tapis pour vérifier qu'il n'y a pas de trappe secrète dessous, explore la bibliothèque en quête d'un levier, cogne le plafond à l'aide d'un manche à balai pour voir s'il sonne creux. De mon côté, j'ouvre une porte qui semble donner sur le couloir et me retrouve nez à nez avec une surface miroitante.

– Espérons qu'il s'agisse d'une issue, souffle Wanda. Ou on sera coincées comme dans la boule à neige.

Elle déplace une pile de coussins, inspecte chaque endroit où un être humain pourrait se dissimuler.

– Heureusement, on était dans une bulle beaucoup plus tranquille que celle-ci. Dans le grenier d'un chalet suisse pendant une tempête de neige, un moment de calme et de solitude que, je suppose, la Sorcière du Temps voulait préserver. Il n'y avait pas de tornade, juste de vieilles assiettes et des poupées en porcelaine – même si, comme chacun sait, une poupée en porcelaine peut être très angoissante.

Elle me décoche un petit sourire et continue à parler tout en passant la pièce au peigne fin.

– C'est à cause de moi qu'on s'est retrouvés coincés. Raj, les garçons et moi, on avait repéré une série d'empreintes de la Sorcière du Temps qui menait à cette boule à neige. Me croyant plus maligne que tout le monde, j'ai supposé qu'elle était à l'intérieur.

Wanda s'interrompt un instant, tend l'oreille, puis recommence à tapoter le sol à la recherche d'une cachette.

– Je connaissais pourtant l'existence des bulles temporelles. J'aurais dû me douter que c'était un piège.

Elle regarde autour d'elle, se demandant visiblement par où continuer.

– J'ignore combien d'années se sont écoulées avant que je parvienne à émettre un signal, grâce à une petite lampe que j'allumais dans le grenier pour révéler notre présence au monde extérieur. La pauvre Clara l'a aperçu et nous a rejoints dans notre prison. Et maintenant, Raj et les garçons sont morts… ou perdus je ne sais où.

Elle retourne à la fenêtre pour surveiller l'approche de la tornade. Postée derrière elle, je contemple l'horizon. On dirait que le vent agite de plus en plus violemment les arbres, mais je me fais peut-être des idées.

– On commet tous des erreurs, je réponds. Après avoir découvert la trame invisible, j'ai pensé que mon père était un fantôme qui arpentait le monde. La perspective de le croiser un jour me remplissait d'espoir.

Je me mords la lèvre, mal à l'aise. Même si je n'ai jamais connu mon père comme Wanda a connu ses amis, il me manque terriblement, chaque jour de ma vie.

– Jusqu'à ce qu'un berger des nuages m'annonce qu'il était parti pour l'Au-delà.

Wanda me dévisage.

– Les bergers des nuages n'ont pas toujours raison, dit-elle. Il se passe tellement de choses qu'ils ont parfois du mal à suivre.

Alors que je m'apprête à lui demander davantage de précisions, elle se fige et pose une main sur mon bras. À côté de nous, Pablo lâche un pépiement inquiet.

– La tornade arrive, me prévient Wanda.

Au même instant, j'entends gronder le tonnerre au loin.

Wanda s'agite dans tous les sens, renverse des objets avec impatience, pousse la maison de poupées et les jouets afin d'inspecter le reste des murs d'une main tremblante. Je la regarde faire, impuissante. Le bruit est de plus en plus fort. Pablo se met à piailler tandis qu'une brise pénètre par la fenêtre. Mes cheveux se dressent sur ma nuque.

À l'horizon, je vois soudain apparaître l'entonnoir tourbillonnant qui survole la plaine dans notre direction. Lorsqu'il croise une maison, il avale son toit et en recrache les tuiles. Wanda s'en aperçoit aussi.

– Il est temps de filer, déclare-t-elle.

Elle m'entraîne vers la porte et me pousse dans le brouillard miroitant alors qu'un violent craquement résonne derrière nous. Dès que nous franchissons le seuil, mes os s'étirent comme du caramel mou.

Le retour à la normale est plus rapide et moins pénible que le rétrécissement, un peu comme si on relâchait un ressort comprimé. En une fraction de seconde, Wanda et moi nous retrouvons face à Aria et Clara qui jouent au poker sur le lit. L'aînée explique les règles du Texas hold'em à sa sœur, qui les connaissait pourtant déjà.

Elles nous fixent comme si elles nous avaient oubliées, puis se lèvent d'un bond, impatientes de savoir ce que nous avons découvert.

Un long silence s'ensuit.

– Il n'est pas là, avoue enfin Wanda en contemplant la plaine déserte dehors, puis Pablo qui picore des poussières invisibles sur le sol.

Elle retire sa bague cassée et la pose sur le manteau de la cheminée.

– Nous allons devoir nous débrouiller seuls.

Sur ces mots, elle sort de la pièce d'un pas de somnambule.

CHAPITRE 7

Les jours se succèdent sur Halo 5, à des années-lumière de chez nous et du moindre signe de vie. Le peu de temps qu'il nous restait pour sauver la Terre, si nous en avions, sera bientôt écoulé.

Puisque Rufus Halo, notre plan A, semble avoir disparu pour de bon, nous nous rabattons sur le plan B : le messager, qu'Aria et Clara tentent de réparer.

Le plan s'arrête à peu près là. Si elles parviennent à le remettre en état et à l'envoyer vers la Terre, rien ne garantit qu'il trouvera quoi que ce soit. Et même si c'est le cas, nous ne serons pas plus avancés. Mais nous n'avons pas de meilleure solution.

Loup a pris l'habitude de s'éclipser à l'aube pour arpenter la planète, tandis que Gempa passe le plus clair de ses journées au lit et que moi, je reste assise sur un rocher dans le jardin, à regarder mes amies travailler. La trousse de Clara est pleine à craquer d'outils et d'accessoires divers – pinces, marteau, burin, scie, ruban adhésif, trombones, paquet de chewinggum – auxquels elle trouve toujours une utilisation. Penchée sur l'espèce de boîte de conserve dont jaillit une pluie d'étincelles, elle trempe les fils électriques dans le clair de lune avant de les rebrancher.

Wanda, quant à elle, a rassemblé une partie des croquis découverts par les filles et s'est installé un atelier de couture à l'arrière de l'hôtel. Elle nous confectionne des combinaisons pressurisées grâce aux fournitures dénichées sur les étagères du hangar, utilisant son découseur pour leur donner forme. Elle réquisitionne l'aide d'Aria pour les casques, les écouteurs et les micros intégrés, qu'elle voudrait connecter les uns aux autres par un système d'interphone. Quand Clara a besoin d'une pause, elle la relaie afin de régler les réacteurs qui nous permettront d'avancer. Pendant ce temps, ma mère, si inquiète pour Loup qu'elle ne tient pas en place, nettoie l'hôtel de fond en comble. Elle retape les oreillers, lave nos quelques vêtements (nous n'avons que ceux que nous portions sur nous), retire les toiles d'araignée, époussette les cheminées. Lorsqu'elle ne fait pas le ménage, elle observe mon frère par la fenêtre puis tente de le convaincre de venir manger ou de prendre un bain. Le plus souvent, il ne rentre dans l'hôtel que pour voler des choses, car il ne collectionne pas seulement les éclats de verre. Petites cuillères, outils et poignées de porte le fascinent également.

Maman est si focalisée sur l'étrange attitude de Loup qu'elle m'en oublie un peu. Néanmoins, chaque fois que je commence à avoir cette impression, elle me prouve par un petit geste que ce n'est pas le cas. Par exemple, quand je passe derrière elle alors qu'elle nettoie un miroir, elle souffle de la buée dessus et trace un message du bout du doigt. « Je t'aime, Rosie. » « Tu es mon étoile. »

Flo aussi est bien occupé. Chaque matin, il part avec Zia s'entraîner à utiliser l'énergie électromagnétique sur des cailloux, des branches, des touffes d'herbe sèche, de plus en plus excité à mesure que ces objets réagissent à son contact. Tous deux vont et viennent, les mains tendues tels des magiciens, et je m'aperçois bientôt qu'ils sont en train de construire une serre.

C'est Flo qui en a eu l'idée. Il a appris à Zia comment écouter les rares plantes qui poussent sur Halo 5, comment lire les inclinaisons de leurs branches, comment percevoir la succion de leurs racines – une manière de la remercier pour ses leçons d'« électro ». Je ne devrais pas me sentir exclue en les voyant ensemble, mais c'est plus fort que moi. Car personne, ni ma mère, ni Loup, ni Gempa, ni Flo, n'est vraiment là pour moi – du moins, pas comme je l'espérais.

Pour passer le temps, quand je me lasse d'observer les deux sœurs, je grimpe jusqu'à la bibliothèque puis me réfugie dans la chambre de Rufus, où je relis encore et encore sa lettre d'adieu dans l'espoir d'en percer le mystère.

... pas certain qu'Halo 5 devienne un jour la destination préférée des voyageurs de l'espace, comme je l'avais rêvé. Les échos de mon échec se réverbéreront longtemps dans mon cœur...

Un soir, alors que je me repasse ces mots en boucle en regagnant ma chambre, j'entends des voix dans celle de Clara et d'Aria. Je m'approche de la porte entrouverte. Notre mécanicienne est en train de sermonner sa sœur, à qui elle rappelle de toujours vérifier deux fois les circuits avant de faire une soudure.

– Rosie ! s'exclame Aria, soulagée de cette interruption.

Elle me fait signe d'entrer dans ce qui ressemble de plus en plus à un boudoir parisien, grâce aux piles de coussins défraîchis et aux guirlandes lumineuses qu'elle a dénichées je ne sais où.

– Passe-moi une vis, Cacahuète, réclame Clara sans la regarder.

Un tournevis à la main, elle s'affaire sur le messager.

Aria s'exécute en rougissant – elle semble vraiment détester ce surnom. Clara resserre un engrenage avec son outil auréolé d'un petit nuage arc-en-ciel.

– Je n'aurais jamais cru qu'une trousse de bricolage puisse devenir une arme, je commente, impressionnée.

– Oui, c'est assez pratique, avoue Clara, concentrée sur sa tâche. Il m'est arrivé plusieurs fois de balancer directement des outils sur les sorcières !

Elle tend le messager à Aria, qui le pose sur ses genoux et se met à chanter. Les volutes de musique s'enroulent autour du métal, consolidant la réparation que sa sœur vient de faire.

– Je n'avais jamais rêvé de devenir soudeuse, et pourtant… soupire-t-elle.

– Concentre-toi, Cacahuète. Tu es trop distraite.

– Je te rappelle que j'ai survécu des années seule sur une île gelée, avant de piloter une baleine à travers la mer de l'Éternité, rétorque Aria en me jetant un regard en coin.

Je réprime un sourire, mais Clara ne réagit pas. Mon amie ne supporte pas que sa sœur la traite comme une gamine. Je peux la comprendre, car elle est la personne la plus attentive et débrouillarde que je connaisse. Cadette un jour, cadette toujours, j'imagine.

J'allume ma lampe et regarde Pablo se promener sous le lit, où il s'emmêle la tête dans un mouton de poussière et se met à éternuer. Je fronce les sourcils.

– Il ne peut que progresser, me rassure Aria. Tu te rappelles, quand mon lance-pierre était détraqué et faisait tout exploser? Pablo et toi devez simplement vous habituer l'un à l'autre, apprendre à vous faire confiance. Comme j'ai dû surmonter ma colère pour retrouver ma voix.

– Mais je ne suis pas en colère, j'objecte.

– Au fait, Rosie, nous interrompt Clara, ton frère m'a volé une pince tout à l'heure. Tu pourrais la récupérer? Je n'ose pas l'approcher, j'ai trop peur qu'il me morde.

Aria la fusille du regard, l'air de dire: «Bonjour le manque de tact!»

– Bien sûr, je réponds, rouge de honte.

Une fois dehors, je repère mon frère près de la mare, entouré de formes sombres qui s'avèrent être des livres. Le *Guide universel* gît, ouvert, à même le sol, un coin de la couverture touchant la surface de lumière. Agacée, je rassemble un à un les ouvrages qui étaient jusque-là rangés dans *mon* sac à dos. Loup ne me prête aucune attention. Il tient une aiguille argentée qui vient probablement de l'atelier de couture de Wanda. Il pioche dans une pile d'éclats de verre et de métal, qu'il coud les uns aux autres à l'aide de fil trempé dans le clair de lune. On dirait qu'il fabrique un engin de torture médiéval.

– Tu es retourné aux Verrières, je lance.

Puis je me rends compte, avec effroi, que son ouvrage est en fait une sorte de couverture. Un peu comme celle que tissait la Sorcière du Temps. *Combien de temps faut-il passer auprès des sorcières pour en devenir une?* je m'interroge avant de chasser cette pensée de mon esprit.

Le son de ma voix a fait sursauter mon frère, qui range sa création – en faisant attention de ne pas se couper – dans mon sac à dos.

– Loup, je proteste, c'est à moi!

Il me dévisage. Quand je me penche pour récupérer mon bien, il le retient d'une main.

– Tu ne peux pas prendre les affaires des autres comme ça, je le gronde, avant de ramasser la pince de Clara abandonnée par terre.

L'expression de Loup ne change pas. Il ne bouge pas d'un pouce. Frustrée, j'attrape le *Guide universel* puis, ne sachant quoi faire d'autre, je me laisse tomber à côté de mon frère et feuillette l'ouvrage. Je passe rapidement sur les portraits des sorcières que nous avons déjà tuées, pour m'arrêter sur la page du dernier représentant de leur espèce.

Le Roi du Néant - le plus puissant de toutes les sorcières.

Malédiction: néant.

Pouvoirs: néant.

Familiers: corbeaux.

Victimes: tout et tout le monde.

Au bout d'un moment, je sens que mon frère se rapproche de moi. J'ignore si c'est parce qu'il essaie de lire par-dessus mon épaule ou parce qu'il recherche ma compagnie.

– À ton avis, il ressemble à quoi ? je lui demande, sans vraiment attendre de réponse. La Sorcière du Temps l'a déjà évoqué devant toi ?

Loup ne dit rien. Puis, tout à coup, il pose sa tête sur mon épaule. Je reste immobile.

– Tu veux me dire quelque chose ? je continue, avec un frisson d'espoir. Tu sais parler ?

Toujours rien.

– Tu as déjà rêvé de faire partie d'une famille comme la nôtre ? je murmure. De rire avec moi ?

Lorsque je tente de lui prendre la main, il tressaille et se relève d'un bond.

Puis il s'enfuit, emportant mon sac avec lui.

Ce soir-là, rassemblés dans la chaleur du salon du premier étage, la plupart des résidents d'Halo 5 tentent d'oublier le vide de l'espace en parlant de chez eux.

Wanda nous raconte qu'elle était couturière et qu'elle a grandi en Argentine avec sa grand-mère – celle qui lui conseillait de faire contre mauvaise fortune bon cœur. Puis elle est partie chasser les sorcières à travers le monde, apprenant au passage quatre langues, avant d'ouvrir une boutique à Londres. Elle nous explique comment elle a rencontré les compagnons que nous avons perdus en quittant Chompy – «Raj et les garçons», comme elle les appelle toujours –, alors qu'elle traquait Mlle Rage, dont Aria, Gempa et moi ne nous souvenons que trop bien.

Les deux sœurs évoquent leur enfance et les souvenirs que Clara garde de leurs parents, tués par des sorcières quand Aria était tout bébé. Chaque fois que mon amie mentionne un détail, son aînée la corrige – même quand elle vante la manière dont celle-ci a court-circuité une baleine temporelle afin de se réfugier sur une île déserte.

Puis Zia nous confie être morte à cause d'un pari ridicule : elle pensait pouvoir tenir en équilibre sur le garde-fou d'un balcon.

– J'ai toujours aimé jouer les funambules, explique-t-elle. J'ai dû hériter ça de mon père, qui était acrobate. Mais cette fois-là...

Elle siffle entre ses dents tout en mimant un corps qui plonge dans le vide.

Bien sûr, même sa mort a été audacieuse et flamboyante, je songe. *Cette fille est trop parfaite.*

– Au moins, toi, tu ne t'es pas endormie dans une grotte alors que la marée montait, réplique Flo. Plus stupide, je ne vois pas.

– Oh, détrompe-toi. Ma grand-tante Elora s'est étouffée avec un biscuit.

Cette phrase arrache à Flo l'un de ses rares sourires. Et à nouveau, j'éprouve un pincement désagréable au niveau de la poitrine.

Ma mère aussi partage ses souvenirs avec nous, bien qu'ils soient encore embrumés. Si beaucoup lui sont revenus quand j'ai éliminé la Voleuse de Mémoire, il reste encore des trous qui ne se combleront jamais. Elle ne se rappelle certaines choses qu'à moitié, et toutes ses histoires sont ponctuées de mois, de personnes, de moments perdus. Elle sait par exemple que, lors de son premier rendez-vous avec mon père, elle est allée voir *Mary Poppins* dans un vieux cinéma, mais elle a oublié où. Elle nous parle aussi de sa mère et de sa sœur jumelle, Jade, dont j'ignorais l'existence jusqu'à l'été dernier. Je m'imprègne de ces révélations sur ma famille, enchantée d'avoir une grand-mère et une tante quelque part.

– Ma mère pouvait préparer un festin à partir d'un simple navet, dit-elle. C'était ça, son arme secrète : la cuisine. Par chance, elle n'a jamais essayé de faire cuire une sorcière !

Elle sourit avant de poursuivre :

– Ma sœur Jade, qui avait le don de clairvoyance comme moi, n'a pas souhaité devenir chasseuse. Elle était toujours en train de fabriquer des objets délicats – maisons en cure-dents, sculptures taillées dans de vieilles cannettes, boîtes à bijoux dont les différentes parties s'encastraient, puzzles en carton composés de milliers de petites pièces. Elle s'amusait souvent à reconstituer les nuages avec de la crème fouettée. Il lui suffisait de les voir passer dans le ciel pour être capable de les reproduire à la perfection. Elle et moi, on s'adorait.

Ma mère semble songeuse. Je sais qu'elle n'a pas revu ma tante depuis des années, car celle-ci est partie vivre en Suisse, dans un couvent.

Le silence retombe. La même question nous ronge tous depuis des jours : les gens que nous aimons sont-ils encore en vie ? Les Alpes, la Grande Muraille de Chine et la ville de New York existent-elles encore ? Y a-t-il toujours des bus, des prairies, des écoles ?

Par la fenêtre, nous voyons Loup en contrebas. Gempa l'a rejoint au bord de la mare.

Mon frère est accroupi, les épaules voûtées et l'air malheureux. Gempa, elle, est assise en tailleur. L'espace d'un instant, je suis frappée par la similarité de leurs postures.

– Je vais voir si Gempa a besoin de moi, j'annonce en me levant.

Wanda me retient d'une main.

– Parfois, la souffrance rapproche. Mieux vaut les laisser en paix.

Est-ce là l'explication du comportement de mon frère ? Est-ce pour ça qu'il est muet ? Mais pourquoi souffre-t-il, alors que ma mère et moi sommes *juste là* ?

Je suis sa sœur jumelle, la seule qui devrait pouvoir le consoler, or Gempa y arrive mieux que moi. Il se penche vers elle sans cesser de fixer le réservoir de clair de lune. Peu à peu, ils semblent se détendre, les mains ouvertes, paumes vers le ciel, comme s'ils espéraient attraper de la poussière d'étoiles.

CHAPITRE 8

Je suis réveillée par des hurlements. L'horloge indique que le matin est encore loin.

Je me précipite dans le couloir, l'esprit embrumé, et constate que les cris proviennent de la chambre de ma mère. Lorsque j'ouvre la porte à la volée, je la découvre penchée au-dessus du lit de Loup, qui se débat et pousse des cris suraigus. Maman l'enlace et le serre contre elle de toutes ses forces.

Bientôt, Flo, Zia, Clara, Aria, Wanda, Gempa et même Fabian nous rejoignent, les yeux bouffis. Je leur fais signe de nous laisser avant de m'avancer dans la pièce et de refermer doucement la porte derrière moi.

– Il a fait un cauchemar, dit ma mère tandis que je m'assieds au bord du matelas de mon frère.

Je tends la main avec l'intention d'étreindre l'épaule de Loup, mais ce geste me paraît soudain trop familier. Alors je la laisse retomber.

Pendant que ma mère lui murmure des mots doux pour l'aider à se rendormir, le visage voilé par ses longs cheveux bruns, mon regard s'habitue à la pénombre. Je constate qu'ils ont décoré les murs, tous les deux.

On reconnaît tout de suite les peintures de ma mère, avec leurs tourbillons de lumière et leurs scènes inspirées par la nature. Celles de Loup sont très différentes, pleines de fantômes hurlants, d'ombres effrayantes, de bêtes aux gueules béantes bordées de dents acérées. Il a hérité des talents artistiques maternels, mais son monde intérieur est aussi tordu et perverti que le cœur d'une sorcière.

Je regarde maman qui le regarde dormir.

– J'ai quelque chose pour toi, Rosie, murmure-t-elle soudain.

Elle va s'asseoir sur son lit, tapote le matelas près d'elle et tire le rideau qui masquait la fenêtre. Baignée par le clair de lune, elle sort quelque chose de sous son oreiller.

– Quand tu étais à bord de la baleine, je passais mes souvenirs en revue pour occuper le temps. Et j'ai repensé à ça.

Elle ouvre la paume, révélant une petite pierre brillante suspendue à une chaîne en argent.

— C'était caché sous les lattes du plancher, tout près du *Guide universel*.

Je mets un moment à comprendre que l'éclat de la pierre n'est pas dû à un reflet ; c'est elle qui l'émet.

— Je suis heureuse que tu n'aies pas découvert ce pendentif en même temps que le livre, parce que je voulais te le remettre en mains propres. C'est la Déesse de la Lune qui me l'a donné, ajoute-t-elle, les sourcils froncés comme si elle avait du mal à se souvenir. Je l'ai rencontrée une fois, quand j'étais jeune et que je m'apprêtais à explorer le monde à la recherche des sorcières. Même si j'ai l'impression d'avoir rêvé, je sais que c'est bien arrivé. Pendant que ma famille dormait, j'ai traversé la forêt et j'ai grimpé à l'échelle qui pendait de la Lune.

J'enregistre ce fragment de son histoire oubliée, de ce passé dont elle et moi avons été si longtemps privées.

— Cette pierre est un condensé du clair de lune le plus pur, reprend-elle. Elle a été forgée par la Déesse elle-même. C'est du clair de lune puissance mille.

Elle passe le collier autour de mon cou.

— Elle voulait que j'emporte ce petit fragment de lumière afin d'affronter les peurs qui m'attendaient. Et aujourd'hui, je veux te faire le même cadeau.

Je porte une main à la pierre qui repose désormais sur ma clavicule. Je me sens comme illuminée de l'intérieur, mais c'est sans doute dû à l'attention de ma mère autant qu'au bijou lui-même. En ce moment, elle ne s'intéresse qu'à *moi*. Et tout à coup, je me demande si je ne suis pas trop gourmande. Car j'en veux toujours plus : je veux que Loup soit le frère dont je rêvais, je veux que mon père soit en vie, je veux que ma mère se comporte plus comme une maman qu'une chasseuse de sorcières. Même si on parvient à retourner sur Terre, ça ne changera pas.

– La Voleuse de Mémoire m'a volé une partie de ton enfance, et la Sorcière du Temps en a pris encore un morceau.

Je partage sa frustration. Depuis que la Sorcière du Temps m'a enlevé une année, je ne sais plus trop qui je suis. La seule chose dont je sois sûre, c'est que j'ai quitté le monde de l'enfance.

– Nous ne récupérerons jamais ces moments perdus, Rosie. Mais tu es ma lumière, et j'espère que ce collier t'aidera à ne pas l'oublier.

Nous restons assises en silence, à contempler les étoiles. Une question me brûle les lèvres, mais je n'ose pas la poser. Enfin, je chuchote :

– Tu crois que papa m'aurait aimée ?

Ma mère inspire puis expire lentement.

– Ton papa t'a aimée avant même ta naissance. Et tu es encore plus incroyable qu'il ne l'avait imaginé.

Elle jette un coup d'œil à Loup, puis hausse les épaules en signe d'impuissance.

– Je suis désolée que tu ne l'aies jamais connu, ma chérie. Parfois, les choses ne se déroulent pas comme nous l'aurions espéré. Mais une fin heureuse peut se cacher au bout d'une histoire triste. Même si nous ne sommes pas la famille que tu souhaitais, nous nous en sortirons.

Je hoche la tête, pas convaincue. Bien sûr, c'est absurde de continuer à rêver d'un père aimant et en vie. Je le sais. Mais cela ne change rien au manque que j'éprouve.

Ma mère m'étreint doucement le bras puis tire sur ma manche.

– Allez, au lit, souffle-t-elle. Et cesse de t'inquiéter.

Je ressors dans le couloir en faisant tourner mon pendentif en pierre de lune entre mon pouce et mon index. *Qu'aurait pensé mon père de Loup?* je me demande. *Me conseillerait-il lui aussi de ne pas m'inquiéter, alors qu'il peint des monstres, égorge des animaux sauvages et hurle dans son sommeil?*

Si mon frère est l'autre moitié de moi-même, qu'est-ce que ça fait de moi?

L'esprit en ébullition, je ne regagne pas ma chambre où je sais que je ne trouverai pas le sommeil. Depuis que j'ai grandi d'un coup, mes nuits sont encore plus agitées qu'avant.

Je m'aventure jusqu'à la bibliothèque et choisis un ouvrage à la couverture passée, *Contes et légendes d'Irlande*, que j'emporte dans le petit salon voisin. Mais au lieu de lire, je me laisse tomber sur le canapé et contemple le feu en jouant avec ma lampe. Soudain, je remarque que Frida l'araignée termine de tisser un poème dans un coin :

De temps à autre,
Les nuages offrent un peu de répit
À qui admire la lune.

– Oh, Frida, je t'aime, je murmure.

Elle tient toutes ses citations de moi, et ces vers sont ceux d'un poème que j'ai appris en primaire. L'auteur, Matsuo Bashō, a su capturer le monde en quelques mots.

– Elle aussi, elle t'aime.

Je sursaute. Flo se tient sur le seuil, j'ignore depuis combien de temps. Il flotte jusqu'à moi et s'installe en lévitation au-dessus du canapé, les pieds sur la table.

Aussitôt, ses yeux se posent sur mon collier. Flo a toujours été attentif aux moindres détails.

— Tu n'arrives pas à dormir ? devine-t-il.

— Non.

— Pourquoi ?

— Oh, tu connais la chanson. La fin du monde approche, et mon frère jumeau est un peu trop attiré par le côté obscur.

Flo m'adresse un sourire en coin.

— Plains-toi. Moi, je dois déplacer des boules d'herbe sèche !

Je laisse échapper un petit rire. Mon ami fantôme ouvre alors une main, paume vers le haut, comme pour prendre la mienne. Bien sûr, c'est impossible.

— Essaie, insiste-t-il.

Un peu gênée, je pose mes doigts sur les siens. Ils passent aussitôt à travers, mais Flo fait semblant de me masser la main, la pétrissant comme de la pâte à pain.

— Du temps où j'étais en vie, c'était le remède secret de ma mère contre les insomnies. Elle appelait ça des gouzi-gouzi. Ça me détendait à tous les coups.

— Tu sais que tu n'as pas d'existence concrète et que je ne sens rien, n'est-ce pas ?

— C'est l'intention qui compte, réplique Flo. Ne sous-estime pas l'effet placebo.

– Pour que l'effet placebo fonctionne, le patient ne doit pas être prévenu.

Flo hausse les épaules d'une façon qui me trouble. C'est très étrange, car c'est un geste on ne peut plus banal.

– Je suis désolée qu'on ait dû fuir, je reprends. Tu étais sur le point de retrouver tes parents…

– Pas pour de vrai, murmure-t-il. Je les aurais juste hantés pour l'éternité.

Son visage est empreint d'une grande tristesse. Je me retiens de lisser les rides qui se forment sur son front.

– Qu'est-ce que vous fabriquez, tous les deux ?

Nous levons la tête et découvrons Gempa à la porte. Flo se redresse aussitôt, embarrassé.

– Je commençais à m'inquiéter, ajoute mon amie en nous observant tour à tour avec une curiosité amusée. Loup va bien ?

– Oui. Flo essayait de m'aider à trouver le sommeil, j'explique, me sentant coupable alors que je n'ai rien fait de mal.

Je suis Gempa dans le couloir puis dans l'escalier, agitant la main sans me retourner. Effet placebo ou pas, une douce chaleur palpite dans mes doigts.

CHAPITRE 9

À mon réveil le lendemain matin, je trouve Gempa debout sur l'échelle de mon lit. Elle me fixe avec insistance par-dessus la rambarde.

– Qu'est-ce qui se passe ? je marmonne en clignant des yeux.

– À toi de me le dire.

– Hein ?

Je m'assieds, me frotte le visage et repense à ma conversation de la veille avec Flo.

Alors que Gempa hausse les sourcils d'un air entendu, notre porte s'ouvre à la volée et rebondit contre le mur. Aria apparaît, les yeux cernés mais un immense sourire aux lèvres.

– Venez voir ! lance-t-elle.

Le temps que nous enfilions nos peignoirs et nos baskets, l'hôtel est déserté. Tous les autres sont déjà rassemblés dans le jardin de devant.

Lorsque nous les rejoignons, je découvre qu'ils entourent une chouette mécanique, tordue, rouillée, mais vrombissante et alerte. Les deux sœurs guettent notre réaction avec fierté, et notre ébahissement est à la hauteur de leurs espérances.

– On l'a déguisé en chouette, explique Clara, parce que les corbeaux en ont peur. On espère que ça tiendra ceux du Roi du Néant à distance.

– C'est toi qui nous as donné cette idée, Rosie, ajoute Aria. Avec tes livres d'Harry Potter.

– On peut l'appeler Zippy ? réclame Gempa.

Même déprimée, elle ne peut s'empêcher de donner des noms à tous les animaux. Clara acquiesce distraitement, comme si elle s'en fichait.

– Elle est agile, reprend-elle, a une excellente vue et est très intelligente. Elle est aussi dotée d'un traqueur qui fonctionne – vous vous en doutez – au clair de lune. Ce qui veut dire que ce n'est pas un traqueur normal.

Pendant qu'elle continue à parler, Gempa tend un doigt vers la chouette et caresse doucement le plumet métallique de son oreille. L'automate incline la tête d'un air appréciateur.

– On pensait l'envoyer dans votre ancien quartier pour qu'elle nous rapporte une preuve que la Terre est toujours là, enchaîne Aria. Quelque chose qui viendrait de l'une de vos deux maisons, par exemple. Comme ça, on serait sûrs que le Roi du Néant ne nous joue pas un tour. Notre cabane sur l'île, elle, n'existe plus, vu que je l'ai écrabouillée…

Elle jette un regard navré à sa sœur avant de poursuivre :

– On sait très peu de choses sur notre ennemi, alors mieux vaut être prudents.

Elle désigne un petit sac en tissu serré, à peu près de la taille d'un ballon de basket, suspendu entre les griffes de Zippy.

– C'est un compartiment à inertie dont le contenu reste protégé indéfiniment. On peut y glisser une fleur de votre plante favorite ou la moufle d'un de vos proches. Dans un million d'années, elles seront toujours intactes.

– Combien de temps faudra-t-il à la chouette pour rejoindre la Terre ? je m'enquiers.

– Eh bien, répond Clara, c'est à environ vingt mille années-lumière d'ici. Donc si elle voyageait à la vitesse de la lumière, elle mettrait vingt mille ans.

Mon cœur se serre, mais elle me rassure aussitôt :

– Sauf que notre messagère fonctionne au clair de lune! Si je me base sur les notes de Rufus, j'estime l'aller-retour à... plus ou moins quatre jours.

Tout le monde reste silencieux. C'est tellement fou que nous avons du mal à y croire. Mais bon, nous sommes arrivés ici par un trou dans la couverture d'un magazine...

– Est-ce qu'on peut lui confier un message pour nos familles? demande Gempa. Pour qu'elles sachent qu'on va bien?

Wanda secoue la tête.

– Aussi tentant que ce soit, ça ne serait pas raisonnable. Zippy doit se faire la plus discrète possible. Vous avez constaté par vous-mêmes que les espions de la Sorcière du Temps étaient partout. Je parie qu'en ce moment même, les corbeaux du Roi du Néant ont envahi la Terre. Or le seul avantage que nous avons sur lui, c'est qu'il ignore notre existence.

J'ai soudain la sensation que quelqu'un m'observe. Je relève la tête et découvre Loup, un peu à l'écart du cercle, qui fixe mon cou avec insistance. Sans doute rêve-t-il de mettre la main sur l'objet le plus brillant qu'il ait vu depuis notre arrivée sur la planète. Je l'en dissuade d'un regard avant de glisser mon pendentif sous mon tee-shirt.

– Rosie, Gempa, vous étiez voisines, n'est-ce pas? vérifie Clara.

Nous lui confirmons que nos maisons se trouvent à quelques minutes de vélo l'une de l'autre.

– Il faudrait que vous passiez un peu de temps avec Zippy ce matin. Vous lui décrirez le quartier en détail, vous lui parlerez de vos vies pour qu'elle choisisse un objet que vous reconnaîtrez facilement. Un vêtement, une plante, une boîte de céréales cachée au fond d'un placard… Ensuite, vous me donnerez l'adresse, et j'entrerai les coordonnées dans son navigateur pour vous éviter de devoir lui expliquer le chemin.

Tant mieux, car je ne connais pas l'itinéraire entre Halo 5 et Seaport, notre petite ville du Maine. Première à gauche après le Soleil?

– Ramenez-la-nous quand vous aurez terminé, conclut Aria. On la lancera avant le dîner.

Durant les deux heures qui suivent, Gempa et moi appliquons le conseil de Clara. Nous décrivons à Zippy nos oreillers préférés (que nous avons surnommés Bob-la-mousse et Pancake lors d'une soirée pyjama chez moi), les vêtements restés dans nos placards, les vieilles réserves de biscuits qui prennent la poussière dans un coin de la cuisine. Fidèle à elle-même, mon amie s'égare dans une longue tirade sur Eliot Falkor, son iguane apprivoisé, oubliant que nous avons une mission à accomplir.

– Désolée, murmure-t-elle lorsque je l'interromps d'un coup de coude. Ma psy bâillait toujours quand j'évoquais les sentiments d'Eliot Falkor, alors que Zippy, elle, s'y intéresse vraiment.

Je m'abstiens de tout commentaire – à la fois parce que Zippy est un robot et parce que j'ai moi-même tendance à bâiller lorsqu'elle parle de son iguane.

Enfin, quand tout est prêt, nous ramenons la chouette mécanique aux filles dans le hangar. Puis, à l'heure du dîner, nous gravissons tous la colline par où nous sommes arrivés le premier soir. Même Zia et Fabian sont là (bien que ce dernier reste plusieurs pas derrière nous, comme s'il ne tenait pas à être vu en notre compagnie).

Wanda fait un petit discours pour féliciter Clara et Aria, qui ont si habilement réparé notre messagère. Je l'entends à peine car les deux sœurs ne cessent de se disputer. Cette fois, le désaccord porte sur l'éventualité qu'Aria passe le permis de conduire si nous retournons un jour sur Terre. D'après Clara, c'est beaucoup trop dangereux.

Lorsque Wanda se tait, nous contemplons l'horizon un moment en silence. Puis Clara tend le bras sur lequel la chouette est perchée tel un faucon, calme et confiante face à l'immensité du ciel.

– Ne nous déçois pas, Zippy, dit-elle.

Elle donne un petit coup vers le haut, et la chouette s'envole – un peu de travers.

Une volute de fumée sort de l'une de ses oreilles puis s'évapore. Elle pique du nez mais se redresse juste avant de s'écraser au pied de la colline. Mes espoirs fluctuent au gré de ses mouvements. J'ai du mal à l'imaginer quittant Halo 5, encore moins réussissant à atteindre la Terre puis à revenir. Mais à force d'agiter ses ailes de métal, elle prend peu à peu de l'altitude, même si elle penche toujours d'un côté.

Au bout d'une minute, elle se redresse et poursuit son ascension dans la nuit, avec quelques ratés, jusqu'à n'être plus qu'un petit point au loin.

– Activation des propulseurs, dit Clara.

Le petit point se transforme alors en étoile filante et disparaît. Je ne suis pas vraiment rassurée ; même la traînée lumineuse qu'elle laisse derrière elle est tordue.

Personne ne dit rien ; nous n'osons même pas nous regarder. Enfin, Wanda nous dévisage avec un sourire crispé.

– Bon, déclare-t-elle entre ses dents, on n'a plus qu'à prier pour que ça marche.

– Si elle ne revient pas d'ici quelques jours, on sera fixés, répond Clara.

Nous hochons tous la tête, essayant de rester optimistes. Mais longtemps après que les autres sont rentrés et que les deux sœurs sont allées prendre un repos bien mérité, je reste dehors, à contempler le ciel dans l'espoir d'apercevoir Zippy. Bien entendu, je ne distingue rien d'autre qu'une vaste étendue obscure.

J'ignore encore que d'ici le retour de la chouette, tout aura changé.

CHAPITRE 10

Les jours qui suivent le départ de Zippy, je ne tiens pas en place, arpentant les couloirs jusque tard dans la nuit. Le quatrième soir, il se met à neiger et j'observe le spectacle, émerveillée, par la fenêtre du salon. La neige est toujours pour moi synonyme de promesses. Alors, emplie d'un nouvel espoir, je me dirige vers la chambre de Rufus, où je relis pour la millième fois le mot resté sur le manteau de la cheminée.

À la réflexion, je ne suis pas certain qu'Halo 5 devienne un jour la destination préférée des voyageurs de l'espace, comme je l'avais rêvé. Les échos de mon échec se réverbéreront longtemps dans mon cœur, avec une clarté étincelante. Je compte me réfugier dans un coin tranquille pour lire, réfléchir et tenter de reproduire mes expériences en les consignant dans mon journal, que j'espère faire publier un jour.

Je suis désolé.

Humblement,

Rufus Halo

Pourquoi un homme écrirait-il une lettre qui lui ressemble si peu ?

Soudain, une idée qui ne m'était encore jamais venue s'insinue dans mon esprit. Et si Rufus essayait justement d'attirer l'attention sur les mots qu'il emploie ?

Je parcours à nouveau le texte, en me concentrant cette fois sur chaque terme. Bientôt, mon pouls s'accélère, car je note une thématique récurrente.

Réflexion. Échos. Réverbérer. Reproduire.

Tous évoquent une notion de double.

Ça ne peut pas être une coïncidence.

Je regarde la chaussette qui gît toujours sur le sol. Il serait plus sage de patienter jusqu'au matin et de demander à Wanda de m'accompagner. Mais je suis quelqu'un de timide et d'introverti. Je me débrouille mieux seule, quand personne n'attend rien de moi.

Je n'ai aucun mal à repérer le trou par lequel nous sommes déjà passées.

Lorsque j'allume Pablo, il me paraît plus agité que d'habitude, comme si lui aussi était stressé. J'approche mon oreille de la chaussette et écoute. Cette fois, je sais que ce n'est pas un train que j'entends, mais une tornade qui pourrait me déchiqueter. Je dois calculer mon coup à la seconde près.

Alors j'attends que le fracas s'approche puis s'éloigne avant de glisser le bout d'un orteil par le trou. Et, pour le meilleur ou pour le pire, je me laisse aspirer.

Dans la chambre, la bulle vient de se réinitialiser. Les animaux en peluche, le lit, les rideaux, les murs, tout est revenu à sa place. Derrière la fenêtre intacte, la vue est paisible ; le monde n'a pas conscience de ce qui se prépare.

La lettre de Rufus serrée dans ma main tremblante, je promène mon regard autour de la pièce. *Réflexion. Échos. Réverbérer. Reproduire*, je me répète. *Réflexion. Échos. Réverbérer. Reproduire.* Ces mots ont-ils le moindre rapport avec la bulle temporelle ?

Je cherche tout ce qui peut être « double » : double portes, double rideaux, tiroirs à double-fond. Je fouille dans la penderie et dans la commode tout en me creusant la tête : *Du ruban adhésif double-face ? Un double-décimètre ?*

Les minutes défilent à toute vitesse tandis que je vérifie sous le lit, rabats les couvertures, sors les vêtements du placard. Pablo lance un trille paniqué et picore la lettre.

Au loin, un grondement s'élève. Je discerne maintenant un nuage de poussière par la fenêtre.

Mes mains tremblent de plus en plus fort. Arrachant la feuille à l'oiseau, je la relis encore une fois. Et je remarque enfin un nouveau détail.

« Avec une clarté étincelante. »

Je pivote sur moi-même, saisie d'une subite inspiration. Mes yeux se posent sur le miroir qui s'est brisé lors de ma dernière visite. Mon cœur cesse de battre un instant, alors que les vibrations au sol s'intensifient.

Réflexion. Échos. Réverbérer. Reproduire. Chacun de ces mots peut s'appliquer à un miroir.

Je traverse aussitôt la pièce et tâte les contours de la glace, en vain. Pas d'objet caché, pas de levier secret permettant d'ouvrir un compartiment invisible, pas de trappe conduisant à Rufus Halo. Dehors, la tornade approche. Il faut que je parte.

Sur un coup de tête, je tente une dernière chose et souffle sur le miroir, comme ma mère quand elle veut me laisser un message.

Sous mes yeux ébahis se dessine alors la lettre A, tracée du bout du doigt. Les battements de mon cœur s'accélèrent.

Je continue à embuer la surface lisse jusqu'à en avoir mal à la tête et, peu à peu, d'autres lettres apparaissent. A OR E RTE. Bientôt, elles composent une phrase : « MA PORTE EST OUVERTE. »

Il y a aussi une flèche qui pointe vers le coin inférieur droit. En suivant cette direction, j'arrive à la maison de poupées qui, je le sais maintenant, survit à la tornade. Un frisson me parcourt la nuque.

La porte est entrouverte et, dans l'interstice, je vois palpiter un minuscule point lumineux, semblable aux trous que Wanda découpe dans les airs.

Je m'agenouille devant la maison afin de jeter un coup d'œil entre les rideaux, mais ils sont tous tirés. Seule une mince fente me permet de distinguer les contours d'un salon.

La tempête est quasiment sur nous et toute la pièce vibre. Si je veux partir, c'est maintenant. Et si je reste, je dois agir vite.

Combien de fois peut-on rétrécir avant de se désintégrer ? Je fais déjà la taille d'une petite bouloche au fond d'une chaussette. Pablo reste planté à côté de moi, luttant contre l'envie de fuir à tire-d'aile. Je lui adresse un sourire crispé. Mon nouvel oiseau a beaucoup de défauts, mais il ne se défile pas face au danger.

Je prends une grande inspiration pour me donner du courage, puis glisse le bout d'un orteil par l'ouverture.

La sensation d'aspiration désormais familière m'enveloppe. Une seconde plus tard, je suis dans la maison de poupées.

Je me tiens dans un hall d'entrée, à côté d'un seau à parapluies. Et alors que je pensais être préparée à tout, je suis quand même surprise par le spectacle que je découvre.

Un feu brûle dans une cheminée miniature, au fond d'un salon meublé d'un canapé fleuri, d'un gros fauteuil à volants et d'une lampe tarabiscotée. Des vêtements traînent sur les accoudoirs ou sont suspendus au lustre. Il y a des livres un peu partout, dont les couvertures portent des titres comme *Répertoire des pièces automobiles magiques*, *Le moteur à clair de lune, mode d'emploi* ou *Comment monter son entreprise en dehors du système solaire*. Une vieille télé trône dans un coin, son écran divisé en plusieurs parties diffusant les images de caméras de vidéosurveillance braquées vers le ciel d'Halo 5.

Le seul siège épargné par le bazar est un fauteuil à bascule, occupé par un homme mince aux cheveux poivre et sel en costume à carreaux. Les doigts suspendus au-dessus d'un ukulélé, il me dévisage d'un air ébahi.

– Ça a été plus rapide que prévu, commente-t-il avec un sourire qui manque de naturel.

CHAPITRE 11

Je l'ai trouvé, je me répète en boucle. *Je l'ai trouvé, je l'ai trouvé, je l'ai trouvé.*

– Assieds-toi, je t'en prie, me dit Rufus. La tornade ne nous atteindra pas ici. Nous sommes dans une bulle temporelle au cœur d'une autre bulle.

À nouveau, il me décoche son sourire digne d'une publicité pour le dentifrice.

– Les détecteurs de la planète ne m'ont pas averti de votre arrivée. Vous avez utilisé un découseur, je parie ? C'est le seul moyen d'accéder à ce lieu en toute discrétion. Mais peu importe, car ce n'est pas des touristes que je me cache – c'est des sorcières.

– En effet, une de mes amies possède une bague équipée d'un découseur. C'est elle qui nous a amenés ici.

Rufus tape du pied plusieurs fois. On dirait un tic nerveux, comme si sous ses dehors affables, il était très stressé.

– Nous vous cherchions, je continue tandis que Pablo va et vient sur ma cuisse. Je m'appelle Rosie Oaks et je suis avec la Ligue des chasseurs de sorcières. On craignait qu'il vous soit arrivé malheur.

Rufus hausse légèrement les sourcils quand je prononce mon nom, puis il incline la tête d'un air entendu.

– Ah oui, la Ligue. Je m'en souviens. Disons que j'avais simplement besoin d'un peu de temps pour moi. C'est épuisant, tu sais, de gérer une planète. Même si elle est aussi déserte et minuscule qu'Halo 5. Quand on en est réduit à se réfugier dans une maison de poupées au milieu d'une tornade qui se répète en boucle, c'est que le *burnout* n'est pas loin, résume-t-il en riant de sa propre plaisanterie. Comment ça se passe, dehors? Comment vont Zia et Fabian?

– Ils sont un peu… perdus. Ils se demandent où vous êtes.

Rufus recommence à taper du pied, avant de poser une main sur son genou pour s'en empêcher.

– Quant au reste du monde, je poursuis, les nouvelles ne sont pas bonnes. Le Roi du Néant est revenu sur Terre en empruntant un trou noir créé par les sorcières. Il a tout englouti. Nous sommes probablement les dernières chasseuses encore en vie.

Rufus se balance sur son fauteuil, les yeux rivés sur le sol.

– C'est terrible. Je ne m'en serais jamais douté. Je suis très surpris.

Un picotement me parcourt la peau ; j'ai la sensation que Rufus ne dit pas la vérité. Mais pourquoi mentirait-il ? J'inspecte la pièce qui nous entoure, au cas où il s'agirait d'un piège.

– Mon amie Wanda Luna pensait que vous pourriez nous aider. Elle est persuadée que certains détails de la réapparition du Roi du Néant nous échappent. Il était enfermé dans un autre trou noir, dont seule la Déesse de la Lune était censée détenir la clé. D'après elle, quelqu'un a dû voler cette clé pour le faire sortir… et cela ne peut pas être l'œuvre d'une sorcière. Wanda espérait que vous auriez une explication.

Rufus acquiesce et son visage se radoucit, affichant une expression un peu plus sincère.

– Je suis d'accord avec elle, murmure-t-il, les sorcières n'ont pas pu voler la clé, car la Déesse de la Lune ne les aurait jamais laissées approcher. Sans parler du fait que le clair de lune les brûle, me rappelle-t-il en se grattant la moustache. C'était donc forcément un humain. Mais ceux qui auraient pu vous apporter des réponses sont désormais hors de portée – comme le reste de la Terre. Peut-être pour toujours.

– Nous avons envoyé un messager là-bas. Pour vérifier.

Rufus se redresse fièrement.

– Oh, quel modèle ? Le Météorite-7 ? La Comète ?

– Je ne sais pas. On en a fait une chouette et on l'a appelée Zippy.

– Il n'y a pas plus rapide que mes inventions, les vaisseaux encore plus que les messagers. Malheureusement, je crains qu'ils ne soient plus en état de voler. Et si vous voulez retaper l'Accélérateur astral, vous aurez besoin de la Matrice de Glaciation qui se trouve dans le congélateur, ajoute-t-il l'air de rien.

Puis il se racle la gorge et se cale dans son fauteuil.

– En ce moment, je travaille à un nouveau projet d'arme laser alimentée au clair de lune, me confie-t-il en désignant les pièces d'un pistolet à eau éparpillées sur le sol. J'espère que tes amis et toi appréciez votre séjour à l'hôtel ? Tout y est à vendre, tu sais. Comme ici, précise-t-il en contemplant l'intérieur élégant mais encombré de la maison de poupées. Que dirais-tu d'investir dans un distributeur de chewing-gums ? Ou un piano miniature ? Ou un lot de napperons ?

Quand je secoue la tête, il semble déçu.

– L'hôtel du Bout de la Galaxie ne ressemble pas vraiment à ce que j'avais imaginé, déplore-t-il. Je voyais beaucoup plus grand : une gigantesque flotte de véhicules spatiaux, des aventures à travers l'univers, une immense tour centrale avec vue sur les alentours. Toutes ces formes de vie, ces planètes majestueuses, ces naissances d'étoiles à admirer... Les possibilités sont infinies. J'aurais aimé partager cela avec le reste du monde. Et tant qu'à faire, gagner un peu d'argent au passage. Mais les choses ne se sont pas déroulées comme prévu. Car les sorcières sont coriaces.

– Il n'en reste plus qu'une. Nous avons tué les autres.

Rufus me dévisage, puis jette un coup d'œil à Pablo qui tente de grignoter l'une de ses propres griffes.

– C'est toi qui les as tuées ? Avec cette arme ?

– Euh, elle était plus efficace, avant.

Mon hôte garde le silence un long moment, oubliant d'afficher son sourire forcé. Puis il se tourne vers le feu qui est en train de s'éteindre.

– Oups !

Il court s'agenouiller devant la cheminée et remue les fragments de bûches pour raviver les flammes. Je comprends tout à coup d'où venait l'odeur de fumée que j'ai remarquée la première fois dans la chambre ravagée par la tornade : elle sortait de la maison de poupées.

– J'ai oublié d'apporter des allumettes quand je me suis installé ici, m'informe Rufus. Ça complique un peu les choses. Pour en revenir à ton arme, si elle a changé, tu dois l'accepter. Sinon, tu ne seras jamais réellement puissante.

Il s'interrompt, amusé par mon air surpris. Son sourire revient.

– J'ai appris beaucoup de choses sur les objets magiques au fil des ans. Et quelques-unes sur les gens, aussi.

Je ne sais pas quoi répondre à cela. Entre son amabilité surjouée et ses exagérations, j'ai du mal à le prendre au sérieux.

– Prends ce bois, par exemple, continue-t-il en désignant la cheminée. Ce n'est pas facile d'allumer un feu parce qu'il n'y a rien de plus complexe que de faire changer d'état une matière. La bûche refuse d'abandonner sa forme initiale. J'ai lu ça quelque part un jour, et je suppose que ça s'applique également aux êtres humains. Si tu crois fermement en ton don et en ton arme, tu pourras lâcher prise. Et ainsi, tu accompliras des miracles.

– Quel genre de miracles ?

– Bonne question. Un jour, à Dunkerque, une chasseuse nommée Clotilda a failli y arriver sous mes yeux – avant de succomber à une combustion spontanée.

– Ce n'est pas très rassurant !

Rufus finit par obtenir une petite flamme, sur laquelle il souffle jusqu'à ce que le feu reparte. Après l'avoir admiré durant un long moment, il revient s'asseoir dans son fauteuil à bascule. Son attitude affectée a complètement disparu.

– J'ai toujours eu un esprit curieux, reprend-il. Je lis vite. Je pose des questions. Et le clair de lune m'a beaucoup aidé. Grâce à lui, j'ai pu comprendre certains événements du passé. Je connais donc un peu le Roi du Néant. Je sais qu'il est impossible à vaincre, que ses corbeaux engloutissent tout ce qui se trouve sur leur chemin, qu'ils avalent des morceaux du monde comme les papillons de nuit de la Voleuse de Mémoire capturaient les souvenirs. Quant à leur maître, étant fait de néant, il peut prendre la forme qu'il veut. C'est une ombre, un métamorphe. Il incarne toutes les sorcières, les trolls, les gobelins, les terribles accidents et les événements tragiques qui peuvent survenir. Il est la peur et l'absence. Au fond, le Roi du Néant est le vide à l'origine de l'existence des sorcières. Et on ne peut pas se battre contre le vide, Rosie, puisqu'il n'existe pas.

Rufus prend une longue inspiration tremblante.

– Une chose est sûre : quand la Terre ne sera plus, il viendra nous chercher. Maintenant qu'il est libre, l'univers entier est menacé.

Les épaules basses, il fixe ses mains croisées sur ses genoux avant de me regarder dans les yeux. Cette fois, je ne lis que de la candeur dans les siens.

– Voilà ce que je peux te dire, en tant que plus vieux spécialiste des sorcières encore en vie : même si vous en avez détruit douze sur les treize, *elles vont gagner*, Rosie. Et je ne tiens pas à assister à ça. Je suis en sécurité ici pour le moment. Je n'ai pas envie de mourir ; je suis trop attaché à mes affaires. Un chasseur de sorcières doit être prêt à se consumer comme les bûches de ma cheminée. Je ne suis pas assez courageux pour ça.

Il hoche la tête d'un air convaincu, mais il doute, je le vois. Et soudain, mon cœur se gonfle à la vue d'un objet familier que je ne me serais jamais attendue à trouver là, un coussin au point de croix représentant une maison rose et bleue au-dessus de la légende :

Tu bâtis les nuages ; tu fais pousser les ailes. Tu es l'oreille à qui la Terre confie ses histoires ; tu es la voix qui chante ses chansons...

– J'ai déjà vu ça quelque part, je souffle.

Sous le regard étonné de Rufus, je me lève et traverse la pièce.

– Ça vient de la maison de la Tisseuse de Lumière, j'insiste. Il était posé sur un fauteuil là-bas. Comment l'avez-vous récupéré?

J'effleure les lettres délicatement brodées en songeant à cette femme qui répare les cœurs avec du clair de lune. Elle m'a dit beaucoup de choses troublantes, par exemple: «Il n'existe qu'une seule entité, dont nous faisons tous partie.»

Rufus agite vaguement la main tandis que Pablo vole jusqu'à moi et se blottit au creux de ma paume, comme pour profiter de la chaleur que le simple souvenir de la Tisseuse de Lumière fait naître en moi. J'observe notre hôte qui observe l'oiseau.

– Comment l'avez-vous récupéré? je répète.

Le silence est si dense que je peux presque le toucher. Rufus respire vite. J'ai l'impression que si je bouge, il va s'envoler tel un papillon effrayé.

– Je t'ai menti, Rosie, avoue-t-il finalement. Et j'ai quelque chose à te montrer.

Il se lève péniblement, puis me fait signe de le suivre à l'étage, où il longe un couloir desservant trois jolies chambres. Il grimpe ensuite un deuxième escalier afin de rejoindre le grenier, où il n'allume pas la lumière. Pablo luit faiblement dans la pénombre.

– C'est là, chuchote Rufus, comme si quelqu'un pouvait nous espionner.

Il s'approche d'un petit poêle et, d'un regard, s'assure que nous sommes seuls avant d'ouvrir le compartiment à bois et d'en sortir un objet.

Mon hôte s'assied en tailleur sur le sol et je prends place face à lui. Ce qu'il tient entre ses mains est un petit panier ; un panier de couture, pour être exacte. Je l'ai déjà vu, mais je mets un moment à me rappeler où.

Rufus hésite encore. Sans un bruit, il serre le panier contre lui.

– Qu'est-ce que c'est ? je demande, agacée par son mutisme.

Quand il me regarde enfin, il n'y a plus la moindre trace d'hypocrisie ou de sérénité dans ses yeux.

– Si le monde est détruit, Rosie, alors… c'est tout ce qu'il en reste.

CHAPITRE 12

— Si je me suis refugié dans cette maison de poupées, ce n'est pas parce que j'avais besoin de vacances, comme je l'ai prétendu dans ma lettre. C'est parce que, cette nuit-là, j'ai reçu de la visite.

Du bout des doigts, il caresse le bord du panier avec tendresse.

— J'étais sur la colline, en train d'observer à l'est d'étranges manifestations dans le ciel. Aujourd'hui, je sais ce qui les provoquait : le passage du Roi du Néant dans le trou noir faisait onduler le cosmos autour de lui. Mais à l'époque, je n'en avais pas la moindre idée. Et tout à coup, elle est apparue au loin, laissant derrière elle une traînée de comète argentée. Tu as déjà entendu parler des anges ou des visitations divines ? Eh bien, c'était exactement ça.

– De qui parlez-vous ?

Rufus me dévisage comme si c'était évident.

– De la Tisseuse de Lumière, bien sûr. Nous nous sommes rencontrés il y a des années. J'avais emprunté de l'argent pour financer mes projets, et mon créancier était pressé de le récupérer, si tu vois ce que je veux dire. Acculé, j'ai prié pour me téléporter dans les nuages, et ça a fonctionné. La Tisseuse m'a souvent aidé depuis, notamment en m'offrant le clair de lune qui m'a permis d'alimenter mes inventions.

– Oui, j'ai vu la mare derrière l'hôtel.

– Je m'en doute. Cependant, ce fameux soir, c'était la première fois qu'elle mettait les pieds sur Halo 5. Elle était dans tous ses états, et j'ai aussitôt compris qu'une catastrophe s'était produite. Elle m'a raconté la même chose que toi sur le retour du Roi du Néant. Sauf que, depuis les nuages, elle en avait vu davantage. Elle savait par exemple que la Lune et sa Déesse avaient été aspirées par le trou noir.

Il me laisse un peu de temps pour digérer cette nouvelle. Mon cœur se contracte si fort que j'ai mal à la poitrine.

– Elle n'est restée que quelques minutes, reprend Rufus. Elle m'a expliqué qu'elle n'avait personne d'autre vers qui se tourner et m'a fait jurer de garder le secret. Puis, une fois certaine que nous étions seuls, elle m'a remis ceci.

Il baisse les yeux vers le panier.

– Au fil des ans, elle s'était fait une idée assez précise de mon caractère et estimait que, dans tout l'univers, j'étais le plus à même de dissimuler un objet de valeur. Elle allait donc me confier un trésor plus précieux que tout ce qu'on pouvait imaginer. Je devrais le conserver à l'abri des regards et le protéger de ma vie.

Rufus incline la tête, les yeux mi-clos.

– Mais juste après, elle m'a donné une consigne contradictoire : si, à un moment donné, je sentais dans mes tripes que je devais le céder, alors il me faudrait suivre mon instinct.

Je fixe le panier, un peu perdue.

– Comme toi, je n'y comprenais rien. Je lui ai donc demandé davantage de précisions. Tout ce qu'elle a pu me dire, c'est que quelqu'un aurait peut-être un besoin vital de cet objet pour empêcher la fin du monde. J'ai voulu insister, mais elle était pressée. Elle ne pouvait pas abandonner ses bergers et voulait tout tenter pour les sauver. Elle m'a promis que si elle s'en sortait, elle passerait quelques jours plus tard récupérer son panier. Mais le temps a filé, et elle n'est jamais revenue, conclut Rufus, le visage grave. Voilà où j'en suis. J'ai traversé la galaxie pour échapper aux sorcières, et je me retrouve aujourd'hui détenteur d'un secret qui fait de moi une cible.

J'essuie mes yeux qui se sont remplis de larmes à l'évocation de la Déesse de la Lune, de la Tisseuse de Lumière et des bergers des nuages qui veillaient sur le monde.

– Tu dois trouver ridicule que j'aie passé tant d'années sur Halo 5 avant de me terrer dans une maison de poupées. Mais je n'ai pas honte d'avoir quitté la Terre, ses sorcières et ses chasseurs. Je n'ai pas honte de vouloir survivre. Néanmoins, je suis très attaché à la Ligue des chasseurs de sorcières. Et je ne peux pas trahir une planète entière. Rosie, mes tripes me disent que ce panier est pour toi.

J'ai une grosse boule dans la gorge.

– Qu'est-ce qu'il contient ? je l'interroge. La Tisseuse vous l'a dit ?

Rufus acquiesce avant de soulever le couvercle. Une lueur émane de l'intérieur, illuminant nos visages. Par l'ouverture, je distingue des tourbillons de brouillard étincelant, un peu comme le cœur d'un nuage d'orage.

Je lève un regard interrogateur vers Rufus.

– C'est le musée de l'Imaginaire, me confie-t-il. Un palais qui renferme tous les rêves du monde.

– Quoi ? je souffle. Comment ?

Je me rappelle avoir admiré le musée de loin, lors de mon unique visite à la Tisseuse de Lumière. C'était un bâtiment gigantesque dont les hauteurs se perdaient dans les nuages. Elle avait même souligné que personne ne savait s'il avait un sommet. Comment pourrait-il tenir dans un panier ?

Rufus a dû réagir comme moi en le voyant, car il m'explique aussitôt :

– La Tisseuse l'a empaqueté à la hâte avant de partir. Dans sa précipitation, elle a attrapé le premier contenant qui lui est tombé sous la main.

– Mais c'est impossible ! j'objecte.

Je devrais pourtant savoir, à ce stade, que la trame invisible n'obéit pas aux lois de la physique.

– Il n'est composé que de brouillard et de lumière, me rappelle Rufus. Ça ne prend quasiment aucune place.

Tout en admirant les volutes qui sortent du panier, je me remémore les mots de la Tisseuse de Lumière. D'après elle, le musée contenait toutes les notes de musique jamais jouées, tous les tableaux jamais peints, tous les rêves jamais rêvés, tous les mots jamais prononcés, ainsi que les songes des arbres et des animaux. Les bergers des nuages les collectionnaient afin de tenir les archives de notre imaginaire.

– Si le monde a encore une chance, elle est là, déclare Rufus. Le Roi du Néant souhaite étouffer ce que ce panier renferme – tous les peut-être, tous les possibles. Leur valeur est inestimable. L'imagination est la bête noire des sorcières; même lui la redoute. Si la Terre a survécu jusqu'ici, c'est parce qu'il a l'intention de s'en servir comme appât pour récupérer le palais des Rêves. Je suis prêt à parier qu'il va patienter sagement pendant que ses corbeaux explorent la galaxie.

Je déglutis péniblement. Je comprends mieux maintenant pourquoi, même réduit à la taille d'un grain de poussière et caché au fond du grenier d'une maison de poupées, Rufus a peur que quelqu'un nous écoute... nous observe...

– D'accord, je soupire, mais je ne vois pas en quoi ça m'aidera à trouver la clé.

Rufus pose une main protectrice sur le panier.

– Tu dois résoudre un mystère lié à une planète désormais hors d'atteinte. Un mystère dont les seuls échos, les seuls fragments murmurés, se trouvent dans ce musée. Je suis certain qu'il renferme le souvenir, le rêve ou l'histoire de cette clé – qui l'a volée, ce qui lui est arrivé, où elle est passée. Les réponses que tu cherches sont là-dedans.

Il se gratte le nez, mal à l'aise, puis affiche à nouveau son sourire de pub pour le dentifrice, comme s'il hésitait à m'annoncer une mauvaise nouvelle.

– Mais tu vas devoir faire le tri parmi des rêves accumulés depuis la nuit des temps. C'est… beaucoup.

Je baisse les yeux vers le contenu brumeux du panier.

– Je dois encore rétrécir pour y entrer ?

– Si seulement c'était aussi simple, regrette Rufus en tripotant sa moustache. Malheureusement, le musée n'est ni une chaussette, ni une maison de poupées, ni un four de dînette. Le musée de l'Imaginaire est, par nature, éthéré et irréel. Pour y entrer, je dirais – mais ce n'est là qu'une théorie – que tu dois devenir éthérée toi aussi. Et si tu y parviens, tu devras prendre garde. C'est une jungle sans limites dans laquelle tu pourrais facilement te perdre, être enlevée, disparaître à jamais. Les choses qu'on imagine ne sont pas toujours belles, Rosie.

Je cligne des yeux, la poitrine oppressée.

– Vous dites que ce n'est qu'une théorie. En d'autres termes, vous n'en savez pas plus que moi ?

Rufus recommence à se gratter le nez.

– En effet.

Mes espoirs retombent comme un soufflé. Rufus est un des plus grands spécialistes de la magie. Or plus nous parlons, plus la mission qui m'attend me paraît impossible. Ce n'est pas la première fois que je me sens dépassée, mais là, ça atteint de nouvelles proportions.

– Toutefois, Rosie, je ne suis pas un chasseur de sorcières. Tu as déjà dû te rendre compte que, lorsque ton instinct prend le dessus, ton arme peut te guider. Ce musée est par définition le royaume de l'instinct. Ton oiseau saura peut-être s'y retrouver.

Nous contemplons Pablo, qui est en train de s'étrangler avec une de ses plumes. Mes mains se mettent à trembler.

Comment fouiller un bâtiment infini ? Surtout si on ignore comment y entrer ? De toutes les tâches insurmontables que j'ai dû accomplir depuis le soir où j'ai brûlé mes histoires, puis découvert l'existence des fantômes et des sorcières, celle-ci est probablement la pire. Car même si je parviens à apprendre où se trouve la clé, il faudra encore la récupérer, puis affronter l'invincible Roi du Néant pour le renvoyer dans le trou noir d'où il vient, et l'y enfermer à nouveau.

Rufus semble lire dans mes pensées.

– Tes chances d'y arriver sont infimes, j'en ai bien conscience. Mais le Roi du Néant ne s'arrêtera que lorsqu'il ne restera plus… que le néant. Il souhaite l'annihilation totale du monde. C'est sa raison d'être.

Il se tait un instant, l'air sombre.

– Une dernière chose, Rosie. Très importante. Celui ou celle qui a volé la clé est un traître. Or, les traîtres peuvent se cacher partout. Même parmi ceux que tu penses être tes amis.

Je frissonne. Sans le vouloir, je songe aussitôt à Loup, à son enfance passée auprès de la Sorcière du Temps, à son caractère étrange et inquiétant.

– Si je te donne ce panier, tu dois me promettre de n'en parler à personne. Et de ne jamais mentionner notre rencontre. J'ai peur que, si on me trouve ici, notre secret soit révélé au grand jour. Rassure-toi, s'il y a le moindre problème sur Halo 5, j'en serai informé. Mais je ne sortirai d'ici que si je n'ai vraiment pas le choix.

– Je peux quand même le dire à ma mère ?

Rufus me regarde droit dans les yeux.

– Non. À personne. Et tu dois aussi t'engager, comme je l'ai fait auprès de la Tisseuse de Lumière, à protéger de ta vie ce petit paquet de brouillard éthéré. C'est d'accord ?

Je déglutis, soudain convaincue que le musée me conduira à ma perte.

– Oui, promis, je souffle.

Pablo, perché sur mon épaule, tremble autant que moi.

Rufus me tend le panier dont je referme doucement le couvercle.

– J'ai un bon pressentiment à ton sujet, dit-il en souriant.

Puis il jette un coup d'œil à l'oiseau.

– En ce qui concerne ton petit copain, par contre, je suis moins sûr…

Je me demande s'il plaisante ou pas.

– Tout ce qui nous reste aujourd'hui, conclut-il, les mains serrées sur les miennes autour du panier, ce sont les choses invisibles que nous avons tendance à sous-estimer. Prends bien soin d'elles, Rosie. Elles sont notre seul espoir.

CHAPITRE 13

Après avoir tant peiné pour y accéder, je n'ai aucune difficulté à quitter la cachette de Rufus. Il m'escorte jusqu'à la chambre ravagée (tout y est en miettes cette fois, car la tornade vient de passer). Puis, sans s'attarder, il regagne la maison de poupées, me jetant un rapide coup d'œil par-dessus son épaule. Quelques secondes plus tard, je suis de retour dans l'hôtel.

Le panier serré contre mon ventre, je pousse un soupir de soulagement. Puis je m'assure, l'oreille collée contre la porte, qu'il n'y a personne dans le couloir avant de rejoindre ma chambre sur la pointe des pieds. Mais tout est désert, y compris le lit de Gempa qui n'est même pas défait.

Une fois le panier dissimulé tout au fond du placard, sous une pile de draps, je ressors dans le couloir. Le silence règne. Je vérifie les chambres voisines; elles sont vides elles aussi.

– Il y a quelqu'un? j'appelle.

Ma voix résonne à travers l'étage. Pas de réponse.

Un peu inquiète, je monte à la bibliothèque. Personne. Pareil dans le petit salon du Distributeur de Tout, et dans le hall, et dans la salle à manger du rez-de-chaussée. Enfin, par la fenêtre qui se trouve derrière la table, j'aperçois mes compagnons, rassemblés dans le jardin de devant en un grand cercle agité. Il a dû se passer quelque chose.

Au début, seul Flo m'entend approcher. Puis Loup se retourne et contemple mon collier comme s'il voulait me l'arracher.

– Qu'est-ce qu'il y a? je demande, me préparant au pire.

Aria me fait signe d'avancer. Gempa, elle, tremble comme une feuille. Mon cœur tambourine contre mes côtes. Lorsque je pénètre dans le cercle, je découvre ce que mes amis observaient avec tant d'attention.

Zippy.

Notre messagère mécanique semble revenir de la guerre. Elle gît sur le sol, son corps formant un angle étrange. Il lui manque une aile, un œil et trois serres.

Mais à côté d'elle, quelque chose dépasse du compartiment à inertie qui l'a protégé des attaques. Quand je comprends ce que c'est, je n'en crois pas mes yeux.

Car cela signifie deux choses.

Petit un, que Zippy a voulu faire plaisir à Gempa.

Petit deux, que la Terre existe toujours.

Eliot Falkor, l'iguane apprivoisé de ma meilleure amie, est prostré sur le sol, un peu sonné – même si ça ne change pas beaucoup de son air blasé habituel.

Gempa s'agenouille près de lui. Aussi fou que ce soit, le reptile a traversé la galaxie. Il semble en forme et bien nourri. Elle le soulève jusqu'à son visage, inondant ses écailles de larmes de joie.

– Tu as mal à la tête ? lui demande-t-elle d'une voix rauque.

Un crépitement attire soudain notre attention vers Zippy, dont les articulations crachent des étincelles. Elle frissonne comme si elle inspirait profondément. Puis l'intrépide chouette qui nous a rendu l'espoir s'effondre, sans vie, dans un nuage de fumée.

*L*a Terre tourne lentement sur elle-même et, au-dessus d'elle, le trou noir attend.

Les humains contemplent le ciel, dont ils ont désormais beaucoup de mal à détacher les yeux. Ils s'asseyent autour de feux de camp ou sur les toits des immeubles pour observer l'énorme tache d'encre. Dans les villes, ils marchent en se tordant le cou. Le soleil se lève puis se couche comme il l'a toujours fait. Mais le monde se détraque sans la force gravitationnelle de la Lune.

Voilà vingt-cinq jours que l'astre a disparu. En son absence, les animaux nocturnes s'égarent sur les routes en plein jour, les vents ravagent des rues autrefois protégées des tempêtes, les tornades dévastent des bois centenaires. Dans les stations balnéaires, l'océan grignote peu à peu les côtes, forçant les gens à reculer dans les terres. Au début, ils ne s'aperçoivent pas que des créatures invisibles les suivent. Colibris, caméléons iridescents... Ce sont les familiers des onze sorcières mortes, qui restituent ce qu'ils avaient volé.

En Égypte, une femme retrouve la mémoire ; en Irlande, un homme oublie sa rage. Le même phénomène se répète dans des milliers d'endroits. Et partout, partout, jaillissant de la gueule de hyènes lumineuses, le don de clairvoyance reprend ses droits.

Certaines personnes partent au travail, persuadées que l'âme n'existe pas, puis découvrent, en rentrant chez elles, une maison peuplée de fantômes. D'autres voient des corbeaux brillants, de plus en plus nombreux, perchés sur les panneaux de signalisation et les temples, les étals des marchés, les feux tricolores, les épiceries. Grâce à la clairvoyance, les humains ont maintenant conscience du danger qui les guette. Ils se mettent à croire aux sorcières – d'autant que, sur toutes les chaînes de télévision, trois inconnus se vantent de les avoir traquées. Ces chasseurs qui prétendent être sortis du ventre d'une baleine parlent de voyages dans l'espace-temps et de clair de lune. Le nom sous lequel ils se présentent évoque un groupe de jazz : Raj et les garçons.

À Seaport, dans le Maine, dans la demeure qui était encore récemment celle de la famille Oaks, les spectres discutent de tous ces changements – du trou noir, des chasseurs, du fait que de plus en plus de gens sursautent maintenant à leur approche, leur imposent de sortir des toilettes ou leur demandent leur chemin.

Mais ce n'est pas pour commérer que les fantômes se rassemblent si nombreux. Venus des bois, du cimetière de marins, de toute la ville, ils font la queue dans le couloir et l'escalier pour accéder à la table de nuit d'Annabelle. Trois photos encadrées trônent sur celle-ci : un homme souriant à la proue d'un bateau de pêche ; deux sœurs jumelles enlacées ; et une fillette d'une dizaine d'années, petite pour son âge et l'air timide. Juste à côté, il y a un livre qui parle d'enfants perdus. Hansel et Gretel.

C'est lui qui attire les fantômes. Les uns après les autres, ils se penchent au-dessus d'une illustration représentant une forêt sombre, une maison dangereuse, un chemin sous les arbres. C'est une histoire aussi vieille que le monde. Les spectres se concentrent puis plongent dans l'image. Toute la nuit, ils se succèdent ainsi dans la chambre et disparaissent. Personne ne pourrait expliquer comment. Ni où ils sont partis.

CHAPITRE 14

Être transporté à travers la galaxie par une chouette mécanique jusqu'à une planète inconnue est visiblement éprouvant. Eliot Falkor dort plusieurs jours d'affilée. Gempa refuse de le lâcher, ni pour le dîner (durant lequel elle le pose sur sa serviette) ni quand elle va aux toilettes.

— Vous ne trouvez pas qu'il a des cils magnifiques ? s'extasie-t-elle, radieuse. Et des ongles trop mignons ? Il ne vous paraît pas trop stressé ?

Eliot se contente de cligner des yeux d'un air ahuri, comme il l'a toujours fait. Je ne suis même pas sûre qu'il ait vraiment des cils.

— Si seulement il pouvait nous dire dans quel état est le monde, soupire Gempa. Flo, à quoi il pense ?

Le fantôme, qu'elle considère comme notre expert en animaux car il a toujours été très attentif à la nature, secoue la tête.

– Je peux deviner si un iguane a soif, pas lui soutirer un témoignage détaillé de ce qu'il a vu avant de quitter la Terre.

Il me décoche un sourire complice qui me réchauffe de l'intérieur. Lorsqu'il se penche pour regarder Eliot dans les yeux, celui-ci sort sa langue. Flo l'imite pour me faire rire.

– Il déteste qu'on se moque de lui, lui signale Gempa.

Flo recule, non sans m'avoir adressé un clin d'œil.

– Zippy aurait pu choisir de rapporter un objet plus utile, intervient Wanda qui passait par là. Mais c'est merveilleux de vous voir ensemble, tous les deux.

Nous acquiesçons. L'arrivée d'Eliot a changé beaucoup de choses, à commencer par Gempa. Elle a retrouvé sa bonne humeur et son énergie d'autrefois. Elle arpente les alentours de l'hôtel à grands pas, comme si elle espérait décoller et rejoindre la Terre par la seule force de sa volonté. Elle parle de tout ce qu'elle a hâte de retrouver là-bas : les tacos, les centres commerciaux, les ascenseurs, les smoothies, les cinémas. (Bizarrement, rien de tout cela ne me manque, à moi.) Elle reprend même le footing, faisant le tour de la planète le plus vite possible pour ne pas laisser son iguane seul trop longtemps. Elle est redevenue l'amie impatiente et intrépide que j'ai toujours connue. Et je sais pourquoi : la présence d'Eliot implique un certain nombre de choses.

Par exemple, il est évident que quelqu'un a pris soin de lui. Il a été bien nourri et ses oreilles sont huilées exactement comme Gempa le faisait. C'est forcément l'œuvre d'un membre de sa famille, car personne d'autre ne s'embêterait à huiler les oreilles d'un reptile. Or si la famille de Gempa est en vie, il y a de bonnes chances pour que le reste du monde le soit aussi.

La Terre n'a donc pas encore été engloutie par le trou noir. Le Roi du Néant attend sans doute de mettre la main sur l'objet caché au fond de mon placard.

La situation est plus critique que je le pensais. Il va nous falloir un plan.

J'ai appris que l'espoir peut être une chose dangereuse. Pourtant, chaque matin, pendant que Gempa promène son iguane, j'ouvre le placard dans l'espoir que le musée m'accueille.

J'essaie tout ce qui me passe par la tête : je glisse mes deux pieds dans le panier. J'attrape le brouillard avec mes mains. J'envoie Pablo à ma place… mais il ressort aussitôt en toussant. Alors je négocie : «Allez, s'il te plaît, petit panier. Je te passerai une nouvelle couche de vernis ! » En vain. Même la bague que j'emprunte à Wanda ne suffit pas à m'ouvrir une entrée.

De son côté, terrifiée à l'idée que nous rations notre chance de sauver le monde, Wanda organise une réunion pour décider de la suite. Nous commençons par évoquer la remise en état de l'Accélérateur astral.

– C'est peine perdue, soupire Clara. Sans la Matrice de Glaciation, nous prendrons feu au décollage. Et en fabriquer une autre dépasse de loin mes compétences.

– Oh ! je m'exclame, repensant soudain à un détail mentionné par Rufus. Je me demande si je ne l'ai pas vue dans un congélateur...

Nous nous lançons alors dans une fouille effrénée de tous les congélateurs de l'hôtel. Bientôt, Aria revient en brandissant, entre son pouce et son index, une minuscule spirale qui pourrait bien être notre ticket de retour sur Terre... C'est ainsi que le travail de réparation de l'Accélérateur astral commence.

– Je suis sûre à soixante... allez, soixante-deux pour cent de pouvoir le faire voler, affirme Clara le lendemain après-midi, alors que nous nous accordons cinq minutes de pause après avoir récupéré autant d'éléments que possible sur les autres machines de Rufus. Mais ça prendra du temps, et il ne faudra pas s'attendre à un résultat spectaculaire. Le vaisseau est tout petit.

Il n'est pas équipé d'armes, donc oubliez les batailles spatiales à la *Star Wars*. Par contre, il ira vite. Si j'en crois la vidéo de Rufus, il pourrait nous conduire sur Terre en quelques heures. Mais pour affronter le Roi du Néant, nous devrons sortir de l'Accélérateur, nous déplacer dans l'espace vêtues de nos combinaisons pressurisées, et utiliser nos armes de chasseuses.

– Tout ce qui compte, c'est que tu nous ramènes, insiste Aria, assise en tailleur sur le sol, la dépouille de Zippy sur les genoux. Une fois là-bas, je me chargerai du reste.

Clara la dévisage longuement, comme si, durant une fraction de seconde, elle avait entrevu la version de sa sœur que Gempa et moi connaissons. Celle qui n'a peur de rien, celle qui n'est plus une gamine, celle qui guide les autres. (Pour le moment, c'est plutôt Wanda qui a pris la tête de notre groupe, mais si je devais choisir entre elles deux, je voterais sans hésiter pour Aria.) Puis Clara hausse les épaules et lance :

– Pourquoi tu t'acharnes à réparer cette chouette, Cacahuète ? Elle a déjà rempli sa mission.

– Il faudra combien de temps pour que le vaisseau soit en état de marche ? intervient Wanda, qui vient de nous rejoindre.

Clara se lève et contemple l'Accélérateur astral, une main sur la hanche.

– Je dirais trois semaines, peut-être plus.

Tout le monde, comme moi, redoute que ce soit trop long.

– Si c'est le mieux qu'on puisse faire, on s'en contentera, conclut Wanda. Profitons de ce temps pour essayer de localiser la clé.

Dans le silence qui retombe, mon cœur bat la chamade. Le poids de mon secret m'accable.

– J'ai peut-être un moyen, je lâche tout à coup.

Les autres me regardent.

– Lequel ? m'interroge Aria.

– Je ne peux pas vous le dire.

Nouveau silence, que Wanda finit par rompre.

– Tu penses vraiment avoir une chance d'y arriver, Rosie ?

– Je… oui, je crois.

Je m'attends à ce qu'elle insiste et me passe sur le grill. Après tout, c'est une chasseuse chevronnée, et je ne suis qu'une enfant – enfin, je l'étais jusqu'à récemment.

– Bien, dit-elle en me tapotant l'épaule. Dans ce cas, concentre-toi sur la recherche de la clé grâce à ta source mystérieuse. Clara et Aria installeront le ressort congelé sur l'Accélérateur, et nous autres réfléchirons à la meilleure manière de renvoyer le Roi du Néant dans le trou noir qu'il n'aurait jamais dû quitter.

Elle se racle la gorge puis, consciente de s'être montrée un peu sèche, elle précise :

– Sans vouloir vous mettre la pression, bien sûr !

Elle se tourne ensuite vers Gempa, assise contre le mur du hangar avec Eliot Falkor.

– Ho hé ! appelle-t-elle pour la tirer de sa rêverie. Trouve-toi une arme de chasseuse. Tu en auras besoin.

Après le départ de Wanda, Gempa, Aria et moi nous dévisageons, découragées. Clara, elle, s'est déjà remise au travail, un crayon derrière l'oreille.

– Elle est encore plus imperturbable que sa sœur, commente Gempa à mi-voix tandis que nous repartons vers l'hôtel, laissant les deux filles réparer notre seule chance de sauver le monde.

Je leur jette un coup d'œil par-dessus mon épaule.

– Comme quoi… tout est relatif !

– Ça y est, j'ai trouvé ! m'annonce Gempa un peu plus tard depuis le seuil de notre chambre, Eliot Falkor sur l'épaule et un immense sourire aux lèvres.

Allongée sur mon lit, je feuillette le *Guide universel* d'une main distraite en attendant que mon amie aille se coucher pour retenter ma chance avec le panier de couture.

– Trouvé quoi ? je l'interroge en posant mon livre.

Gempa sort de derrière son dos un ours en peluche rose qui tient un cœur en satin brodé : « Je t'aime gros comme ça. »

– Mon arme de chasseuse. Ça vient du Distributeur de Tout.

– Ce n'est pas une arme. C'est une peluche.

Gempa regarde l'ours, puis moi.

– On pourrait lui faire un câlin avant le combat, pour se donner du courage, et...

Elle s'assied au bord de son lit et laisse descendre Eliot.

– ... je suis quasiment sûre que ses yeux peuvent lancer des rayons laser. Sinon, rien à voir, Loup m'a proposé de garder mon iguane pendant que je fais mon footing demain. Enfin, je lui ai posé la question et il a hoché la tête.

Je me retiens de répliquer que mon frère a sans doute l'intention de faire rôtir le reptile pour le manger.

– Sois prudente avec Loup, Gempa.

Elle attend que je développe.

– Tu ne crois pas que... Tu n'as pas l'impression que toutes ces années passées chez la sorcière l'ont rendu... mauvais ?

Vu sa réaction, cela ne lui avait jamais traversé l'esprit. Mais Gempa voit toujours le meilleur chez les gens.

– Eliot le sentirait, s'il était méchant.

– Et il te préviendrait comment ?

Elle réfléchit.

– Avec des grimaces, je suppose.

Je n'ai jamais vu l'iguane présenter autre chose qu'une expression impassible. J'essaie d'en faire autant, bien que je m'inquiète pour Gempa et les autres. Je suis tentée de lui parler du musée de l'Imaginaire, juste pour lui prouver que nous devons nous méfier de tout le monde. Mais je ne peux pas trahir la promesse que j'ai faite à Rufus.

Gempa part tremper son nouvel ours en peluche dans un seau de clair de lune sous le hangar, espérant qu'il se transforme en arme duveteuse durant la nuit. En son absence, je tente une nouvelle fois d'entrer dans le panier de couture. Frustrée, je lui donne un coup de pied que je regrette aussitôt. Si ça se trouve, j'ai renversé une étagère remplie de rêves. Comment savoir ?

Je range le panier à sa place et monte dans mon lit, découragée.

– Ça va ? me demande Gempa en rentrant dans la chambre.

Je pousse un petit grognement.

– Tu sais ce qui me fait du bien quand je suis de mauvaise humeur ? continue-t-elle. C'est d'aller courir.

Je lui jette un regard blasé. Elle sait pertinemment que je déteste ça.

– Une petite promenade, alors ? me suggère-t-elle.

Avec un gros soupir, je décide de suivre son conseil. Fabian est dans le hall, en train d'astiquer le guichet déjà impeccable. Il renifle d'un air agacé en me voyant passer.

Une fois à la belle étoile, je me sens déjà plus calme. Je sors ma lampe de ma poche et allume Pablo, qui sautille maladroitement devant moi. Je le trouve presque beau dans la lumière crépusculaire. Flo n'est nulle part en vue. Il n'y a que Loup près de la mare, la couverture de verre étalée sur ses genoux reflétant l'éclat des étoiles. Je m'approche de lui à contrecœur.

– Salut, Loup. Tu n'aurais pas vu Flo ?

Mon frère me dévisage sans rien dire, puis me tend sa couverture. Je ne comprends pas ce qu'il veut.

– C'est, euh… c'est joli.

Alors que je fais mine de la caresser sans vraiment la toucher, Loup la soulève d'un coup et je m'entaille le doigt sur un rebord acéré.

– Aïe ! je m'écrie en lâchant ma lampe.

Vif comme l'éclair, Loup la rattrape au vol. Il l'examine un instant avant de braquer le rayon – et Pablo – sur mon collier.

Tout se passe très vite. L'oiseau heurte la pierre de lune, lumière contre lumière. Un rayon argenté jaillit du pendentif et met le feu à un arbre voisin.

– Loup !

Je retire mon peignoir afin d'étouffer les flammes, me brûlant la main au passage. Une fois la catastrophe évitée, je me retourne vers mon frère, le fusille du regard et lui arrache ma lampe. Il baisse le nez.

– Tout va bien ? nous interroge une voix.

Surprise, je me redresse. Zia est plantée sur la butte, l'air soucieux, mais ce n'est pas elle qui vient de parler. C'est Flo. Ils se tiennent la main.

Je les fixe, abasourdie, avec la sensation que ma poitrine vient de prendre feu elle aussi.

– Je... euh... on...

Je contemple le sol, puis Loup, le visage sans doute plus rouge que les braises de l'arbre.

Une douleur inconnue me dévore de l'intérieur.

– Pablo a juste... je bégaie.

Flo semble mal à l'aise et finit par lâcher la main de Zia.

Puis, comme si mon humiliation n'était pas assez totale, mon oiseau pousse un long sifflement de hyène blessée.

– À plus, je conclus avant de tourner les talons, la lampe serrée contre mon ventre.

Mais au lieu de m'éloigner tranquillement, je pique un sprint ridicule en direction de l'hôtel. Pablo sautille à mes pieds sans cesser de gémir.

Après avoir éteint ma lampe, je claque la porte derrière moi et grimpe l'escalier quatre à quatre jusqu'à ma chambre, où je me terre dans mon lit, la tête enfouie sous mon oreiller. Gempa dort déjà comme une souche. Le simple fait de respirer me fait mal.

Je repense à ce que Flo m'a dit un jour, sur le fait qu'il aurait toujours treize ans et que je finirais par le dépasser. Je n'avais pas vraiment compris ce que ça signifiait, jusqu'à aujourd'hui. Un jour ou l'autre, nous allons nous perdre.

– Je crois que je suis amoureuse de lui, je souffle dans le noir, avant de vérifier avec angoisse que Gempa ne s'est pas réveillée.

Je suis amoureuse de Flo. Pourtant, je n'ai aucune envie d'être amoureuse, et surtout pas d'un mort! Cette prise de conscience me frappe comme un coup de poignard en plein cœur.

Dans des circonstances plus normales, j'aurais secoué mon amie pour tout lui raconter. Mais là, j'en suis incapable. Moi qui n'ai jamais réussi à lui cacher quoi que ce soit pendant plus de vingt-quatre heures, j'ai maintenant deux secrets.

Si je suis tombée amoureuse de Flo, c'est la preuve que j'ai changé. De même que la nuit où j'ai brûlé mes histoires, j'ai grandi d'un seul coup. Sans le vouloir.

Je porte mes mains à mes joues et me rends compte que je pleure. Assise dans mon lit, je contemple mes doigts humides. Dans l'étrange pénombre d'Halo 5, ils paraissent presque phosphorescents.

Quand je m'endors enfin, je rêve que Pablo est devenu moi et que je suis devenue Pablo. J'essaie désespérément de retrouver ma forme humaine, mais je suis incapable de tourner la tête pour entrevoir, derrière moi, celle que j'ai été. Je vole jusqu'au panier de couture et soulève le couvercle avec mon bec. Cette fois, je distingue un tunnel qui s'enfonce à l'intérieur.

Je me réveille en sursaut. Pablo m'observe, perché au pied de mon lit, alors que je suis certaine d'avoir éteint ma lampe. Nous nous dévisageons. Peut-être est-ce un effet de mon imagination, mais le regard de l'oiseau me paraît empreint d'une sagesse insondable. Puis il disparaît, comme si je l'avais surpris en train de faire quelque chose d'interdit. Et c'est alors qu'un murmure s'élève :

– Viens…

Au début, je me tourne vers la porte. Peut-être que ma mère et Wanda me cherchent, ou que Flo est venu voir comment j'allais? Mais soudain, un filament de brouillard blanchâtre entre dans mon champ de vision.

Je me penche par-dessus la rambarde du lit. Des lambeaux de brume flottent vers moi, de plus en plus nombreux. Je retiens un hoquet de surprise en voyant qu'ils s'échappent de sous la porte du placard.

Je rallume Pablo, qui a l'air un peu perdu, et je le fixe comme pour dire : « C'est toi qui as fait ça? Dans mon rêve ? »

Les murmures sont très clairs à présent. Ils ne ressemblent aux voix d'aucun de mes amis.

– Viens, enfant des hommes, viens !

Je reconnais ce vers pour l'avoir lu dans les *Contes et légendes d'Irlande* empruntés à la bibliothèque de l'hôtel. Il est extrait d'un poème de Yeats intitulé « L'Enfant volé », qui m'a tout de suite attirée à cause de Loup. Il parle d'un enfant qui se laisse entraîner loin du monde par une fée, car le monde est trop triste, parfois.

Dans le lit du bas, Gempa se met à ronfler. Je descends l'échelle avec précaution, les battements de mon cœur résonnant à mes oreilles. Sans un bruit, j'ouvre la porte du placard. Pablo disparaît presque dans les tourbillons de brume qui s'enroulent autour de mes chevilles et recouvrent le plancher. Je ne distingue plus le panier. À l'endroit où il devrait se trouver, il n'y a plus qu'une cavité brillante d'où sortent les nuages, un peu comme la vapeur de la cheminée d'une vieille locomotive.

Je m'approche et jette un coup d'œil à l'intérieur, mais je ne vois rien. Alors, après un dernier regard vers Gempa, je referme la porte derrière moi.

Le brouillard m'enveloppe. Du fond du trou me parviennent des échos lointains – cris d'animaux, rires, hurlements. La fraîcheur qui règne depuis notre arrivée sur Halo 5 cède la place à une chaleur moite.

Assise au bord de l'ouverture, je laisse pendre mes jambes dans le vide. Pablo me rejoint en quelques bonds courageux. Au bout d'un moment, je comprends que la seule chose à faire, c'est de lâcher prise.

– Viens, murmure toujours la voix. Viens.

Le cœur battant, je me laisse glisser dans le trou.

CHAPITRE 15

J'atterris sur une surface souple, presque aussi moelleuse qu'un oreiller. Puis le brouillard se dissipe et je constate que le sol a la finesse et la légèreté d'une toile d'araignée.

Mais ce n'est rien à côté de ce qui arrive à mes pieds – à tout mon corps, en fait. Il est devenu scintillant, translucide. Quand je lève une main devant moi, je vois à travers. Je balance mes bras d'un côté puis de l'autre, fascinée par la lueur qu'ils émettent.

« Pour y entrer, a supposé Rufus, je dirais que tu dois devenir éthérée toi aussi. » Il avait raison.

– Je suis presque un fantôme, je souffle à Pablo qui pépie doucement, loin d'être aussi choqué que moi.

C'est moins troublant pour lui, qui a toujours été taillé dans la trame magique. Et mis à part le fait que je suis transparente, je ne me sens pas vraiment différente de la fille angoissée et confuse que j'étais il y a une minute.

Un long tunnel s'étend devant et derrière moi, formant une voûte ondulée au-dessus de ma tête. Pablo fonce sur une paroi qui le fait rebondir en arrière. Je la tâte délicatement et constate qu'elle s'enfonce un peu sous mes doigts. Je ne suis pas la seule à être irréelle. C'est le cas de tout cet endroit.

– On va par où ? je demande à Pablo. D'après Rufus, tu devrais pouvoir me guider.

Un oiseau n'a pas d'épaules, pourtant je jurerais qu'il hausse les siennes. Je tends l'oreille dans l'espoir d'entendre la voix qui m'a appelée. Elle murmure toujours au loin, beaucoup plus faiblement : « Viens, viens. » Un cri d'animal résonne, faisant trembler le sol sous mes pieds comme de la gelée.

Pablo et moi nous regardons. « Les choses qu'on imagine ne sont pas toujours belles », a aussi dit Rufus.

J'avale ma salive et me force à avancer, avec l'impression de marcher sur un trampoline. Le tunnel se divise en plusieurs couloirs qui partent vers la droite, la gauche, le haut, le bas. Je les inspecte au passage, inspirant l'air humide et lourd.

Je ne dois pas être très concentrée car, soudain, Pablo pousse un sifflement aigu, juste à temps pour que je me fige au bord d'un précipice béant.

– Merci, je souffle avant de le contourner.

Un peu plus loin, les parois se resserrent à tel point que je dois me mettre de profil pour passer. Cet endroit est dangereux. C'est un véritable labyrinthe roulé en boule dans un panier.

Les murmures se sont presque tus; je les perçois à peine. Ils m'attirent jusqu'au pied d'un escalier qui monte vers le ciel et disparaît. On dirait qu'il mène à une forêt vierge d'où me parviennent des cris stridents, des râles, des piaillements, mais aussi des rires, des grondements de colère, le fracas d'une cascade. La lumière m'inonde. Elle est si vive, après le crépuscule éternel d'Halo 5, que je suis aveuglée.

Pablo saute de marche en marche et je le suis, le souffle court.

Le palais des Rêves.

Je me tiens au bord d'un vaste espace dégagé. Plusieurs dômes de brume auréolés de soleil s'élèvent devant moi, enchâssés les uns dans les autres. La lumière s'infiltre par les interstices, éclairant les nuages duveteux qui se promènent au-dessus de nos têtes, parfois si proches que je n'ai qu'à lever la main pour saisir des poignées de brouillard. Il n'y a pas le moindre angle ou recoin en vue. Les murs s'arrondissent telles des feuilles, les couloirs dessinent des entrelacs évoquant les racines d'un arbre. Et toutes les surfaces paraissent froissées, comme un tee-shirt qui sort de la machine à laver.

Plus que l'aspect des lieux, ce qui me frappe, c'est l'omniprésence de la vie. Une floppée d'oiseaux violets passe au-dessus de moi en gazouillant, avant de plonger dans un couloir où elle renverse une statue de bronze. Un géant au moins trois fois plus grand que le plus grand des humains est endormi au pied d'un escalier en colimaçon, qui monte jusqu'à un trou dans un des plafonds. Une chèvre grignote l'écorce d'un arbre chargé de pommes dorées. Un ruisseau serpente au milieu de la salle, et une silhouette faite de fumée grise se penche pour y boire avant de s'enfuir à ma vue. Pablo vient se poser sur mon épaule puis se cache sous mes cheveux. Je ne saurais pas dire s'il est effrayé ou ravi.

Je me doute que cet endroit a toujours été étrange, mais ce n'est clairement pas son état habituel. Le musée de l'Imaginaire est sens dessus dessous.

De l'autre côté du grand hall, je repère une rangée de guichets en forme de pétales. Des pancartes flottent dans les airs juste au-dessus, faisant défiler dans plusieurs langues un message que je mets du temps à déchiffrer : « Audioguides à disposition ! »

Pourtant, il n'y a personne. Je songe aussitôt aux bergers des nuages; c'étaient forcément eux qui tenaient ces points d'information. Après avoir collecté les rêves du monde, ils s'assuraient qu'ils restent bien rangés dans le musée. Aujourd'hui, livrées à elles-mêmes et entassées au fond d'un panier, les collections se sont toutes mélangées.

Alors que je me demande par où commencer, mes yeux reviennent sur le géant endormi. Soudain, quelqu'un me frôle. C'est un fantôme qui a une flèche plantée dans la poitrine.

– Un dragon s'est encore échappé des Cauchemars, m'informe-t-il par-dessus son épaule.

Il rejoint une colonne de brume qui s'élève vers des hauteurs invisibles, appuie sur un bouton et attend l'ouverture d'une double porte en argent que je n'avais pas remarquée. Il tape du pied, impatient, jetant de nombreux coups d'œil à la cage d'escalier située derrière moi. Je ne tarde pas à comprendre pourquoi quand le cri strident de tout à l'heure résonne à nouveau et me fait sursauter. Le fantôme me lance un regard navré et s'engouffre entre les portes qui viennent de s'ouvrir.

Le temps que je le rattrape, elles se sont déjà refermées. J'appuie à mon tour plusieurs fois sur le bouton, sans cesser de surveiller l'escalier.

– Ça doit être un ascenseur, je souffle à Pablo – qui, sans surprise, n'est finalement pas le guide dont je rêvais. J'espère qu'il va vite revenir.

Sur le mur à côté des portes, j'aperçois alors une espèce de répertoire gravé en lettres scintillantes. Maintenant que j'y prête attention, je me rends compte qu'il s'étend tout autour de la pièce. Chaque centimètre carré de paroi est couvert d'inscriptions divisées en plusieurs colonnes. Elles clignotent jusqu'à se stabiliser sur le seul langage que je connais.

À gauche se trouvent des chiffres qui ne semblent suivre aucun ordre logique. Et à droite, ce que je suppose être les différentes sections du musée, classées par thèmes.

Rêves de chevaux sauvages

Rêves rêvés par des chevaux sauvages

Rêves rêvés par des arbres

Histoires d'amour tragiques

Histoires d'amour heureuses

Histoires d'amour ni tragiques ni heureuses

Contes favoris du nord du Cambodge

Chansons sur les jours de la semaine

Chansons sur des mille-pattes

Cartes de lieux imaginaires

Cartes mentales

Cartes des rêves de lieux réels légèrement déformés (par exemple, une maison dont la piscine est remplie de chewing-gums)
Conversations entre plantes carnivores
Conversations entre invertébrés
Films de samouraïs
Films se déroulant à bord d'un train
Comédies musicales
Films que seuls les cinéphiles apprécient

Et ainsi de suite. Je parcours tous ces mots d'un regard émerveillé. Comment ces choses peuvent-elles exister ? De quoi rêve un arbre ? À quoi peut ressembler une conversation entre des plantes ? Et en même temps, je me sens découragée. Non seulement le contenu de ce musée paraît infini, mais il obéit à une logique complètement incompréhensible.

Mon cœur se serre. Même si je savais déjà qui a volé la clé, ça ne me dirait pas comment la retrouver. C'est encore pire que chercher une aiguille dans une botte de foin. Je dois chercher une aiguille dans un terrain de foot rempli de bottes de foin.

À côté de moi, les portes de l'ascenseur s'ouvrent enfin. Je reste plantée là, sonnée, jusqu'à ce que Pablo me donne un coup de bec sur l'oreille.

– Aïe ! je proteste.

L'oiseau entre dans la cabine et m'attend, la tête inclinée. Je le fixe en me demandant ce qu'il me veut. A-t-il finalement décidé de me servir de guide ? Au bout d'un moment, plus par peur du dragon échappé qu'autre chose, je le rejoins à bord de l'ascenseur dont les portes coulissent derrière moi.

La paroi, translucide et arrondie, est surchargée de boutons en argent. Je les contemple, perplexe, en supposant que le système est identique à celui du Distributeur de Tout : il faut composer la combinaison de la destination souhaitée. Sauf que, bien entendu, je n'ai pas la moindre idée d'où aller. En désespoir de cause, je me dis que mieux vaut choisir n'importe quoi que rester là. Alors, du bout de mes doigts translucides, j'appuie sur quatre touches au hasard : 1809.

L'ascenseur s'ébroue et s'élève comme un ballon. Nous filons d'abord tout droit, puis en diagonale, plongeant parfois avant de repartir. Mon estomac fait des saltos dans mon ventre. Les yeux fermés, je prie pour que le mécanisme ne fasse pas partie des rouages détraqués du musée.

Quelque part dans ce lieu immense se cache le nom de celui ou celle qui a volé la clé de la Déesse de la Lune. Alors je poursuis mon ascension en me demandant où je vais atterrir.

CHAPITRE 16

L'étage 1809 s'avère être très accueillant et très différent du vaste hall dont je viens. Les portes s'ouvrent sur un palier étroit et boueux qui m'évoque l'intérieur d'un terrier. Des couloirs noueux comme des racines creuses se déploient dans toutes les directions. Les panneaux installés à chaque embranchement indiquent que je suis dans une section consacrée aux rêves : « Cauchemars où on arrive à l'école en pyjama », « Rêves où un acteur célèbre sonne à la porte ».

Quelque part en contrebas, j'entends le rugissement du dragon. J'hésite un instant, me demandant s'il est bien utile d'explorer les rêves alors que je cherche plutôt un souvenir. Mais j'imagine que le voleur de la clé a pu en rêver plus tard.

Je choisis un couloir dédié aux « Rêves de retrouvailles avec de vieux amis ». Il descend en pente douce, puis il s'incline de plus en plus, à tel point que je finis par glisser sur les fesses jusqu'au couloir suivant. Celui-ci est percé de trous juste assez grands pour laisser passer un être humain. En m'approchant de l'un d'eux, je découvre l'intérieur d'un café dans lequel deux personnes se tiennent les mains, perdues dans leur conversation. J'ai presque envie de rire. Je suis en train d'assister au rêve de quelqu'un !

Je continue d'avancer, apercevant au passage des songes superbes ou terrifiants : des vallées infestées de serpents, des monstres cachés dans des placards, des huttes de terre dotées d'ailes, un bus en forme de singe, etc. Je bifurque dans un autre couloir, puis un autre, et encore un autre. Tandis que Pablo sautille devant moi, je cherche des songes sur le thème du « jour où j'ai trahi le monde en volant la clé de la Déesse de la Lune ». Mais aucun ne correspond à cette définition.

Puis le sol s'arrête brusquement, comme si le reste de cette zone avait été arraché. Je m'approche du bord et jette un coup d'œil en bas. Mon cœur me remonte dans la gorge, car un bon millier d'étages me séparent du grand hall.

– On aura de la chance si on ressort d'ici vivants, je confie à Pablo, qui piaille et s'ébouriffe les ailes.

Peut-être espère-t-il ainsi repousser le danger ?

Je repars dans une autre direction. Les couloirs cèdent la place à des espaces plus vastes, où les falaises et les précipices sont également plus nombreux. Bientôt, les portes changent, elles aussi. Ce ne sont plus de simples trous mais des arches fermées par des rideaux de velours rouges derrière lesquels je distingue des voix.

— Je crois qu'on n'est plus dans les Rêves, je commente. Ça ressemble plutôt aux Films.

Ces derniers, comme les tableaux ou les livres, sont d'abord imaginés par une ou plusieurs personnes avant d'exister. La frontière entre le réel et l'imaginaire n'est pas toujours très claire.

Mais mon oiseau ne m'écoute pas. Il avance par à-coups, attiré par une musique lointaine. Il siffle même quelques notes, la tête penchée, sans que je parvienne à identifier la mélodie.

Je soulève le rideau le plus proche et découvre deux personnes, main dans la main sous la pluie, qui interprètent une chanson magnifique dans une langue que je ne comprends pas. Lorsque je tends mes doigts sous l'averse, ils restent secs.

— Pas les Films, je conclus. Les Comédies musicales.

Pablo file toujours en direction de la mystérieuse musique, faisant bouffer ses plumes en rythme comme s'il dansait.

– Il faut qu'on se dépêche, je lui rappelle. Ça m'étonnerait qu'on trouve des informations sur la clé par ici.

Il m'ignore toujours. Puis, tout à coup, il s'arrête et sautille vers un autre couloir. Cette fois, je le suis.

Cette partie du musée est plus fraîche, plus poussiéreuse et visiblement très ancienne. Des portes arrondies bordent les murs. Je les ouvre une à une, découvrant des cavalières lancées au galop, des familles qui se disputent, des araignées rusées, de mystérieux inconnus, des transactions louches à bord de trains. Ce n'est qu'en voyant, dans une clairière enneigée, un faune planté au pied d'un réverbère que je réalise où nous sommes.

– On a trouvé les Histoires ! je m'exclame, le sourire aux lèvres.

Mon pouls s'accélère. Nous ne devons pas être loin de Poudlard, de Pré-au-Lard, de Cittàgazze et de l'Eldorado… Si seulement je savais où chercher ! Bien que je sois très loin de chez moi, j'ai l'impression que cet endroit est un peu à moi. Je n'en reviens pas que les êtres humains construisent autant de mondes parallèles à celui dans lequel ils sont nés.

Nous poursuivons notre exploration. Pablo avance d'un pas de plus en plus résolu et, durant quelques instants, j'entretiens l'espoir fou qu'il me conduise directement sur le quai 9 ¾. Mais soudain, il fait volte-face, pousse un trille aigu et va se percher sur la poignée d'une porte en bois.

– Qu'est-ce qu'il y a, là-dedans ? je l'interroge.

Pablo frotte son bec sur la poignée comme s'il tentait de la tourner ou de s'essuyer dessus. Je m'approche avec hésitation et tire le battant.

Derrière, je trouve une forêt peuplée d'ombres. Un chemin s'enfonce à travers la végétation luxuriante, parsemé de petits points blancs. Mes cheveux se dressent sur ma nuque.

– Je connais cette histoire !

Haut dans le ciel, entre les branches, je distingue des mots composés de vapeur blanche, comme les traînées laissées par les avions : « Il était une fois, près d'une vaste forêt, un pauvre bûcheron qui vivait avec sa femme et ses deux enfants. »

– Tu m'as amenée ici exprès ? je demande à Pablo.

Ou est-ce une coïncidence ? C'est le livre que ma mère gardait toujours près de son lit, chez nous. L'histoire de deux enfants perdus dans les bois qui sèment des miettes de pain sur leur chemin. Sans prévenir, mon oiseau franchit la porte et commence à les picorer.

Nous sommes dans *Hansel et Gretel*.

– Pablo ! je le réprimande en le suivant à l'intérieur.

Aussitôt, je me rappelle des dangers de cette histoire où une sorcière fait cuire les enfants dans son four. Je ne suis pas certaine qu'une créature imaginaire puisse blesser une fille d'éther, mais je n'ai pas envie de le vérifier. Un vent froid secoue les branches des arbres, tel un frisson de peur surgi de la nuit des temps.

Alors que je tente de ramener Pablo vers la porte, un mouvement dans l'ombre attire mon attention. Quelqu'un nous observe, caché derrière un tronc.

L'oiseau cesse de manger, soudain sur le qui-vive. Je recule de deux pas et m'apprête à ressortir quand un fantôme émerge de derrière un arbre. Il lui manque un bras et l'autre est couvert de tatouages de calamars géants, de sirènes, d'ancres marines et de dragons. Il lévite jusqu'à moi, puis s'arrête net, ébahi.

Moi non plus, je n'en crois pas mes yeux.

Avec toutes les histoires qui existent dans le monde, avec tout ce que renferme ce musée caché dans un panier de couture sur une planète à des années-lumière de la Terre, il a fallu que je tombe nez à nez avec Homer Honeycutt !

– Rosie Oaks, dit-il. Sacrebleu, en voilà une surprise !

Puis, comme si je n'étais pas encore assez choquée, le fantôme fait une chose en théorie impossible : il se précipite vers moi et me serre dans ses bras.

CHAPITRE 17

– Tu n'es pas morte, j'espère ? me demande-t-il en reculant pour m'inspecter des pieds à la tête. Pitié, dis-moi que tu n'es pas un fantôme !

Je secoue la tête.

– Non, je ne suis pas morte. Mais comment pouvez-vous me toucher ?

Il plisse les yeux, intrigué, et semble soudain avoir une illumination.

– Tu es faite d'éther, n'est-ce pas ? Or l'éther, c'est aussi la matière des fantômes.

Il pousse mon épaule du bout du doigt, le sourire aux lèvres.

– En tout cas, je suis bien content que tu sois là, du moment que tu n'es pas morte. Entre, entre. Ces portes laissent passer un tas de courants d'air.

Il me tire par la manche et referme doucement le battant derrière moi.

– Qu'est-ce que vous faites dans *Hansel et Gretel*? je bredouille.

Je n'avais pas revu Homer depuis que j'ai quitté le Maine à bord de Chompy la baleine. Chez nous, c'était la pire commère du cimetière de marins. Et comme tous les fantômes que j'ai croisés jusqu'ici, il ignore quelles affaires il est censé régler pour pouvoir rejoindre l'Au-delà.

Homer balaie ma question de la main.

– Je te raconterai tout ça en temps voulu. Comment vont Flo et ta mère? Et le jumeau que tu es partie chercher? Et ta copine bavarde?

– Tout le monde va bien. À part Minnie, je précise en regardant mon nouvel oiseau qui termine de picorer les miettes. Elle ne s'en est pas sortie. Ça, c'est Pablo.

Homer le contemple avec la même perplexité que tous ceux qui le rencontrent.

– Eh bien, il a le mérite de t'avoir guidée jusqu'à moi.

– Et vous, comment êtes-vous arrivé ici?

– Toi d'abord, Rosie. Qu'est-ce qui t'amène dans ce musée?

– Je cherche quelque chose.

J'hésite à m'arrêter là mais, comme il a l'air curieux d'en savoir davantage, je lui résume tout ce qui s'est passé depuis notre dernière conversation : la chasse aux sorcières, le sauvetage de Loup qui était prisonnier de la Sorcière du Temps, le retour du Roi du Néant. Je lui parle aussi d'Halo 5 et du panier de couture. (Je pars du principe que je n'ai pas besoin de garder le secret puisque je m'adresse à quelqu'un qui est *dans* le secret.) Enfin, je lui explique que je dois trouver le voleur ou la voleuse de la clé, car c'est le seul moyen de refermer le trou noir.

Homer m'écoute en hochant la tête, pensif.

– Certaines rumeurs vous ont suivis, tes amis et toi. Mais je dois avouer que lorsque le trou noir est apparu, je t'ai crue morte. Désormais, les fantômes ne sont plus les seuls à connaître ton existence, tu sais. Le monde a changé depuis que vous avez tué les sorcières et libéré les dons qu'elles avaient volés. Beaucoup de gens voient la trame invisible. Tu as tellement grandi… J'ai du mal à reconnaître la fillette que j'ai rencontrée dans le cimetière, celle qui ne connaissait presque rien aux esprits.

Je ne sais pas quoi penser de ces révélations. Moi qui n'aimais déjà pas qu'on me remarque en classe…

– J'ai encore des progrès à faire, je soupire. Je suis coincée dans un musée infini, à courir après des indices permettant de localiser une clé qui, pour ce que j'en sais, n'existe peut-être plus.

Homer me dévisage.

– Et si je pouvais t'aider ? Parmi tous les fantômes qui se sont rassemblés ici pour échanger des histoires sur la fin du monde, il y a deux ou trois théories qui circulent. Viens, suis-moi.

Il se met à flotter au-dessus du chemin qui s'enfonce dans les bois sombres et menaçants. Après avoir jeté un regard inquiet vers la porte par laquelle je suis entrée, je lui emboîte le pas.

– Ce musée est un drôle de micmac, s'amuse Homer. Maintenant que je sais qu'il a été fourré sans ménagement dans un panier, je comprends mieux pourquoi. Des créatures se baladent, des monstres de cauchemar arpentent les couloirs. L'étage 6976 engloutit carrément les gens, paraît-il. Dès que les portes de l'ascenseur s'ouvrent, ils sont aspirés.

Autour de nous, la forêt résonne des pépiements des oiseaux et du bruit des écureuils qui détalent sur les branches. Mais ce n'est pas tout. Un peu plus loin, Pablo s'approche d'une petite maison qui me donne la chair de poule. Une silhouette se déplace derrière la vitre.

– Ne t'en fais pas, Rosie, me rassure Homer. La sorcière ne nous verra pas, même quand elle sortira pour attraper les enfants. L'histoire se répète en boucle et nous n'en faisons pas partie. Mais bon, j'évite de traîner dans le coin, parce qu'elle me fait froid dans le dos.

Il se tourne vers Pablo, qui vient de s'arracher deux plumes en nous attendant.

– Dis donc, sans vouloir te vexer, on dirait que ton petit pote a la gale.

– Non, il est juste en train de muer. Où allons-nous ?

– Voir une femme qui m'a raconté une anecdote intéressante. Je préfère que tu l'entendes directement de sa bouche. Avec toutes les nouvelles dont on m'abreuve depuis que je suis ici, je ne voudrais pas m'emmêler les pinceaux. Et je vais profiter du trajet pour t'expliquer comment je suis arrivé.

Il ralentit le pas, s'arrêtant un moment au pied d'un pin pour me regarder.

– Tu as parlé de rétrécir pour entrer dans un panier, mais est-ce que tu as déjà vu quelque chose bouger dans une image, Rosie ? Ou des mots trembler dans un livre ?

Surprise, j'acquiesce. Un souvenir me revient : pendant que nous chassions le Pleureur, j'ai remarqué une cascade qui coulait dans un tableau. C'était aussi troublant que les voix qui me parvenaient depuis des trous de souris.

– Eh bien, lorsque ça arrive, c'est que tu es face à un passage, un endroit où la barrière séparant le monde invisible du monde réel devient perméable. Il est possible de pénétrer dans des images ou des histoires afin d'atteindre le lieu qu'elles dépeignent. Enfin, à condition d'être un fantôme. Nous sommes les seuls êtres assez impalpables pour ça. Et tous ces lieux sont stockés ici, dans le musée.

Homer se gratte la barbe et reprend sa route.

– J'ai découvert l'existence de ces passages il y a seulement quelques années. Bien entendu, cela ne concerne que certains livres et tableaux. Il paraît qu'un fantôme serait arrivé ici en traversant un dessin à la craie sur le trottoir. Mais bon, c'est Pammy Mesnick qui me l'a dit, et elle ment comme elle respire. Pour être honnête, je ne m'étais jamais vraiment intéressé à ce phénomène, d'autant que, d'après les rumeurs, il ne fonctionne que dans un sens. Pas très encourageant, si tu veux mon avis.

Homer secoue la tête, l'air grave. Des voix et des rires s'élèvent au loin dans la direction où nous allons.

– Et puis le trou noir est apparu, reprend-il. Pressés de fuir, mes amis et moi nous sommes précipités chez toi en quête d'un de ces passages dont on nous avait parlé. J'ai d'abord essayé les tableaux de ta mère, puis plusieurs livres restés dans ta chambre, en vain. Jusqu'à ce qu'on découvre *Hansel et Gretel* sur sa table de nuit, ouvert sur une illustration de la maison de la sorcière. Elle avait un aspect tremblotant caractéristique. Le vieil Ewen Ironsides a proposé de servir de cobaye et il est entré sans problème. Après ça, j'ai fait passer le mot aux fantômes de Seaport pour qu'ils se sauvent avant qu'il soit trop tard. Et je me suis lancé. C'est ici que j'ai rencontré la dame que je m'apprête à te présenter. Ah, on est arrivés.

Au détour d'un virage, nous débouchons dans ce qui ressemble à un village du Moyen Âge. La place centrale entourée de maisons à colombages accueille... une grande fête.

Des fantômes se prélassent sur des murets de pierre ou discutent en petits groupes sur le seuil des échoppes. Ils vont et viennent, certains vêtus de haillons déchiquetés par des balles, d'autres, de costumes modernes ou de shorts de plage. Ils boivent dans des chopes mousseuses et chantent, bras dessus, bras dessous.

Mais surtout, ils mangent. Je vois des spectres engloutir d'énormes cuisses de dinde, avaler des bols de soupe, dévorer des assiettes de friandises et de gâteaux. Sous mes yeux ébahis, deux d'entre eux émergent du puits situé au centre de la place, l'air hagard.

– C'est par ce vieux puits que le livre les recrache, m'explique Homer. Et une fois qu'ils comprennent où ils sont, crois-moi, ils en profitent tellement que ça donne le vertige. Ici, les fantômes peuvent boire, manger, acheter et manipuler des choses. Moi-même, j'ai un peu perdu la tête au début, pour tout t'avouer. Imagine : tu es morte depuis je ne sais combien d'années, tu ne peux plus déguster ton plat préféré ni t'éloigner de ta sépulture, et soudain, *BAM*.

Je suis momentanément distraite par un conducteur de train qui chevauche une licorne. Aucun d'eux ne me paraît à sa place dans *Hansel et Gretel*. Des éclats de rire s'échappent d'un pub voisin, qu'Homer pointe du doigt.

– C'est par là.

Après avoir traversé la place, il me fait gravir une volée de marches et entrer dans une pièce encombrée. Tout au fond, sur un petit balcon, j'aperçois une femme en tailleur rouge qui porte à la boutonnière une rose assortie. Elle surveille les lieux comme s'ils lui appartenaient. Lorsqu'elle nous voit, son visage s'illumine.

Mon ami fantôme lui rend son sourire en rougissant.

– Homer ! s'exclame la femme, qui descend du balcon pour le serrer dans ses bras.

Elle nous fait signe de la suivre au bout d'un couloir, jusqu'à un petit salon élégant et beaucoup plus calme puisque nous y sommes seuls. Une fois assis sur un divan moelleux, Homer se racle la gorge.

– Fen, je te présente mon amie Rosie Oaks. Elle voudrait te parler. C'est une chasseuse de sorcières, et…

– Je suis qui c'est, le coupe Fen en me souriant avant de jeter un coup d'œil à Pablo. Elle est entrée dans le musée il y a environ…

Elle regarde sa montre.

– … quatre heures et demie. Qu'est-ce qui te ferait plaisir, Rosie ? De la barbe à papa ? Un vélo ?

– Non, merci, je murmure.

– Fen peut se procurer n'importe quoi, me confie Homer. Si tu as besoin de quelque chose, elle te le trouvera. Elle fouille les mondes imaginaires qui nous entourent afin de dénicher des trésors – animaux de compagnie, voitures, jeux, nourriture… Toutes sortes de nourriture…

– Et des licornes ? je devine en repensant au cheminot de la place.

Homer hoche la tête et se tapote le nez.

– Fen aide les fantômes d'ici à accomplir leurs rêves les plus fous. Depuis des années, elle se consacre à cette tâche. Tout ce qu'elle demande en retour, c'est…

– Des ragots, termine Fen à sa place, les yeux brillants. Alors vas-y, Homer, je t'écoute.

À nouveau, le marin rougit et bafouille. Je comprends soudain pourquoi : il a trouvé son âme sœur chez cette femme aussi commère que lui !

– Grâce à Fen, *Hansel et Gretel* est l'une des histoires les plus populaires du musée, se vante Homer. Bien que nos jours soient comptés, comme ceux de tout le monde.

– Comptés ? je m'étonne.

Fen s'empresse de changer de sujet.

– Je connais tous les fantômes de l'étage et beaucoup d'autres. Si quelqu'un perd une chaussette dans la section des Cauchemars, je suis aussitôt au courant.

– Impressionnant, je souffle.

Elle semble apprécier le compliment.

– Si nous sommes ici, reprend le marin, c'est pour profiter de ton immense savoir. Peu après mon arrivée, tu m'as confié un ragot inquiétant… qui intéresserait sans doute Rosie.

Fen croise les bras et me dévisage de son regard d'aigle.

– Qu'est-ce que tu me proposes en échange, Homer ?

– Au vingtième sous-sol, il y a un fantôme qui prétend être revenu des Limbes. Je te l'enverrai pour qu'il te raconte son expérience de vive voix.

– D'accord. Même si, en réalité, je pourrai bientôt me faire ma propre opinion.

Fen regarde autour d'elle pour s'assurer que personne ne nous écoute, un peu comme Bibi West quand elle s'apprête à trahir un secret. Puis elle se tourne vers moi.

– Un de mes neveux est mort à l'adolescence lors du naufrage de son bateau au large de Jakarta, dont il est originaire. Un petit chenapan prénommé Bo. Il y a quelques années, j'ai appris qu'il était dans le musée, au rayon des Conversations entre omnivores sur la pluie et le beau temps. Je suis donc allée le saluer. Il avait emprunté un passage menant aux Natures mortes deux ou trois jours plus tôt et cherchait à se cacher dans un coin peu fréquenté.

Je fronce les sourcils.

– Mais à l'époque, le musée était encore perché dans les nuages. Ça ne lui suffisait pas ?

– Non. Car Bo avait vu quelque chose qu'il n'était pas censé voir.

Fen écarquille les yeux, savourant chacun de ses mots.

– Il a assisté à une rencontre entre une femme et une sorcière.

Elle s'interrompt. Homer me donne un petit coup de coude, et je me rends compte que j'ai cessé de respirer.

– Voilà l'histoire qu'il m'a rapportée, continue Fen. Depuis sa mort, il hantait le front de mer près du site du naufrage. Un soir, il s'est aperçu que deux enfants avaient creusé une grande fosse dans le sable. Il a décidé de s'y cacher, sortant la tête de temps à autre pour effrayer les mouettes. Bo a toujours été du genre farceur. Bref, il était si occupé par son jeu qu'il ne s'est pas rendu compte que les autres fantômes s'enfuyaient précipitamment. Lorsqu'il a relevé les yeux, ils avaient tous disparu. Et il a vite compris pourquoi. Elle était assise sur un banc, face à la plage, à quelques mètres de lui.

Fen laisse passer quelques secondes avant de préciser :

– La Sorcière du Temps.

Nouveau coup de coude d'Homer.

– Bien entendu, c'était sa présence qui avait fait fuir les spectres. Nous prenons nos distances quand une sorcière approche. Mais le plus étrange, le plus troublant, c'était qu'elle était accompagnée d'un être humain ; une femme qui tournait et retournait un objet entre ses mains.

Fen s'interrompt encore.

– Bo s'est figé sur place, reprend-elle d'une voix moins assurée. Il savait qu'il n'aurait jamais dû assister à ça. Alors il s'est tapi dans la fosse, d'où il a entendu toute leur conversation.

– Et de quoi parlaient-elles ? je demande dans un souffle.

Les épaules de Fen se voûtent.

– Bo a refusé de me le dire.

La bulle d'espoir qui enflait en moi éclate brusquement.

– Il a prétendu que cela me mettrait en danger. Impossible de lui faire lâcher le moindre mot. Et si je n'y suis pas parvenue, personne ne le pourra. J'ai eu la sensation que tout cela était lié à l'objet apporté par cette femme.

– Tu ne crois pas, Rosie, qu'il pourrait s'agir de la clé ? intervient Homer.

J'acquiesce. En effet, cela me paraît très probable.

– À quoi ressemblait cette inconnue ? je demande.

Fen réfléchit.

– Un détail m'a intriguée : Bo a insisté sur le fait qu'elle avait l'air triste. Et de très petites mains. Il la surnommait la Femme soucieuse.

– Et où est-il allé, après vous avoir raconté tout ça ?

– Comme je te l'ai dit, il voulait se faire oublier. Même si tu finis par le repérer, je ne suis pas certaine qu'il te donne les informations dont tu as besoin. Mon neveu est têtu. C'est un trait de famille.

– J'aimerais quand même essayer, je murmure.

Le regard de Fen passe d'Homer à moi.

– Tu le reconnaîtras facilement à son gilet de sauvetage tout plat. Celui à cause duquel il s'est noyé parce qu'il avait omis de le gonfler.

Elle détache la rose de sa boutonnière.

– Si tu le trouves, montre-lui ça. Il saura que c'est moi qui t'envoie. Et d'ici là, je vais tendre l'oreille.

Je glisse la rose dans la poche de mon pull.

– Merci, Fen, dit Homer. Il est temps qu'on y aille. La petite est pressée ; elle a le monde à sauver.

Son amie hoche la tête avec un sourire amusé.

– Quand as-tu prévu de prendre le bateau ? lui demande-t-elle.

– Je ne suis pas encore décidé.

– Ce n'est pas comme si on avait le choix, soupire-t-elle.

Je lance un regard interrogateur au marin, qui détourne les yeux. Lorsque nous retraversons la place du village, les fantômes nous observent sans cesser de s'empiffrer et de chanter des chansons.

– La nouvelle de ta visite s'est répandue, Rosie Oaks, m'explique Homer à voix basse. Ils te jaugent, alors garde la tête haute.

– Ils me jaugent ? Mais pourquoi ?

Même arrivée à l'orée des arbres, je sens toujours leurs regards dans mon dos.

– Pour savoir si tu as vraiment tué onze sorcières, comme le dit la légende. Et si tu es capable de détruire le Roi du Néant.

CHAPITRE 18

— Même si je commence à bien connaître cet endroit, m'avoue Homer, il m'arrive encore de m'y perdre.

Nous longeons les couloirs labyrinthiques du musée, qui ne cessent d'aboutir à des culs-de-sac ou à des escaliers sans étage. Pablo nous suit de son pas sautillant et boiteux. Bientôt, Homer emprunte un passage envahi de chuchotements bruyants. Plus nous avançons, plus j'ai l'impression d'être dans un hall de gare où la foule parlerait à voix basse. Peu à peu, je vois se dessiner devant nous des formes colorées – des lettres, qui flottent doucement dans les airs.

— Ce sont...

— Des mots, termine Homer à ma place. Des phrases. Des dialogues.

Il se penche vers la droite et, du bout du doigt, pousse une série de lettres qui frémissent et ondulent.

– Toutes les paroles jamais prononcées sont rassemblées ici, ajoute-t-il.

La phrase, rédigée dans une langue qui m'est inconnue, se tortille puis reprend sa forme initiale et s'éloigne. Partout autour de nous, d'autres mots se promènent. Ébahie, je vois un S se détacher de « Je serai là vers dix heures » pour se faufiler dans une crevasse du mur. Homer écarte d'un petit coup de pied un paragraphe qui nous barre le chemin.

– Alors toutes les conversations qui ont eu lieu dans le monde sont ici ? je déduis.

Le fantôme me le confirme d'un hochement de tête. Je me promets de revenir, car je ne vois pas de meilleur endroit où trouver ce que se sont dit une femme et une sorcière.

Plus nous progressons, plus les mots sont nombreux et plus les couloirs s'élargissent, bourrés jusqu'au plafond de points d'exclamation, de questions et de fragments de texte qui se télescopent, heurtent les murs, décollent ou traînent sur le sol.

– Ce n'est que la périphérie, précise Homer. Il y a des multitudes de salles aussi vastes que des stades, par ici.

Mon optimisme en prend un coup. J'ai eu beaucoup de chance de tomber sur Fen, mais comment retrouver maintenant la discussion qui m'intéresse? Ou un fantôme nommé Bo qui ne tient pas à être vu?

Devant moi, Pablo tente de picorer le centre du terme « léthargie » et s'emmêle les pattes. Est-ce vraiment la chance qui m'a fait rencontrer Homer, puis Fen? Ou bien mon oiseau m'a-t-il délibérément conduite chez *Hansel et Gretel*?

Je repense au rêve que j'ai fait dans lequel Pablo nous permettait d'accéder au musée. Aussi maladroit et vilain soit-il, je commence à me demander s'il n'est pas plus fort que je le croyais.

– Homer, c'était quoi, cette histoire de bateau? Et pourquoi Fen a dit que vous n'aviez pas le choix?

Mon ami me contemple tristement.

– Ah, je n'avais pas envie de t'en parler. Ça pourrait bien être la dernière fois qu'on se croise, toi et moi.

– Comment ça?

En voyant son expression, je me rappelle soudain qu'il a hanté la Terre pendant très, très longtemps. Il paraît épuisé.

– Tu veux que je te montre, Rosie? me propose-t-il d'une voix douce. Il faudra qu'on fasse un petit détour.

J'accepte aussitôt.

Quelques minutes plus tard, nous entrons dans l'ascenseur. Homer appuie sur le signe –, puis sur les chiffres 7, 8 et 6.

– On va au sous-sol, m'explique-t-il. Tout en bas.

Nous descendons pendant si longtemps que j'ai peur de finir par sortir du musée. Quand les portes s'ouvrent, je découvre un couloir sombre et brumeux où règne une odeur de pierre mouillée. Une foule de fantômes passe devant nous, tous filant dans la même direction. Homer m'entraîne à leur suite.

Il fait de plus en plus noir, humide et froid. Enfin, nous débouchons sur une immense caverne en pente, à peu près de la taille d'un terrain de football. Au milieu, le sol gris se termine par une falaise abrupte que des nappes de brouillard lèchent comme des vagues. Des bateaux semblables à de longs canoés sont alignés tout du long, flottant sur l'éther. Un à un, ils s'arrêtent devant un petit embarcadère pour laisser monter des fantômes, avant de s'enfoncer dans un tunnel brumeux et de disparaître.

– On est venus au musée pour se cacher, me rappelle Homer, mais on n'est plus en sécurité ici. Il paraît que le Roi du Néant veut absolument mettre la main sur cet endroit. Si c'est vrai, il y arrivera. Il s'emparera du panier de couture qu'on t'a confié et il nous trouvera.

C'est pourquoi nous n'avons pas d'autre choix que de partir.

– Mais pour aller où ? je l'interroge, la gorge nouée.

– Dans les Limbes.

– C'est là que vont ces bateaux ?

– Oui. Au fil des ans, de plus en plus de fantômes se sont réfugiés dans le musée en empruntant les différents passages, au point que c'est devenu insupportable pour les bergers des nuages. Ils n'appréciaient pas beaucoup qu'on mette le bazar dans leurs collections. Tu as vu ce qui se passait dans *Hansel et Gretel* ! Ils reprochaient aux spectres de perturber les archives : comme ils déplaçaient des objets et n'en faisaient qu'à leur tête, on ne savait plus très bien qui était dans l'Au-delà, dans le musée ou sur Terre. Bien entendu, maintenant que les bergers sont partis, c'est encore pire. Bref, pour les apaiser, la Tisseuse de Lumière a conçu cette porte de sortie : des ferrys permettant aux fantômes qui le souhaitent de rejoindre les Limbes. Jusqu'ici, très peu ont accepté. Mais avec la menace du Roi du Néant...

Je regarde les esprits visiblement accablés qui embarquent à bord des bateaux.

– Sur Halo 5, on a aussi un vaisseau qui permet d'accéder aux Limbes. Mais il est cassé.

– Aucun d'entre nous ne tient vraiment à y aller, tu sais, m'avoue Homer. Mais quelle que soit la raison qui nous a empêchés de monter vers l'Au-delà, nous ne l'avons pas identifiée à temps. Je partirai moi-même bientôt. Et je suis très heureux de t'avoir revue avant. J'aurais été navré de te manquer.

Je le dévisage, le cœur lourd. Alors que je viens à peine de le retrouver, je dois déjà lui dire adieu. Puis une idée me traverse l'esprit.

– Aria et Clara tentent de réparer le vaisseau dont je vous ai parlé. Et si on passait vous chercher, les autres fantômes et vous, quand on partira affronter le Roi du Néant ? Vous pourriez nous aider. C'est peut-être ça, votre tâche inachevée !

Homer secoue doucement la tête.

– Oh, Rosie, tu sais bien que les spectres n'ont aucun pouvoir. Nous ne pouvons rien changer, rien déplacer. Sans parler du fait que nous sommes de sacrés trouillards.

– Flo a appris à utiliser l'énergie électromagnétique pour construire une serre. Peut-être que ça fonctionnerait aussi face au Roi du Néant ?

Homer ne répond pas. Les yeux rivés sur les fantômes en partance pour les Limbes, il lève les mains puis les laisse retomber.

– Allez, viens, petite. Je te raccompagne.

Dans le vaste hall d'entrée, le géant est parti et il n'y a aucune trace du dragon. Un énorme rocher a atterri au milieu du ruisseau.

– Tu sauras te repérer ? me demande Homer, planté au sommet de l'escalier par où je suis arrivée.

– Oui, je crois. Tant que je ne croise pas de monstre !

Il me tapote la joue.

– La dernière fois qu'on s'est dit adieu, tu n'avais qu'une sorcière à tuer. Et maintenant, regarde-toi ! J'ignore si nous nous reverrons, Rosie, dans cette vie ou dans la suivante.

Il hésite, puis semble soudain prendre une décision.

– Dis à Flo que si votre équipage passe à côté des Limbes en regagnant la Terre, je me joindrai à vous. Même si je ne suis pas sûr de pouvoir me battre. Et si je peux, je recruterai d'autres fantômes.

Mon cœur fait un bond dans ma poitrine tandis que je serre Homer très fort dans mes bras.

– Bonne chance, Rosie, murmure-t-il. Si on ne se revoit plus, tu en auras besoin.

Puis il tourne les talons et traverse le hall en flottant avant de disparaître dans l'ascenseur.

CHAPITRE 19

Les dix nuits qui suivent, dès que Gempa s'endort, des volutes de brume s'échappent de sous la porte du placard et recouvrent le sol de notre chambre. Les dix nuits qui suivent, le musée – changeant et volage, familier et étrange, terrifiant et merveilleux – m'invite en son sein.

Je fouille tous les recoins dans lesquels un fantôme pourrait se cacher. J'explore des tableaux, arpente des collines peintes et des arbres esquissés. Je tourne en rond dans des rêves de forêts luxuriantes, dans l'ombre de montagnes peuplées de géants. Je m'aventure dans des histoires de châteaux, de monstres et d'amitié.

Lorsque je suis repartie le premier soir, j'ai constaté que je devais rebondir sur le sol souple du couloir jusqu'à attraper le rebord du trou, puis me hisser dehors. Pas évident, pour une fille peu agile comme moi. Mais j'ai vite pris le coup de main. Et à chaque fois, le panier se referme derrière moi.

Dans la section des Mots, je cherche les phrases que Bo, le neveu de Fen, a entendues. Mais si je croise des dizaines de conversations à propos de vide-greniers et de missions d'espionnage, des disputes incendiaires, des recettes de cuisine et des secrets chuchotés, je ne vois aucun échange entre une femme et une sorcière concernant la clé qui aurait libéré le Roi du Néant.

Toutes les nuits, Pablo se réveille avant moi et apparaît sans que j'aie besoin d'allumer ma lampe. C'est très troublant. Nous parcourons ensemble le dédale des couloirs, revenant parfois sur nos pas sans le vouloir. Dès que nous approchons de la section des Comédies musicales, mon oiseau s'excite et tente en vain de m'y attirer. Mais le reste du temps, il m'aide beaucoup, ouvre le chemin avec de plus en plus d'assurance et se cogne un peu moins dans les murs. Il commence à avoir de nouvelles plumes qui poussent – des plumes d'adulte. («Tu avais raison, il est en train de muer», reconnaît Gempa un soir au dîner.)

Chaque matin, juste avant l'aube (bien que, sur cette planète sans Soleil, ce concept n'existe pas vraiment), je me glisse dans mon lit afin de grappiller quelques heures de sommeil. Ce n'est pas suffisant, mais je suis loin d'être la seule à être épuisée.

– Je ne suis pas sûre que ça serve à grand-chose, souffle Gempa un après-midi, alors que ma mère nous a rassemblées pour qu'on s'entraîne à manier nos armes.

Mon amie essaie de tirer quelque chose de vaguement « militaire » – je cite – de son ours en peluche. Elle le jette comme une grenade, le fait rouler sur le sol, le propulse dans les airs à l'aide du lance-pierre d'Aria. À de rares occasions, les yeux du doudou émettent une faible lueur qu'on pourrait difficilement qualifier de rayon laser.

Nous visons les cibles que ma mère nous envoie – essentiellement des assiettes et des tasses de l'hôtel. Pablo, comme Minnie, se transforme au gré de mon imagination. Il devient un blaireau, une flèche, un faucon... mais son cœur n'y est pas. Il est loin d'avoir la férocité de sa prédécesseuse. Pendant que Gempa s'acharne sur son ours, Aria et Clara peinent à garder les yeux ouverts. Quant à Wanda, si elle parvient à découper de jolis morceaux dans des couverts qui volent, elle n'est clairement plus la chasseuse qu'elle était avant de briser sa bague.

Je suis de plus en plus convaincue que rien de tout cela ne nous aidera, le moment venu. La Sorcière du Temps s'est emparée sans difficulté de nos armes – flèches, lance-pierre, lampe-torche, autant d'objets fragiles qu'on peut aisément lâcher. Alors qu'en sera-t-il du Roi du Néant ? À côté de moi, Aria réprime un bâillement.

– C'est l'Accélérateur, me confie-t-elle, essoufflée car elle vient de faire exploser une cible avec une note aiguë et un petit caillou.

Clara, penchée sur sa trousse, y pioche des outils qui lui servent de projectiles et qui lui reviennent miraculeusement, tels des boomerangs.

– On a passé des heures dessus hier soir, continue mon amie, à souder des pièces, connecter des panneaux de contrôle… J'ai réussi à ramener Zippy d'entre les morts, mais là, c'est une autre histoire. On ne va pas fermer l'œil avant d'avoir terminé. Et toi ? me questionne-t-elle. Tu penses bientôt retrouver la clé ?

– Je ne sais pas trop. Mais ça progresse.

Aria hoche la tête et tente de masquer sa déception, ce qu'elle n'a jamais su faire. On est loin toutefois de l'époque où elle levait les yeux au ciel chaque fois que j'ouvrais la bouche.

– Essaie d'accélérer le mouvement, Rosie, me conseille-t-elle en posant une main douce sur mon bras. Il ne faudrait pas que le Roi du Néant nous prenne de vitesse.

– Je sais.

Un peu plus loin, Flo et Zia sont en train d'installer les vitres de la serre grâce au champ d'énergie invisible qui bourdonne devant leurs mains. J'ai de drôles de nœuds dans le ventre en les regardant.

Durant les quelques heures où je dors, je fais des rêves étranges dans lesquels je deviens le brouillard qui sort du musée, l'air que les gens respirent. Dans ces rêves, je n'ai pas peur. Je me sens bien.

Je rêve de Pablo, aussi. J'ai des ailes qui poussent, une queue et des plumes, un cœur d'oiseau. Je me sens si calme, en sécurité et en paix que je n'ai aucune envie de me réveiller. Mais un matin, quelque chose m'arrache à mes songes. Une respiration.

Je cligne des yeux dans le noir, étonnée de voir de la lumière jaillir de ma poitrine. Pablo est là, blotti, non pas sur ma cage thoracique, mais *à l'intérieur*. Et il luit de mille feux. Puis je prends soudain conscience que quelqu'un m'observe.

Ce n'est pas le souffle de Pablo qui m'a réveillée mais celui de Loup. Perché sur l'échelle de mon lit, il me fixe. Ou plutôt, il fixe mon collier.

Comme je me redresse d'un bond, il saute à terre, effrayé.

– Dehors ! je crie en remontant le drap sur mon cou.

Mon frère tourne les talons et s'enfuit en courant. Une demi-seconde plus tard, Gempa me rejoint dans mon lit et m'entoure de son bras tandis que j'enfouis mon visage entre mes mains.

– Je pensais que ce serait différent, je murmure. Qu'on formerait une famille.

– Il t'aime, Rosie. Laisse-lui un peu de temps.

Je me mords la lèvre.

– Pour qu'il trouve comment m'étrangler avec une couverture de verre, mettre le feu aux arbres et voler mon collier?

Gempa réfléchit un instant puis se frotte les yeux pour chasser les dernières bribes de sommeil.

– J'ai lu, dans *La Véto-voyante,* l'histoire d'une famille qui avait un chien impossible à dresser. Les parents ont fini par se dire qu'il n'était pas bien chez eux et l'ont donné à un Canadien. Deux jours plus tard, le chien s'est échappé pour essayer de les rejoindre. Ils n'arrêtaient pas de recevoir des coups de fil parce que leur numéro était inscrit sur son collier. Et les lieux des appels étaient de plus en plus proches.

Gempa se tait. Comme je la regarde avec insistance, elle hausse les épaules l'air de dire: «Quoi?»

– Comment ça s'est terminé?

– Oh, eh bien, le chien est devenu la mascotte de la police d'une petite ville de l'Ohio. Aujourd'hui, il élucide des crimes. C'est pour ça qu'il s'est retrouvé dans *La Véto-voyante.*

Je n'en crois pas mes oreilles.

– Il n'est jamais rentré chez lui ?

Gempa fait non de la tête.

– Donc, la morale de l'histoire, c'est que le chien n'aimait pas ses maîtres ?

– Si, bien sûr ! Mais quel animal ne rêverait pas de rendre la justice ?

Je ramène mes genoux sous mon menton et tripote ma couverture. On s'éloigne du sujet.

– Ce que je veux dire, c'est que tu restes la sœur de Loup, insiste Gempa. Il t'aime, même si tu penses le contraire. Montre-lui que tu tiens à lui. Sois gentille.

– Encore plus que lorsque j'ai remonté le temps et tué onze sorcières pour le sauver ?

Sans relever le sarcasme dans ma voix, elle acquiesce.

– Je sais que tu es timide et que tu détestes faire le premier pas. Mais peut-être que tu pourrais essayer, cette fois. Pour lui.

Je hausse les épaules. Être rejetée, ou pire, avoir le cœur brisé par mon frère, c'est bien plus effrayant qu'affronter les sorcières. Et depuis que je connais Gempa, je n'ai jamais eu à « faire le premier pas ». Elle s'en charge pour nous deux.

Quand je me rallonge enfin, j'ai presque oublié que Pablo était niché dans ma poitrine tout à l'heure. Ça me revient brusquement dans le noir.

Depuis des jours, il me suit partout, il se blottit contre moi... et voilà qu'il se faufile sous mes côtes et apparaît dans mes rêves. On dirait qu'il essaie de devenir moi.

Si je le laisse faire, que me restera-t-il ?

CHAPITRE 20

C'est lors de ma onzième nuit dans le musée que je trouve un indice, au moment où je m'y attendais le moins.

Je suis là depuis des heures. J'ai faim, je dors debout et je suis à deux doigts de renoncer. Mais lorsque je me dirige vers l'ascenseur, Pablo volette jusqu'à moi et me picore l'épaule pour m'inciter à continuer.

– Je n'en peux plus, je réponds en bâillant. Il faut qu'on aille se coucher.

Il tire sur mon oreille, puis sur mon col en signe de protestation. À contrecœur, je le suis au détour d'un couloir, puis d'un autre, jusqu'à atteindre une aile où je n'avais encore jamais mis les pieds : celle des Cartes mentales. Je me souviens vaguement de l'avoir vue mentionnée sur le répertoire du grand hall.

Au lieu d'être bruyante, animée et colorée comme le reste du musée, elle est déserte et silencieuse. On dirait une bibliothèque, avec ses étagères austères qui se dressent, rangée après rangée et à perte de vue, de chaque côté d'une large allée. Chacune est pleine à craquer de parchemins roulés et noués avec de la ficelle.

Je promène mes mains dessus, puis en sors un au hasard pour l'examiner. Le papier est recouvert de lignes sinueuses qui évoquent les nervures d'une feuille. De petits dessins sont griffonnés tout autour, si minuscules que j'ai du mal à les voir.

– Ça doit être l'œuvre des bergers des nuages, je confie à Pablo qui m'observe, la tête inclinée. Je parie qu'ils cartographient tout ce qu'ils récoltent, pour faire le lien entre les rêves et ceux qui les ont imaginés, par exemple.

C'est à couper le souffle, quand on y pense : toutes ces cartes rassemblées au même endroit, représentant les songes, les souvenirs, les paroles de chaque être humain.

Je m'enfonce un peu plus entre les étagères poussiéreuses, où les parchemins sont classés par ordre alphabétique. Si je parlais une autre langue, est-ce que la bibliothèque s'agencerait différemment ? Sans doute que oui, comme les panneaux de l'entrée qui ont clignoté jusqu'à ce que je puisse les lire. Au bout d'un moment, je me retrouve au niveau des N. Prise d'une impulsion, je bifurque vers les O, inspectant étagère après étagère en quête de mon nom.

Il me faut presque une heure, mais je finis par dénicher le parchemin de ma mère, qui est marqué d'une flèche. Les mains tremblantes, je le laisse de côté, ainsi que ma propre carte et que celle de ma grand-mère. Quelque chose me tracasse depuis qu'Homer et moi avons parlé à Fen : d'après son neveu, la Femme soucieuse avait l'air triste et des mains minuscules. Or cela me fait penser aux créations de ma tante, que ma mère qualifie toujours de petites, minutieuses, délicates. Le genre d'objets que seuls des doigts très fins pourraient créer.

J'attrape alors un parchemin sur lequel le nom « Jade Oaks » est inscrit d'une écriture ronde et dorée.

– Beaucoup de femmes dans le monde ont de toutes petites mains, je tempère.

Même si Pablo savait parler, il ne serait malheureusement pas capable de me rassurer. J'ai conscience que ma théorie est tirée par les cheveux : vu le nombre d'humains qui peuplent la Terre, ce serait un sacré hasard que la clé ait été volée par la sœur de ma mère. Cela étant, tante Jade avait le don de clairvoyance, ce qui la rend plus susceptible d'avoir eu affaire aux sorcières. Bref, le seul moyen de me débarrasser de mes soupçons, c'est de vérifier.

Je déroule la carte.

Les méandres de sa pensée zigzaguent sur la page, entourés de dessins de nourriture, de maisons, d'immeubles, de notes de musique, de montagnes. La plupart sont trop tassés, emberlificotés et minuscules pour que je distingue quoi que ce soit. Néanmoins, je repère une zone plus sombre où sont esquissées les silhouettes de deux filles. Les chemins environnants ont été barrés, comme si ces souvenirs devaient rester oubliés. Et à côté, il y a une plume de corbeau.

Je me relève, si troublée que le parchemin m'échappe des mains. Je le ramasse, le réenroule et le pose sur son étagère, une grosse boule dans la gorge. Alors que je comptais sur cette carte pour dissiper mon angoisse, je suis encore plus inquiète qu'avant. Mais comme je n'ai aucun moyen de la déchiffrer, mieux vaut sans doute rentrer.

De retour dans ma chambre, je reste plantée un moment à la fenêtre, plongée dans mes pensées. Flo est dans le jardin de derrière, seul sous les étoiles. J'envisage de le rejoindre avant de me raviser. Au fond, je ne suis pas si courageuse que ça.

Je grimpe dans mon lit vers 3 heures du matin, la tête remplie de sorcières et le cœur lourd de menaces.

CHAPITRE 21

— Tu me caches ça depuis combien de temps ?

J'ouvre les yeux, perplexe. Gempa est assise en tailleur au pied de mon lit. L'horloge indique 10 h 30 ; je n'avais jamais dormi aussi tard.

Mon amie attend une réponse, mais j'ai l'esprit trop embrumé pour comprendre de quoi elle parle. Mon regard se pose sur la porte du placard, bien fermée, avant de revenir vers elle.

— Qu'est-ce que tu racontes ? je l'interroge en bâillant.

Elle soupire et s'approche de moi.

— Il va falloir que tu lui dises, tu sais.

— Que je dise quoi… à qui ?

Gempa lève les yeux au ciel, agacée que je n'avoue pas tout. Comme je garde le silence, elle ajoute:

– À Flo!

Durant une fraction de seconde, le soulagement m'envahit. Gempa n'est pas au courant pour le musée. Puis je me rends compte que c'est presque aussi grave.

– Je me suis réveillée la nuit dernière, m'explique-t-elle. Tu étais à la fenêtre, en train de le regarder comme ça.

Elle place ses mains sous son menton et papillonne des cils d'un air énamouré, avant de retrouver une expression normale.

– Tu te comportes bizarrement quand il est là, je t'assure. Et puis, il t'a massé la main.

Elle énumère ces faits avec l'aplomb d'une détective qui élucide une affaire.

Je me creuse la tête en quête d'une explication plausible, mais... évidemment que Gempa a tout compris! Elle est équipée d'un véritable radar à histoires d'amour, plus puissant que l'espace et le temps. Depuis sa naissance, les sentiments sont sa raison d'être. Sans parler du fait qu'elle me connaît mieux que je me connais moi-même. S'il y a bien une chose qui peut la distraire de la fin imminente du monde, c'est de me savoir amoureuse. Franchement, c'est même un miracle qu'elle ne s'en soit pas aperçue avant moi.

– C'est horrible, je gémis finalement, effondrée.

Je m'attends à ce que Gempa me fasse la leçon, mais sa bouche s'élargit en un immense sourire.

– Ça t'amuse? je ronchonne.

– C'est génial! Tu viens d'avouer que tu l'aimes.

– Pas du tout. Je n'ai jamais dit ça.

Mon amie balaie immédiatement mes objections.

– Rosie, tu dois parler à Flo. Évidemment, il a fallu que tu craques pour un fantôme. Ça ne m'étonne pas de toi: tu ne fais jamais rien comme les autres. Sans vouloir te vexer.

Je secoue la tête et replie mes jambes contre ma poitrine dans l'espoir de me protéger de son enthousiasme.

– Gempa, même dans des circonstances normales, je suis incapable de prononcer trois mots, et tu voudrais que je déclare ma flamme à un spectre? Je te rappelle qu'il a une copine, fantôme, comme lui. Ils vont parfaitement bien ensemble. Comment veux-tu que je rivalise avec elle? Il y a un million de raisons pour que je me taise.

– D'quan et moi aussi, on est très différents. Il adore les jeux de rôle comme *Donjons et Dragons* alors que je déteste les dés compliqués, et...

– Ça n'a rien à voir. Flo est *mort*.

– Hum. Parfois, quand D'quan me supplie de jouer avec lui, j'ai envie de mourir.

J'aurais éclaté de rire si je n'avais pas été sur le point de vomir.

– Rosie, continue Gempa, tu as tué onze sorcières. Tu peux bien avouer à quelqu'un que tu l'aimes.

Pour toute réponse, je lui décoche un de mes légendaires regards butés. Elle passe donc au chantage.

– Tu sais bien que je ne sais pas garder un secret !

– On a des problèmes plus importants à régler.

– Justement, triomphe Gempa. Le monde touche à sa fin. Si tu ne peux pas être honnête dans un moment pareil, quand le seras-tu ?

– Je n'ai jamais dit que j'aimais Flo, je répète.

Gempa agite la main comme pour chasser des mouches.

– Il te connaît depuis ta naissance, alors qu'il vient juste de rencontrer Zia.

– Mais elle est super !

Mon amie réfléchit et se radoucit.

– C'est vrai. Elle est super.

Je lui donne un petit coup de pied.

– Peu importe, Rosie, il faut que tu parles à Flo, et vite. On va bientôt quitter cette planète pour affronter le Roi du Néant. Et peut-être mourir. Même si on s'en sort, Flo partira pour l'Au-delà – sauver l'univers, on ne fait pas mieux, comme ultime mission. Ne laisse pas passer cette chance, car tu n'en auras pas d'autre.

J'entends ce qu'elle me dit, bien que ça ne me plaise pas. J'ai l'impression d'être coupée en deux. D'un côté, il y a la Rosie discrète qui rêve de se cacher, et de l'autre, la nouvelle Rosie qui voudrait la prendre par les épaules et lui dire: «Taille-toi une place dans ce monde.» Au fond de moi, je sais que Gempa a raison. Si je ne dis pas à Flo ce que j'éprouve, je le regretterai.

– C'est facile, pour toi, je grommelle, sur le point de céder. Tu dis toujours tout ce que tu penses, sans le moindre filtre.

– Je sais. C'est génial.

– Ah, les gens extravertis…

– On est les meilleurs.

– OK, je lâche à contrecœur. OK, tu as raison, il faut que je lui dise.

– Youpi!

– Youpi.

Elle me regarde.

– Ce matin?

Paniquée, je sens que mon cœur essaie de s'enfuir de ma poitrine.

– Non, plus tard.

– Je te laisse jusqu'à demain soir, Rosie. Si tu ne lui as toujours pas parlé au moment d'aller te coucher, je le ferai à ta place.

Je crispe ma main sur mon ventre, car ma nausée augmente. La seule chose pire qu'avouer mes sentiments à Flo serait que Gempa s'en charge. Son mode de communication pourrait se résumer en quelques mots : « bulldozer », « massue » et « boulet de démolition ».

– Ça marche.

Tandis qu'elle s'en va prendre son petit déjeuner, je me rends compte que je n'arriverai jamais à tenir cette promesse.

Au cours de la journée, assise près de Flo à table ou le regardant arroser ses plantes, j'essaie plusieurs fois de me lancer – en vain. Je décide finalement de demander à lui parler un peu plus tard pour ne plus avoir le choix. Mais même ça, c'est trop difficile. Puis Aria nous annonce que Zippy devrait être à nouveau opérationnelle d'ici deux jours, et cela monopolise les conversations.

Après m'être comportée encore plus bizarrement que d'habitude pendant la matinée, j'évite donc Flo tout l'après-midi. Au dîner, Zia et lui restent dehors pour qu'il s'entraîne à faire décoller des oies de l'espace près des Verrières. Lorsque vient l'heure de me coucher, je ne suis pas plus avancée. Si ça continue, je vais me transformer en véritable boule de nerfs.

Au milieu de la nuit, j'entre dans le musée comme d'habitude et mes pas me portent aussitôt vers la collection des Cartes mentales. J'ignore toujours comment déchiffrer celle de Jade qui, j'en suis convaincue, recèle des informations vitales. Je la contemple pendant deux bonnes heures, caressant les petits dessins puis les passages raturés du bout des doigts. C'est comme si j'étais coincée devant une énigme. La carte me souffle des réponses que je ne comprends pas.

— Ça ne sert à rien, je confie à Pablo, perché sur la chaise qui me fait face et aussi perplexe que moi. Cette carte en révèle juste assez pour m'inquiéter, sans m'apprendre quoi que ce soit.

— Chhhht!

Mon oiseau et moi nous raidissons brusquement et je tends l'oreille dans le silence de la bibliothèque. J'aurais juré que quelqu'un vient de dire « chut ». Enfin, du coin de l'œil, je détecte un mouvement et me tourne dans sa direction.

Je suis si estomaquée que je manque de tomber de ma chaise.

À environ cinq mètres de moi, un berger des nuages m'observe, caché derrière une étagère. Il porte son doigt de brouillard à ses lèvres translucides. C'est un vieil homme, dont les cheveux blancs s'enroulent sur sa tête comme une pointe de crème chantilly. Il s'approche en flottant, les bras chargés d'un tas de parchemins qu'il range sur les rayonnages au fur et à mesure.

– On ne doit pas faire de bruit dans une bibliothèque, nous rappelle-t-il d'une voix qui semble composée de plusieurs timbres mêlés.

– Désolée, je m'excuse dans un souffle.

Le berger hoche la tête, puis un petit bouc lui pousse sur le menton, ses cheveux s'allongent et il paraît rajeunir. La première fois que j'ai parlé à l'un de ses congénères, dans les bois près de chez moi, j'avais aussi été frappée par sa voix aux échos multiples et son apparence changeante.

– Je croyais que vous aviez tous été aspirés par le trou noir, je m'étonne.

Le berger se transforme à nouveau, cette fois en une femme aux longues tresses et aux sourcils froncés. Elle lève ses deux mains de brume devant elle afin d'esquisser une image : des silhouettes de bergers balayés par le vent. L'un d'eux, trop lent, se retrouve abandonné dans le musée. Une chance, finalement. Puis la femme serre ses deux mains et la scène disparaît.

– Nous avons été oubliés, murmurent tristement les voix.

Le premier berger aussi parlait au pluriel. Cette fois encore, j'ai la sensation de me trouver devant une créature aux multiples facettes, toutes empreintes de sagesse et de sérénité.

– As-tu besoin d'aide ? me demande le berger.

Je commence par secouer la tête avant de me rendre compte que si, j'en ai *désespérément* besoin.

– J'essaie de comprendre une carte, je lui explique. De la déchiffrer.

– Ah.

Le visage du berger s'illumine et une longue barbe lui pousse instantanément.

– Il faut que tu l'apportes dans la salle de visionnage. Là-bas.

Il désigne un rideau de velours tout au fond de la pièce.

Mon cœur se gonfle d'espoir.

– Oh, merci !

– Quand tu auras fini, veille à déposer la carte dans le bac de collecte afin que nous puissions la ranger.

J'acquiesce avec entrain.

Le berger des nuages me sourit puis s'éloigne en flottant le long des étagères, classant ses parchemins avec des gestes lents, comme s'il pouvait se satisfaire de cette tâche pour toute l'éternité. Lorsqu'il disparaît de ma vue, je me demande si c'est le dernier qui reste encore au monde et si je le reverrai un jour.

La carte mentale de Jade bien calée sous mon bras, je me dirige vers la salle de visionnage avec Pablo. Il fait si sombre à l'intérieur que je ne vois rien, à l'exception d'une petite boîte éclairée par une lumière rouge sur ma droite. Au-dessus d'une longue fente, une inscription indique : « Insérer la carte ici. »

Après une seconde d'hésitation, je déroule le parchemin et le glisse doucement par l'ouverture.

Aussitôt, des projecteurs s'allument, faisant apparaître au sol une réplique grandeur nature de la carte qui s'étend à travers tout l'étage. Un chemin s'y dessine, se divisant ici et là dans plusieurs directions, un peu comme un parcours sur un jeu de plateau. Au-dessus, une pancarte clignote : « BIENVENUE DANS LA CARTE MENTALE DE JADE OAKS. MERCI DE NE PAS SORTIR DES SENTIERS BALISÉS. »

Alors que je m'apprête à m'engager sur le chemin, une petite fille apparaît sous mes yeux. Elle est en trois dimensions mais aussi translucide que moi, et elle me tourne le dos. Semblant remarquer ma présence, elle jette un coup d'œil interrogateur par-dessus son épaule. Ses grands yeux ont la même forme que ceux de ma mère, ses cheveux, la même couleur brun foncé.

– Tu es Jade ? je demande d'une voix tremblante.

Elle me sourit sans répondre.

– Peux-tu me montrer ce que je cherche ? Peux-tu me conduire à la zone raturée de ton esprit ?

Le sourire de la fillette vacille légèrement. Elle me tend la main et, bien qu'aucune de nous deux ne soit vraiment réelle, je parviens à la saisir.

Ensemble, nous nous avançons dans le noir.

CHAPITRE 22

Une lueur se dessine au loin. Lorsque nous l'atteignons, je constate qu'elle éclaire une scène : une femme berçant deux bébés tandis qu'un plat à l'odeur délicieuse mijote sur la cuisinière à côté. La femme me fait penser à ma mère, et sa bouche ressemble à la mienne. Elle a aussi des ailes.

Étant donné que je suis dans la mémoire de ma tante Jade, je suppose qu'il s'agit de ma grand-mère. Je me sens enveloppée par une douce chaleur et un bourdonnement. Les battements d'un cœur résonnent sous mes pieds, comme si nous assistions à un phénomène plus mystérieux qu'un souvenir ; mi-réel, mi-imaginaire.

– C'est ainsi que tu vois le monde ? je demande à ma guide.

Jade me dévisage d'un air triste puis me tend à nouveau la main.

Nous prenons un chemin sur la gauche et nous nous arrêtons devant une autre scène brillamment éclairée : encore les deux jumelles, âgées de cinq ou six ans cette fois. Elles sont devant une école. L'une fait signe à l'autre de la suivre, elle lui assure qu'elle n'a rien à craindre. À leur nervosité, je devine qu'il s'agit de leur rentrée en primaire. Les murs et le plafond de la pièce sont couverts de pierres précieuses, signe que cet endroit a beaucoup de valeur aux yeux de Jade – du moins, je l'interprète ainsi. Sa sœur, ma mère, porte une cape et un bouclier. Elle la précède dans une salle de classe remplie d'enfants.

– C'est ton héroïne, je glisse à la fillette qui acquiesce.

La petite Jade de cinq ans s'assied à un bureau et se met à nouer des morceaux de fil. Entre ses doigts fébriles, l'ouvrage forme peu à peu un entrelacs complexe, et je m'aperçois qu'elle copie une toile d'araignée tendue dans un coin de la classe. Elle crée pour oublier son stress. Puis la lumière s'éteint.

Ma guide et moi continuons notre chemin au cœur d'une forêt obscure. Pablo pépie pour attirer mon attention vers une silhouette qui remue sur une branche. Un corbeau nous fixe de ses yeux perçants. Il n'est pas réel, c'est juste un souvenir de Jade parmi d'autres, mais je ne peux m'empêcher de frissonner. La fillette secoue la tête comme pour me déconseiller de m'en approcher. Lorsqu'il s'envole, il laisse derrière lui une traînée brumeuse de petits traits griffonnés.

Plus nous avançons, moins j'ai de doutes. Cette carte mentale illustre la vie de Jade telle qu'elle se la remémore. Avec des ailes, des capes, des boucliers et des rayons de lumière. Ma mère est présente dans la plupart des scènes : à un goûter d'anniversaire où elle mange du gâteau avec ses mains, à un récital où elle chante faux mais avec assurance, pendant que Jade se cache derrière elle, tremblante et intimidée.

En les observant, j'éprouve un pincement au cœur familier. Je ressemble davantage à ma tante qu'à ma mère. Moi aussi, si je pouvais, je me cacherais derrière Gempa pour toujours.

La scène suivante montre Jade âgée de dix ans, assise devant la fenêtre de sa chambre, tissant de nouvelles créations à l'aide de fil de fer et de perles : des forêts, des paysages, des maisons miniatures remplies de meubles si réalistes que c'en est presque troublant. Elle reproduit l'arbre qui se trouve face à elle dans les moindres détails, chaque branche formant une réplique exacte de la réalité.

Ma mère apparaît sur le seuil, la tête entourée d'un halo et une assiette dans les mains. Derrière la maison, le vent se lève. Il y a plusieurs corbeaux dans le jardin. Ma guide me serre la main et nous repartons.

Le chemin s'assombrit. Un peu plus loin, Jade et ma mère jouent avec une amie. Les deux dernières marchent d'un bon pas, plongées dans leur conversation, sans se rendre compte que Jade ne les suit pas. Trois corbeaux planent au-dessus de leurs têtes, dessinant des traînées d'encre dans le ciel.

Vient ensuite une fête de l'école où tous les visiteurs admirent les tableaux colorés et audacieux de ma mère. Au fond, séparée d'elle par un espace qui paraît infini, Jade se tient derrière un stand de miniatures en fil de fer, si petites et subtiles que personne n'y prête attention. Un corbeau est piégé sous le plafond et bat frénétiquement des ailes. Scène suivante: Annabelle et Jade, désormais adolescentes, sont à table pour le dîner. Annabelle montre à sa famille l'arc qu'elle a fabriqué afin de chasser les sorcières. Sa mère la félicite tandis que Jade se recroqueville sur sa chaise. Deux corbeaux les surveillent, perchés sur le rebord de la fenêtre. Mon cœur se serre.

– Tu étais toujours mise à l'écart, je murmure à la petite fille qui me tient la main.

Les oiseaux noirs qui envahissent et obscurcissent ces souvenirs sont une manière pour Jade de les oublier. Elle ne répond pas, mais je sais ce que ça fait d'être celle qui disparaît dans l'ombre. Elle se tourne vers le chemin, hésitant à continuer. Une bourrasque de vent froid déferle sur nous, accompagnée d'une volée de corbeaux. Pablo s'est réfugié sur mon épaule et tremble contre mon cou.

Enfin, Jade se résout à repartir.

Des feuilles mortes tourbillonnent sur le sentier. Il fait soudain si froid que je dois m'entourer de mes bras pour me réchauffer. La petite Jade avance, tête basse, contre le vent. C'est étrange, car le souvenir dont nous approchons maintenant remonte à une nuit d'été.

Un mauvais pressentiment m'envahit. Quelque chose plane dans l'air qui devient lourd, électrique, irritant.

Les deux sœurs, Jade et Annabelle, sont endormies dans leurs lits. Des dizaines de corbeaux sont perchés dans les arbres autour de leur fenêtre. Soudain, Annabelle se réveille en sursaut et regarde la lune. Elle sort de son lit, attrape son carquois de flèches puis s'aventure dans les bois.

Jade, réveillée elle aussi, reste immobile un instant avant de se lever et de suivre sa sœur.

Je retiens mon souffle.

– Tu étais là, la nuit où ma mère est montée sur la Lune !

La petite Jade opine doucement du menton. Elle me dévisage comme si elle *voulait* que je devine ses secrets.

– Et tu y es retournée, seule, plus tard. Est-ce que tu t'es fait passer pour elle ?

Ma guide ne répond pas, mais un battement de cœur et une sensation de froid nous enveloppent.

– Tu espérais comprendre ce que signifie le courage ?

Toujours rien.

Il nous reste encore une scène à voir. Jade, adolescente, est au lit. C'est le matin. Elle se réveille et découvre un mot posé sur la coiffeuse. Sa sœur est partie. Je le sais parce que je connais le passé : c'est le moment où ma mère s'est lancée à la chasse aux sorcières. Le jour où elle a quitté sa famille sans même dire au revoir.

Par la fenêtre, on voit que les corbeaux ont envahi la pelouse.

– Elle t'a brisé le cœur, je chuchote.

Devant nous, le chemin est barré par les oiseaux noirs. Il y en a tellement que je ne distingue plus rien au-delà.

La fillette et moi échangeons un regard.

– Qu'est-ce que tu as fait ? je lui demande d'un ton plein d'effroi.

Et elle disparaît.

CHAPITRE 23

A près ce long voyage dans le passé, il me suffit de revenir quelques pas en arrière pour retirer la carte de la visionneuse. Le noir se fait dans la pièce, et je cherche à tâtons le rideau qui me sépare de la bibliothèque. Pablo va se poser sur une table et entreprend de lisser ses plumes neuves avec son bec.

– Tante Jade est la Femme soucieuse, je lui confie. C'est obligé.

La tête inclinée, il me dévisage de ses yeux ronds et noirs.

– Elle est habile de ses mains, ce qui ferait d'elle une excellente pickpocket. Elle est aussi très discrète et ressemble beaucoup à ma mère. Mais surtout, surtout, elle est en colère.

J'en suis presque convaincue : une nuit, déguisée en chasseuse de sorcières afin de tromper la Déesse de la Lune, Jade a réussi à lui voler sa clé.

Cette idée tourne en boucle dans ma tête tandis que nous regagnons l'entrée et sortons du musée pour dormir un peu. Mais dès que je ferme les paupières, les grands yeux de ma guide flottent devant moi, pleins de tristesse, de frustration et d'envie. Je n'arrive pas à savoir s'ils expriment aussi du regret.

Où est la clé, maintenant ? Cette question me hante toute la journée, pendant que je mange, que j'aide Aria et Clara à rassembler des pièces détachées, que je m'entraîne à manier mon arme. *Si c'est bien Jade qui l'a volée, l'a-t-elle donnée à la Sorcière du Temps ? A-t-elle été détruite ?* Malheureusement, le seul fantôme qui pourrait me renseigner refuse d'être trouvé.

– Tu n'as pas faim, Rosie ? s'étonne ma mère au dîner en voyant que je n'ai pas touché à mon assiette.

– Je suis juste fatiguée, je marmonne, incapable de la regarder en face.

Même si le musée n'était pas un secret, je ne pourrais jamais lui faire part de mes soupçons. Pas avant d'être sûre de moi et de savoir comment me servir de cette information. Si je dois lui briser le cœur, autant que ce soit utile.

Ce soir-là, je repousse le moment de regagner ma chambre, car je n'ai pas envie de retourner dans le musée ni de parler à Gempa. À la place, j'arpente sans bruit les couloirs de l'hôtel avant d'aller me poster à la fenêtre du salon pour observer les étoiles. Alors que je devrais déjà être en train de chercher des indices, je m'attarde, le cœur étrangement vide. Au bout d'un moment, quelqu'un se racle la gorge derrière moi.

– Coucou, me lance Flo, qui vient d'entrer, à la fois souriant et un peu mal à l'aise.

Tout à coup, je me rappelle avec une bouffée de stress que je suis censée lui avouer mes sentiments avant l'heure du coucher... autrement dit, maintenant. Avec tout ce que j'ai en tête, j'avais complètement oublié.

Le fantôme me dévisage d'un air interrogateur.

– Ça va ?

– Non. Enfin, si. À peu près.

Le rouge me monte aux joues. Je tente de m'appuyer sur le meuble le plus proche pour me donner une contenance, mais je rate mon coup et manque de m'étaler.

– Qu'est-ce que tu fais de beau ? je lui demande d'une voix rauque.

– J'allais emmener Frida se promener, me répond-il. Comme Gempa avec son iguane. Les déplacements d'une araignée sont limités, et je me suis dit que ça lui plairait de visiter un peu.

J'ai l'impression que mes lèvres transpirent. Nous sommes seuls, mon délai est écoulé et nous n'aurons peut-être pas d'autre moment en tête à tête. Mais plus j'essaie de rassembler mon courage pour me jeter à l'eau, plus mon cœur menace de jaillir de ma poitrine et de sauter par la fenêtre en hurlant.

Flo lévite jusqu'à moi afin d'admirer la vue.

– Parfois, j'aimerais être à la place de ces étoiles, je déclare finalement pour rompre le silence. Je regarderais l'univers suivre son cours sans jamais avoir à faire quoi que ce soit d'effrayant.

Flo sourit.

– Tu n'aurais pas d'yeux. Ni de cerveau. Donc, a priori, tu ne verrais rien du tout.

– Va savoir. Peut-être que dans l'Au-delà, c'est pareil : on observe tout d'en haut sans avoir besoin d'yeux.

– Ce n'est que mon avis, mais je serais étonné que ta vie se résume à ça, Rosie. Tu n'es pas faite pour rester sur le banc de touche.

Par réflexe, j'allume Pablo et le promène dans la pièce. J'oublie parfois que Flo me connaît depuis toujours. *Vas-y, dis-lui*, je m'exhorte.

– Bon, je conclus en feignant de bâiller et en étirant mes bras au-dessus de ma tête. Il est temps que j'aille me coucher.

Flo m'observe à la dérobée. Il paraît un peu déçu, ce qui allume en moi une étincelle d'espoir.

– Bonne nuit.

Je rêve de disparaître par un trou dans le sol ou de me consumer sur place telle Clotilda la chasseuse de sorcières. Mais au moment où je me tourne vers la porte, la pire des choses possibles se produit.

Gempa apparaît devant moi.

– Salut, fait-elle, surprise, en nous dévisageant l'un après l'autre.

Je laisse échapper un gloussement nerveux. Un sourire se peint sur les lèvres de mon amie, qui consulte sa montre, me décoche un clin d'œil puis me fait pivoter sur moi-même sans la moindre délicatesse.

– Flo, Rosie a quelque chose à te dire, déclare-t-elle avant de filer.

Je fais face au fantôme qui n'y comprend plus rien.

Nous restons plantés là un instant, tandis que je réfléchis aux différentes façons de mettre un terme définitif à mon amitié avec Gempa. Enfin, je toussote.

– Ça va, Rosie? me demande Flo une nouvelle fois.

– Oui, oui. Comme a dit Gempa, je voulais te parler d'un truc.

J'ai l'impression de flotter au-dessus de ma tête. Est-ce qu'on peut sortir de son corps juste parce qu'on a peur d'exprimer ses sentiments à quelqu'un?

– Je t'écoute.

Flo dépose Frida sur une toile dans un coin afin de m'accorder toute son attention.

De longues secondes s'écoulent. Je garde les yeux rivés sur Pablo pour ne pas avoir à affronter le regard du fantôme.

– C'est mon oiseau, je bafouille. Il est bizarre.

– Comment ça, bizarre ?

– Eh bien, l'autre nuit, j'ai rêvé que je me transformais en lui et, quand je me suis réveillée, il était blotti au creux de ma poitrine. *À l'intérieur*. Comme si on avait... fusionné. Tu as une idée de ce que ça peut signifier ?

Flo prend le temps de réfléchir, comme chaque fois que je le consulte sur un sujet important. J'en profite pour souffler.

– C'est peut-être bon signe, suggère-t-il. Certains fantômes prétendent que, dans l'Au-delà, il n'y a plus aucune limite entre les êtres.

Il me faut quelques secondes pour intégrer cette information. Si je devais choisir quelqu'un avec qui me confondre, je ne suis pas sûre que ce serait ce maladroit de Pablo.

– Mais on n'est pas morts, je souligne. Enfin, toi, si. Et Zia aussi. C'est génial, d'ailleurs. Pas dans l'absolu, je veux dire, mais pour votre relation...

Qu'est-ce que je raconte?

– Bref, tu ne pourrais pas sortir avec quelqu'un qui n'est pas mort.

Je me mords la lèvre et me racle la gorge, mais les phrases jaillissent toutes seules.

– Les fantômes sont faits pour s'entendre avec d'autres fantômes, tu comprends. Pas avec des gens comme moi.

Flo penche la tête, intrigué.

Bien entendu, c'est le moment que choisit Pablo pour venir se percher sur mon épaule. Il siffle à tue-tête, me picore l'oreille et bat frénétiquement des ailes. Flo a l'air de sentir que je ne dis pas vraiment ce que je pense. Mais avant qu'il ouvre la bouche pour me questionner, je conclus, la nuque parcourue d'un frisson :

– Les fantômes ne devraient pas traîner avec les humains.

Flo nous fixe tour à tour, Pablo et moi, comme s'il tentait d'assembler les pièces d'un puzzle. Mais je m'en rends à peine compte, car je viens d'avoir une illumination.

– Qu'est-ce que tu essaies de me dire, Rosie ?

Envahie par un mélange de soulagement et de déception, je déclare :

– Je dois y aller.

Puis je tourne les talons et je m'enfuis en courant.

Dans notre chambre, Gempa dort déjà paisible-
ment – ce qui est assez incroyable, étant donné qu'elle
m'a poussée dans la gueule du loup il y a quelques
minutes à peine. Mais, suspense insoutenable ou pas,
mon amie a toujours eu une fâcheuse tendance à la
narcolepsie.

J'ouvre le placard. Presque aussitôt, le brouillard se
déverse du panier de couture. Au moment où je m'apprête à y entrer, une voix m'interpelle :

– Rosie ?

Je fais volte-face. Flo traverse le mur de la chambre
et s'approche de moi, l'air triste et perdu. Je porte un
doigt à mes lèvres.

– Qu'est-ce que tu... chuchote-t-il en jetant un coup
d'œil à Gempa. Qu'est-ce que tu voulais dire par...

Puis il s'interrompt, car il vient de remarquer le
brouillard. Un silence médusé s'installe.

– C'est quoi, ça ?

Alors je décide de baisser ma garde. Car si je ne peux
pas faire confiance à Flo, je ne peux faire confiance à
personne.

– Le plus simple, je soupire, c'est que tu viennes
avec moi.

Sur ces mots, je lui fais signe de me suivre.

CHAPITRE 24

Comme d'habitude, Pablo nous conduit directement à la zone des Comédies musicales.

– Il fait toujours ça, j'explique à Flo. Il adore danser.

Mon ami fantôme n'a pas décroché un mot tandis que l'ascenseur s'élevait dans le musée. En même temps, il y a de quoi rester muet de surprise. Prenant la tête de notre petit groupe, je me dirige vers la section des Histoires.

– Tu as l'air… morte, Rosie.

– Je sais. Homer a même cru que je l'étais. C'est parce qu'ici, je ne suis pas réelle.

– Homer ? Il est là ?

En chemin, je lui raconte tout : comment le panier a fini par s'ouvrir une nuit, comment je me suis retrouvée dans *Hansel et Gretel*, ce que j'ai appris grâce à Homer, Fen et Bo sur la Femme soucieuse aux doigts délicats. Je lui parle aussi des bateaux en partance pour les Limbes, de la carte mentale de tante Jade, de son amour pour ma mère qui l'a blessée sans s'en apercevoir.

Devant nous, je perçois une mélodie. Puis une autre.

– Qu'est-ce que c'est? me demande Flo.

Je réfléchis un instant. Ça ne ressemble pas aux chansons qui s'échappent des Comédies musicales.

Quelques pas plus loin, le couloir que nous longeons s'élargit et débouche dans un vaste théâtre au plafond en coupole. De la musique flotte tout autour de nous, les notes dessinant des formes visibles: arbres, ruisseaux, courants d'air.

– On dirait une forêt de sons, je murmure.

Des sonates remplissent des flaques bleues à nos pieds, des chansons pop s'élèvent comme des bulles dans les airs, des arias tracent des arcs fluorescents au-dessus de nos têtes.

Je souris à Flo, qui m'imite avant de détourner les yeux.

– C'est trop cool, s'extasie-t-il.

Enfin, après avoir quitté à regret cette caverne musicale, nous atteignons l'orée de la zone des Histoires. Une fois là-bas, il me faut encore un peu de temps pour trouver ce que je cherche.

L'endroit n'est pas très accueillant. Un long couloir sombre et étroit s'enfonce devant nous, éclairé par des ampoules qui clignotent comme si elles allaient bientôt griller. Nous devons écarter de la main les toiles d'araignée qui barrent le chemin. Des hurlements nous parviennent à travers de grosses portes en bois. Des fantômes éplorés errent dans le couloir et nous dévisagent.

– Tout à l'heure, quand je t'ai dit que les fantômes étaient faits pour s'entendre avec d'autres fantômes, je chuchote (car c'est le genre de lieu où on n'ose pas hausser la voix), j'ai eu un déclic… Si j'étais un esprit et si je voulais passer complètement inaperçue, c'est ici que je viendrais. Dans les Histoires de fantômes. Il n'y a pas de meilleure cachette qu'au grand jour.

J'arrête un spectre qui passe.

– Excusez-moi, vous n'auriez pas vu un jeune homme avec un gilet de sauvetage dégonflé ? Et l'air un peu stressé ?

Il me fait non de la tête.

J'en interroge d'autres au fur et à mesure que nous explorons les couloirs effrayants. Nous parlons même à un fantôme qui pourrait bien être celui du roi Henry VIII, et à un autre qui a dû mourir de la peste. Alors qu'ils sont censés raffoler des ragots, aucun n'a la moindre information à nous donner au sujet de Bo.

Enfin, quelqu'un admet avoir croisé un garçon correspondant à ma description près d'une maison hantée, dans une Histoire de fantôme par une nuit d'orage. Nous partons aussitôt à la recherche de cette légende et, très vite, nous rencontrons un esprit qui sait où la trouver.

– Venez, je vais vous y conduire.

Il nous tourne le dos et s'éloigne. Nous le suivons jusqu'à un recoin isolé où se dresse une porte en piteux état.

– Moi, je pars pour les Limbes, nous informe-t-il. Bonne chance à vous.

Puis il nous plante là.

Nous poussons doucement le battant et pénétrons dans un champ désert, où des éclairs nous illuminent le visage.

De gros nuages courent dans le ciel du crépuscule ; l'atmosphère lourde et moite indique qu'il ne va pas tarder à pleuvoir. Les éclairs font apparaître, au loin, une vieille bicoque dont les volets claquent au vent. Une chouette hulule tout près de nous. Flo frissonne, ce qui m'arrache un sourire amusé.

– J'ai hanté ta maison pendant des années, se défend-il. Mais ça n'avait rien à voir avec ça !

Nous nous approchons d'un arbre aux branches pointues et dénudées. À son pied, un fantôme coiffé d'un chapeau de cow-boy regarde dans notre direction.

– Bonsoir, je lance. Nous cherchons un certain Bo. C'est un adolescent avec un gilet de sauvetage dégonflé.

Le fantôme continue à fixer l'horizon sans rien dire, comme si nous n'étions pas là. Je comprends alors qu'il fait partie de l'histoire et ne peut pas nous voir.

Une fois devant la maison, nous gravissons les marches du perron d'un pas hésitant. Flo se serre contre moi. La porte s'ouvre en grinçant sur une pièce plongée dans le noir. Seuls les éclairs nous permettent de distinguer quelque chose. Une femme en haillons passe devant nous puis disparaît à travers un mur. Quelqu'un pleure au sous-sol.

Nous décidons de monter à l'étage et c'est là, dans une salle de bains horriblement moisie, que nous le dénichons.

Tout habillé sous son gilet de sauvetage, un jeune homme est couché dans la baignoire, les paupières closes. Je jette un coup d'œil à Flo, la gorge nouée.

– Euh, excuse-moi, tu t'appelles Bo ?

Le fantôme ne bouge pas d'un pouce mais ouvre les yeux et nous dévisage.

– Je, hum… Je suis Rosie Oaks. Et voici mon ami Flo.

Me rappelant soudain la rose de Fen, je la sors de ma poche.

Mais Bo ne la prend pas.

– On essaie de sauver le monde, je continue, et... tu es notre dernier espoir.

Bo nous observe toujours sans rien dire, alors je tente une autre approche.

– Je sais que tu as peur. Mais la Sorcière du Temps est morte. Et la femme que tu as vue avec elle vit désormais en Suisse, je crois.

Un éclair se reflète dans les yeux de Bo.

– D'où tu tiens ça ? réplique-t-il, soupçonneux.

– Cette femme est ma tante.

Bo laisse échapper un long sifflement, puis il s'assied avec lenteur et me prend la rose des mains. Quand il se lève, je m'aperçois qu'il est trempé de la tête aux pieds – ce qui est clairement son apparence habituelle. Son expression amusée ne correspond pas du tout à l'image que je me faisais d'un fantôme terrorisé.

– Dans ce cas, tu es encore plus mal lotie que moi, commente-t-il en souriant. Moi qui pensais que ma tante n'était pas facile !

Son regard se pose sur Pablo, à qui il tend sa main gauche. Aussitôt, l'oiseau saute dessus et le contemple en clignant des yeux.

– Les fantômes parlent beaucoup de toi, Rosie Oaks. Tu mènes un combat impossible, et je dispose en effet d'informations qui pourraient t'aider à le gagner.

Il écarte sa frange de ses yeux d'un geste charmeur, comme s'il se tenait sur une plage, une piña colada à la main.

– Heureusement pour toi, j'adore les combats impossibles.

Je dois avouer que le sourire de ce jeune homme est assez séduisant.

– Je vais te confier mon secret, Rosie Oaks. Car j'imagine que notre sort à tous en dépend.

CHAPITRE 25

Je fixe Bo, perplexe. Aussi étrange que ce soit, je me sens presque déçue.

– Je croyais… je croyais que tu serais beaucoup plus difficile à convaincre. Ta tante m'a prévenue que…

Bo fourre ses mains dans ses poches et sort de la baignoire.

– J'en ai un peu rajouté quand je lui ai parlé. À vrai dire, je me cache autant d'elle que de la sorcière.

– Pourquoi ?

– Tu as rencontré Fen, non ? Elle adore se mêler des affaires des autres. Si tu étais un fantôme de seize ans en liberté dans un musée aux possibilités infinies, et que ta tante surveillait tes moindres faits et gestes, tu n'aurais pas envie de disparaître, toi aussi ?

Je réprime un sourire.

– Elle a raison sur un point : je ne suis pas rassuré depuis que j'ai surpris cette fameuse conversation. Mais le plus important pour moi, conclut Bo en haussant les épaules, c'était d'échapper au radar de tante Fen.

Il nous dévisage, Flo et moi, avant de s'adosser contre un mur.

– Alors, vous avez envie d'entendre mon histoire ?

Nous hochons vigoureusement la tête. Bo nous conduit dans une pièce vide que les autres spectres n'ont pas l'air de fréquenter. Et là, assis sur le canapé de la maison hantée, il nous raconte tout.

– Par une nuit on ne peut plus normale, je traînais sur le front de mer près de l'endroit où je suis mort, commence-t-il en caressant Pablo, perché sur l'accoudoir mité. J'aimais bien arpenter cette promenade le soir et regarder les vivants manger des glaces, acheter des souvenirs, etc. Cette fois, pour passer le temps, je m'amusais à faire peur aux mouettes.

– Oui, je suis au courant.

– Que veux-tu, il faut bien s'occuper ! Et les mouettes sont très drôles. D'ailleurs, tu as vu la vidéo de celle qui rentre dans une boutique pour voler des paquets de chips ?

Flo n'a pas l'air de comprendre, mais moi, si.

– Évidemment que je l'ai vue !

– C'est la femme qui a attiré mon attention, reprend Bo, dont le sourire s'efface. Elle était prostrée sur un banc et dégageait une telle tristesse qu'il m'a fallu une seconde avant de remarquer la Sorcière du Temps assise à côté, tranquille, son collier de montres autour du cou.

Je frissonne en entendant cette description qui m'évoque des souvenirs douloureux.

– Le temps que je comprenne à qui j'avais affaire, les autres fantômes avaient déguerpi. J'étais coincé. Je ne pouvais plus sortir de ma fosse creusée dans le sable sans qu'elles m'aperçoivent. Bien sûr, aucun des vivants qui se promenaient sur le front de mer ne voyaient la sorcière. Ils devaient penser que ta tante parlait toute seule. J'ai aussitôt compris qu'elles s'étaient donné rendez-vous pour discuter. Incapable de m'enfuir, je suis resté là, à quelques mètres d'elles, bien trop près à mon goût. C'est comme ça que j'ai tout entendu.

Bo se gratte le menton d'un air songeur.

– Ta tante paraissait effrayée, mais assez déterminée. Elle a dit qu'elle possédait un objet que la Sorcière du Temps convoitait. Puis elle l'a sorti de sa poche et le lui a présenté sur ses paumes tremblantes.

– Une clé ? je demande dans un souffle.

– Ça ne ressemblait pas à l'image qu'on s'en fait mais, oui, je pense que c'en était une. C'était une sorte de disque argenté et brillant, tout sculpté, avec plein de minuscules rouages au milieu. Même dans la pénombre, il luisait. On aurait dit de la pierre de lune.

Bo se laisse aller contre les coussins sans cesser de caresser Pablo. Ses yeux se posent sur mon collier.

– Comme ton pendentif. La sorcière mourait visiblement d'envie de se jeter dessus, mais elle se retenait. « Puisque je suis de bonne humeur, je vais t'en débarrasser, a-t-elle dit. Tu as de la chance, j'aurais pu te maudire pour m'avoir fait venir ici. » Elle mentait, bien sûr. Elle désirait cette clé plus que tout au monde. Je ne sais pas pourquoi elle n'a pas arrêté le temps pour s'en emparer. Peut-être qu'elle était intriguée par ta tante, ou qu'elle voulait jouer avec elle. En tout cas, elle lui a proposé une faveur en échange.

Si j'écoutais mon instinct, je couperais Bo à cet endroit de son récit. Quoi que ma tante Jade ait demandé, je n'ai pas envie de le savoir.

– Je n'oublierai jamais ce qu'elle a dit après ça, poursuit-il. Elle a exigé que la Sorcière du Temps prive sa sœur de la prochaine personne qu'elle aimerait. La sorcière a répondu qu'elle savait déjà de qui il s'agissait, puis elle a évoqué un marin. Elle ferait croire à un naufrage pour que personne ne soupçonne jamais la vérité – ou le marché qu'elles avaient passé.

Mon souffle se fait tremblant. À côté de moi, Flo m'observe avec inquiétude.

– Voilà, tu sais tout, conclut Bo.

– Et elle a donné la clé à la Sorcière du Temps? je murmure.

Il acquiesce, l'air grave.

– Donc la dernière fois que tu as vu la clé, résume Flo pour être sûr de bien comprendre, elle était en la possession de la sorcière?

Nouveau hochement de tête.

– Dans ce cas, déclare mon ami, elle a dû finir au fond de l'océan quand celle-ci s'est noyée.

J'inspire lentement, saisie de vertige.

Bo réfléchit quelques secondes avant de préciser :

– Ta tante l'a interrogée à ce sujet. Elle voulait savoir ce qu'elle ferait de la clé après s'en être servie. La Sorcière du Temps a répondu qu'elle la détruirait.

– C'est encore pire, soupire Flo.

– Ta tante voulait s'assurer que personne ne découvre ce qu'elle avait fait.

J'en reste muette. Comment ai-je pu espérer autre chose? Même en démasquant le voleur, nos chances de récupérer la clé ont toujours été infimes.

– Après ça, conclut Bo, la sorcière est partie. Une minute, elle était là, et celle d'après... plus personne.

J'imagine qu'elle a arrêté le temps quelques secondes afin de disparaître.

Il pousse un long soupir, croisant et décroisant ses mains sur ses genoux.

– J'ai attendu que ta tante s'éloigne avant de sortir de mon trou. Quand j'ai osé le faire, elle était déjà au milieu de la plage.

Ses mains s'immobilisent et son expression devient grave.

– Mais alors que je l'observais, elle s'est retournée et a plongé son regard dans le mien. Elle m'avait vu, Rosie. Cette femme qui avait le don de clairvoyance et une sorcière dans la poche m'avait vu, et elle tenait à ce que je le sache. Cette nuit-là, j'ai emprunté un passage dans un tableau que je connaissais, un paysage exposé dans une des boutiques de la promenade. Et je ne suis jamais revenu.

– Pourtant, tu as dit tout à l'heure que tu n'avais pas si peur d'elle.

– Non, parce que j'ai lu quelque chose dans ses yeux ce soir-là. Derrière la menace, il y avait aussi de la honte. J'y ai beaucoup réfléchi depuis, et je pense qu'elle se sentait trop coupable pour me courir après.

Nous gardons le silence un moment. Le monde tangue autour de moi.

– Alors voilà, je résume d'une voix aussi râpeuse que du papier de verre. Notre quête se termine avant même d'avoir débuté. Ma tante a volé la clé et l'a donnée ; fin de l'histoire.

Pablo décolle du canapé et vient se poser sur mes genoux, frottant sa tête contre mon ventre comme pour me réclamer un câlin. Je suis pétrifiée. Depuis le début, nous n'avions aucune chance.

– La Sorcière du Temps a détruit la clé avant que nous commencions à la chercher.

– Eh bien, oui et non, tempère Bo d'un ton calme.

Flo et moi le dévisageons, surpris.

– Comment ça ?

– Il reste toujours l'autre.

– L'autre quoi ? nous exclamons-nous en chœur.

Bo nous fixe tour à tour avec insistance.

– Ta tante l'avait cachée sous sa chemise et l'a sortie une fois la sorcière partie, comme si elle ne pouvait pas s'empêcher de la regarder. Une pierre de lune identique à la première, brillante et délicatement sculptée.

Je suis complètement perdue.

– Qu'est-ce que tu racontes ?

Ma peau devient brûlante, puis glacée. Pablo volette autour de la tête de Bo avec des mouvements aussi saccadés que les battements de mon cœur.

Le temps que le fantôme rouvre la bouche, je sais déjà ce que j'espère entendre. Mais l'espoir peut être si effrayant... Enfin, un immense sourire se peint sur les lèvres de Bo. Je comprends alors pourquoi Fen l'a qualifié de chenapan.

– Je parle du double, réplique-t-il. Ta tante avait fabriqué un double de la clé.

CHAPITRE 26

De retour dans le couloir des Histoires, mes jambes se dérobent sous mon poids. Je dois m'asseoir par terre et m'adosser contre un mur.
– Rosie, murmure Flo, accroupi à côté de moi. C'est une bonne nouvelle. Jade possède encore une clé. Et si Zippy a trouvé Eliot Falkor, elle peut la trouver elle aussi.

J'acquiesce vigoureusement, car il a raison. Pour n'importe qui d'autre que ma tante, recréer une clé en pierre de lune aurait été impossible. Mais elle a toujours su reproduire de mémoire les moindres branches d'un arbre ou chacune des courbes d'un nuage. C'est même tout à fait logique. À la réflexion, peut-être qu'elle n'a jamais vraiment *volé* la première clé mais qu'elle s'est contentée de la copier. Peut-être qu'elle est juste montée sur la Lune en se faisant passer pour ma mère afin de pouvoir y jeter un coup d'œil.

Je frissonne sans pouvoir m'arrêter parce qu'un autre détail, beaucoup plus douloureux, palpite derrière tout cela : la faveur que Jade a demandé en échange de son offrande. Le naufrage promis par la Sorcière du Temps.

Le marin.

Mon père.

– J'ai toujours cru que la mort de mon père était un accident, je bégaie sans prêter la moindre attention aux fantômes qui vont et viennent autour de nous. Mais c'est la Sorcière du Temps qui l'a tué. Sans elle, il serait encore en vie. Il m'aurait lu des livres. Il aurait pu m'aider.

Lorsque je me remets debout, mes genoux vacillent à nouveau.

– Rosie, insiste Flo, les sourcils froncés par l'inquiétude. Allons ailleurs. Le temps que tu te rétablisses.

Il se redresse et inspecte les alentours. Comme il ne connaît pas le musée aussi bien que moi, il choisit une direction au hasard et m'entraîne de couloir en couloir. Pablo doit lui donner un coup de main (ils s'entendent comme larrons en foire, tous les deux), car, après avoir exploré une série de contes et légendes, il s'arrête devant une porte.

– Viens, souffle-t-il en me poussant du coude.

Nous échangeons un regard surpris. C'est la première fois que mon ami fantôme réussit à me toucher. Nous rions, un peu gênés.

Flo ouvre la porte et je le suis de l'autre côté, sur la pelouse d'une histoire que, je m'en rends compte avec stupéfaction, je connais déjà par cœur.

Pour la bonne raison que c'est moi qui l'ai écrite.

Nous sommes perchés sur une montagne, en surplomb d'une vallée remplie d'oiseaux – perroquets, rouges-gorges, loriquets, geais bleus, corbeaux, faucons, hérons – qui tournoient dans les airs et prennent les arbres d'assaut.

J'adresse un regard émerveillé à Flo avant de me pencher vers ce spectacle aussi vivant que magnifique.

– C'est l'histoire que j'ai imaginée pour créer Minnie, je murmure.

Le ciel paraît si proche qu'on pourrait attraper une poignée d'étoiles et les semer autour de nous. J'entends les cris des oiseaux qui chassent dans la nuit, ainsi que des appels de détresse, des saluts, des chansons. Quelques mètres plus bas, un serpent engloutit tous les œufs d'un nid.

C'est un monde magique. Mais aussi dangereux, comme dans mon imagination.

J'observe les alentours dans l'espoir de repérer Minnie. Lorsque je vois le clair de lune se refléter sur l'océan au loin, je prends soudain conscience que, dans toutes mes histoires, il y a de l'eau. Calme, paisible, sûre.

– Je me suis toujours servie de l'écriture comme d'une bouée de sauvetage, je déclare d'une voix douce. Et en fait, sans le savoir, c'était mon père que je tentais de sauver.

Flo se tient tout près de moi, le visage triste.

– Ça n'a aucun sens, hein ?

– Peu importe, me répond-il. Je comprends.

Nous restons là de longues minutes, à contempler ce monde qui n'existe que dans mon esprit. Les nuages forment des lettres sur le ciel sombre, comme dans *Hansel et Gretel*. Bien que les mots soient à peine lisibles, je parviens à les déchiffrer.

… Dans ce monde, parfois, des bébés oiseaux se faisaient enlever par des serpents… Il arrivait aussi que de cruels vautours remportent le combat… Pourtant… les oiseaux construisaient leurs nids dans de beaux coquillages, se battaient contre les blaireaux, les ratiers et les ratons laveurs afin de protéger leurs petits… ou encore continuaient à chanter même s'ils étaient en cage…

Flo me dévisage et je cligne des yeux pour chasser mes larmes.

– Merci de m'avoir amenée ici, je souffle. Ça me rappelle qu'il faut continuer, envers et contre tout.

– Ne me remercie pas. C'est toi qui as inventé cet endroit bizarre.

Je lui souris. Nous admirons encore un moment le vaste ciel et la mer infinie qui ont jailli de mon petit cerveau humain, incarnant mes peurs, mes espoirs, et toutes les choses que je ne peux souhaiter atteindre.

– Je me demande si Minnie est dans les parages...

– Elle doit être en train de se battre contre les méchants, comme toi, réplique Flo en me donnant un petit coup d'épaule. Je n'en reviens toujours pas de pouvoir faire ça !

– Oui, c'est dingue.

Il me tend la main et hausse les sourcils d'un air interrogateur.

– Gouzi-gouzi ? me propose-t-il avec un sourire en coin. C'est la solution à tout.

La gorge nouée, je le laisse me masser les doigts – pour de vrai, cette fois. Et je songe que je pourrais peut-être lui avouer la vérité. Je pourrais peut-être trouver ce courage.

Il ne me quitte pas des yeux. Mon cœur bat très fort derrière mes côtes.

– Pourquoi as-tu écrit cette histoire ? me demande-t-il.

– Pour qu'il n'arrive plus jamais de mal aux gentils oiseaux.

Flo hoche doucement la tête et me lâche la main.

– Tout à l'heure, dans la bibliothèque, tu as dit...

– Je parlais sans réfléchir.

– Ça ne te ressemble pas.

Je garde le silence pendant une bonne minute, ce qui ne fait que confirmer sa théorie.

– J'ai eu l'impression, reprend-il, que tu parlais de nous deux. Quand tu as affirmé que je ne pourrais pas sortir avec quelqu'un qui n'est pas mort.

J'ai la sensation que mon visage entier vient de prendre feu.

– C'est juste que Zia est un fantôme, et toi aussi.

Comme si cela expliquait quoi que ce soit.

– On n'est plus ensemble, elle et moi, me confie Flo.

– Oh! Je suis désolée.

– Non, ça va. Je n'y ai jamais vraiment cru. C'est impossible, alors qu'il existe tout ça...

Il désigne la vallée en contrebas avant de se racler la gorge.

– Tu as l'esprit le plus bizarre, incroyable et magnifique qui soit. Je ne peux pas aimer quelqu'un d'autre, Rosie Oaks. Parce que personne ne t'arrive à la cheville.

Je me sens comme un cerf pris dans les phares d'une voiture. Seuls mes poumons parviennent encore à bouger.

– Je sais, continue-t-il, je suis mort et toi, vivante. Tu seras bientôt plus vieille que moi. C'est loin d'être idéal, mais s'il y a une chance pour que...

– Je t'aime aussi, je murmure.

Juste quatre petits mots. Mais certains mots ont tellement plus de poids que les autres…

Je reprends la main de Flo. Notre situation finira par évoluer, c'est une certitude. En attendant, lui et moi sommes faits de la même substance éthérée et avons le même âge. Rassemblant son courage, il écarte une mèche de cheveux de mon front. Et je ne me détourne pas, car je suis courageuse moi aussi.

Grâce à la magie de cet endroit et de tout ce qui nous a conduits jusqu'ici, je sens ses lèvres sur les miennes lorsque nous nous embrassons enfin.

CHAPITRE 27

Ma mère est assise dans sa chambre, en train de peindre un arbre. Je reste sur le seuil pour admirer son travail en me demandant s'il s'agit d'un souvenir d'enfance. On dirait l'arbre du jardin familial que Jade avait reproduit en fil de fer.

Il m'a fallu un moment pour trouver le courage de venir la voir. Depuis mon réveil, je suis restée blottie dans mon lit, fuyant mes responsabilités. Même le bavardage ravi de Gempa, qui m'a annoncé que l'Accélérateur astral avait enfin démarré, n'a pas suffi à me dérider. Pas plus que la perspective de revoir Flo (qui m'a tenu la main sur tout le trajet de retour du musée). Mais enfin, me voilà. Je ne peux pas repousser l'instant fatidique plus longtemps.

Ma mère a passé presque toute sa vie à chasser les sorcières ou à être chassée par elles. Pourtant, elle est toujours aussi forte et combative. L'idée que je m'apprête à lui briser le cœur en quelques mots m'est insupportable. Mon silence est une façon de la préserver quelques secondes de plus.

– Maman ? je l'interpelle.

Elle lève les yeux de sa toile, surprise. Nous échangeons un regard et je devine à son expression qu'elle se prépare au pire.

– J'ai découvert quelque chose, mais je ne peux pas te dire comment.

À défaut de pouvoir lui parler du musée, je lui raconte tout le reste. Tout ce que je sais sur tante Jade, la Sorcière du Temps, la clé et mon père.

Lorsque je relève les yeux vers elle après avoir terminé, je constate avec étonnement qu'elle ne paraît pas choquée. Triste, accablée, résignée. Mais pas choquée.

– Je vois, murmure-t-elle.

Comme s'il n'y avait rien à ajouter.

– Tu… tu t'en doutais ?

Ma mère ne me répond pas tout de suite.

– Je ne voulais pas l'admettre, avoue-t-elle enfin, mais au fond de mon cœur, oui. Les pièces du puzzle s'emboîtaient.

J'attends qu'elle développe.

– Ma sœur aurait facilement pu forger un double de la clé, confirme-t-elle. Un jour, elle a fabriqué une montre pour mon père parce que l'originale était trop chère. Alors une clé magique, pourquoi pas ? Son don était si subtil et discret que la plupart des gens ne l'appréciaient pas à sa juste valeur. Moi, j'étais déterminée, parfois jusqu'à l'inconscience, et j'occupais toute la place. Je voyais bien qu'elle prenait ses distances. Je sentais que je l'avais blessée, même si je ne comprenais pas comment.

Ma mère fait tourner son pinceau entre ses mains.

– D'une certaine façon, j'ai toujours perçu la souffrance et le danger qui enflaient en elle.

Elle repose son pinceau tandis que je m'efforce de ne pas penser à ma relation avec Loup. Nous nous taisons. Je suis très triste, parce que je me rends compte que les êtres humains n'ont pas besoin des sorcières pour se faire du mal.

– Et maintenant ? je demande. Tu crois qu'on peut envoyer Zippy récupérer la clé ? Tu sais où vit ta sœur, n'est-ce pas ? Tu m'as parlé d'un couvent.

Ma mère jette un regard par la fenêtre. Dehors, Loup est concentré sur sa tâche habituelle : coudre sa couverture de verre.

– Oui, j'ai l'adresse. Je vais lui écrire, décrète-t-elle en poussant un soupir avant de se frotter les mains comme pour chasser sa peine. Lui présenter des excuses. Et lui demander de nous faire parvenir la clé.

Elle s'assied à son bureau et sort un bloc de papier à en-tête de l'hôtel.

– Zippy lui livrera la lettre. D'après Aria, notre chouette est à nouveau opérationnelle.

– Mais... j'objecte sans finir ma phrase.

Il y a trop de « mais » pour que je puisse tous les lister. *Mais Jade a trahi le monde entier. Mais elle nous trahira nous aussi. Mais, et mon père...*

Ma mère se retourne, une main posée sur le bureau, un sourire triste aux lèvres.

– Je ne suis pas naïve, Rosie. J'ai des tas de raisons de me méfier de ma sœur. Malheureusement, nous n'avons pas le choix. Où qu'elle ait caché cette clé, cela m'étonnerait qu'un oiseau mécanique rouillé venu de l'autre bout de la galaxie puisse s'en emparer sans son aide.

Elle secoue la tête, sa résolution vacillant une fraction de seconde.

– Et puis, je ne crois pas que Jade ait eu conscience de l'ampleur des conséquences de son acte. Je vais lui rappeler qu'en dépit de tout, nous restons intimement liées l'une à l'autre. Il n'y a plus qu'à prier pour que cela suffise.

– Tu es sûre que...

– Ma décision est prise, Rosie.

Parfois, j'oublie que c'est son rôle de maman de décider pour moi. Toute ma vie, j'ai attendu qu'elle prenne les choses en main. Et aujourd'hui, j'ai peur qu'elle fasse le mauvais choix.

– Une fois qu'elle aura confié la clé à Zippy, ajoute ma mère, nous irons affronter le Roi du Néant. Et tout sera terminé.

Son regard indique que la discussion est close. Et qu'il est temps pour moi de partir.

Malgré les courants d'air, les couloirs de l'hôtel sentent le renfermé. Fabian, qui est en train de raviver le feu dans l'un des salons, s'éclipse en me voyant approcher. Je finis par m'avouer que j'ai envie de voir Flo et sors dans le jardin à sa recherche.

Sur le chemin du lac, je croise Zia, qui me salue gentiment de loin. Quand je lui adresse à mon tour un petit signe de la main, elle me sourit et lisse sa longue queue de cheval. J'imagine qu'elle n'est pas du genre à se morfondre très longtemps.

Loup est assis au pied de l'arbre auquel il a mis le feu l'autre jour. Je bifurque dans sa direction et m'installe près de lui. Ses yeux se posent brièvement sur moi, puis sur mon collier.

Je contemple l'eau calme en pensant à ma mère et à ses espoirs fous. Que je le veuille ou non, son destin est indissociable de celui de sa sœur ; elles forment les deux moitiés d'une même entité. Comme Loup et moi.

Je me tourne vers lui, détache mon pendentif et l'agite devant ses yeux.

– Je t'aime, je souffle. Même si tu n'es pas le frère que j'imaginais. Même si toi, tu ne m'aimes pas.

Il fixe la pierre de lune qui luit dans la pénombre, hésitant à la prendre.

– Vas-y, je l'encourage. Je te l'offre. Je sais combien tu aimes tout ce qui brille.

Mon jumeau me dévisage une seconde, puis accepte le collier et le passe autour de son cou. Je l'aide à le fermer.

Après un nouveau silence, sans prévenir, il me serre dans ses bras.

– Merci, dit-il.

Je frissonne. Sa voix est aussi rauque et fêlée que si elle sortait d'un bocal enfoui pendant des siècles sous une pyramide égyptienne. Puis Loup se perd dans la contemplation du collier comme s'il ne s'était rien passé.

Quelqu'un – Wanda – se racle la gorge derrière nous.

– Votre mère nous convoque tous à une réunion.

Flo est déjà sur la colline. Lorsqu'il nous voit arriver, il me fait un petit coucou avant de se détourner. Fabian et Zia nous rejoignent bientôt. Ma mère attend, impassible à l'exception de ses lèvres qui tremblent légèrement. Une fois que tout le monde est là, elle me demande de raconter aux autres ce que j'ai découvert à propos de tante Jade et de la clé. Ces nouvelles suscitent quelques hoquets de surprise, puis le silence retombe pendant ce qui me semble durer une éternité.

Enfin, Aria prend la parole.

– Comment tu sais tout ça, Rosie ?

Je secoue la tête sans répondre. Mon regard croise celui de Flo, dont le sourire fugace m'évoque un rayon de soleil filtrant entre les nuages. Mon cœur s'emballe.

– Je ne peux pas vous le dire. Désolée.

– Nous n'avons pas besoin de connaître sa source, intervient ma mère. Tout ce qui compte, c'est que Jade ait donné la clé du trou noir à la Sorcière du Temps et conservé un double. Un double que nous devons maintenant récupérer.

Graves et concentrés, nous l'écoutons nous exposer son plan.

– Donc si je comprends bien, résume Clara, troublée, on va devoir prier pour que la personne qui a mis le monde entier dans le pétrin ne nous trahisse pas une seconde fois, et nous envoie sa clé ? Ensuite, il faudra encore que Zippy 2.0 revienne ici sans se faire repérer. Après quoi on devra embarquer dans un vaisseau qui, jusqu'à ce matin, n'était pas en état de voler... traverser la galaxie... lancer une attaque surprise sur le Roi du Néant... le propulser dans son trou noir... et l'y enfermer à l'aide de cette fameuse clé.

Un long silence suit ces paroles.

– Oui, c'est à peu près ça, conclut ma mère.

– Ouf, raille Clara. J'ai cru que ça allait être super compliqué.

Puis elle nous adresse une grimace amusée.

Aria et Gempa pouffent. Même Wanda sourit. Au fond, l'humour est une bonne façon de garder espoir. Nous sommes tout ce qui reste de la Ligue des chasseurs de sorcières, un petit groupe courageux, incroyable, épuisé, optimiste et bancal qui rassemble tous les gens que j'aime. Et nous décidons de croire en ce plan – à l'exception peut-être de Loup. J'ignore ce qu'il en pense, car il ne réagit pas.

– L'Accélérateur astral sera-t-il capable de décoller d'ici à ce que Zippy revienne ? demande Wanda. Soit dans cinq jours environ ?

Les deux sœurs se regardent et répondent en même temps.

– Non, dit Clara.

– Oui, dit Aria.

Puis elles froncent les sourcils.

– Enfin, si, se corrige l'aînée. Aria a raison.

Le visage de cette dernière se radoucit. Elle m'adresse un petit clin d'œil ravi.

– Bien, fait Wanda. Les combinaisons seront prêtes elles aussi. Je les chargerai à bord du vaisseau avant le lancement.

Personne ne dit rien. Ses combinaisons ressemblent à des déguisements bricolés avec des couvertures en patchwork et des feuilles de papier alu – et Wanda en a conscience.

– Je sais, je sais, soupire-t-elle. Elles ne payent pas de mine. Mais elles nous permettront de rester en vie, de respirer et de nous déplacer dans l'espace. Car le plus difficile, ajoute-t-elle, ce ne sera pas de prendre le Roi du Néant par surprise. Ce sera de l'attirer dans le trou noir.

Le silence retombe une nouvelle fois.

– J'y ai réfléchi, encore et encore et encore, pendant des jours et des nuits. Nos armes devraient suffire à repousser ses attaques. Mais pour lui faire regagner son trou, il nous faudrait un appât. Quelque chose d'assez tentant pour qu'il franchisse la limite au-delà de laquelle il sera irrémédiablement aspiré.

Tout le monde reste muet.

– C'est impossible, murmure Clara. Il est plus malin que ça.

Sauf si... *sauf si*. Je me rends compte que je détiens l'objet idéal. Mais pour l'utiliser, je vais devoir rompre une promesse.

– Moi, j'ai peut-être un moyen, je déclare.

CHAPITRE 28

Cette nuit-là, nous envoyons Zippy sur Terre pour la deuxième fois, en quête de la personne qui nous a trahis et sur qui tous nos espoirs reposent désormais.

Ce que ma mère a écrit dans sa lettre restera entre sa sœur et elle. C'est privé. Personne ne lui pose la moindre question lorsque, debout sur la colline, elle glisse l'enveloppe dans le bec de la chouette.

– J'aimerais chanter une bénédiction, propose Aria en s'avançant. Au cas où.

Elle réfléchit un instant, composant une mélodie dans sa tête. Puis elle l'interprète de sa voix magnifique avant d'envoyer un caillou avec son lance-pierre dans la direction que va emprunter Zippy. Une explosion de lumière rose éclaire le ciel puis retombe en pluie sur nos têtes, s'évaporant avant de nous toucher.

Ma mère lève le bras et la chouette s'élance.

Plus tard, une fois les autres endormis, je fais un dernier tour dans le musée. Flo m'accompagne. Mon cœur bat à un rythme syncopé tandis que, main dans la main, nous faisons passer le mot à tous les fantômes que nous croisons : pour ceux qui ne sont pas encore partis, le moment est venu de rejoindre les Limbes.

Notre excursion nocturne n'a rien de confidentiel. Tout le monde sur Halo 5 est maintenant au courant de l'existence du panier – mais pas de la présence de Rufus sur la planète, que je n'ai toujours pas révélée. J'ai rompu ma promesse et dit la vérité parce que le musée est le seul appât dont nous disposons, la seule chose que le Roi du Néant serait susceptible de poursuivre jusque dans un trou noir. J'ignore si j'ai fait le bon choix, mais, pour sauver le monde, nous devons être prêts à sacrifier les rêves de l'humanité. J'espère que cela suffira.

Lorsque nous entrons dans *Hansel et Gretel* afin de prévenir Homer, nous constatons sans grande surprise qu'il n'est plus là. Au fond, c'est un soulagement. La

place du village, les maisons et le pub autrefois débor-
dants de vie et de rires sont déserts. Le fantôme du
marin, ainsi que tous les esprits que j'ai rencontrés lors
de ma première visite, ont déjà pris le bateau.

*T*rès loin d'Halo 5, à l'autre bout de la galaxie, trois chasseurs de sorcières qui ont survécu à des années d'emprisonnement dans une boule à neige, avant de s'échapper du ventre d'une baleine, sont reçus par des représentants des agences spatiales internationales. Ils veulent savoir comment récupérer dans l'espace sept personnes et un fantôme, afin d'empêcher la fin du monde.

La discussion ne se passe pas très bien.

Leurs interlocuteurs ont encore du mal à se faire à l'idée de l'existence des sorcières. C'est difficile pour eux de concevoir que des chasseurs veuillent maintenant refermer un trou noir. Sans parler du fait que la technologie permettant de voyager à travers l'espace est hors de leur portée; personne n'a réussi à reproduire les machines de Rufus Halo. Et puis, il y a la question du financement.

Pour finir, les dirigeants du monde autorisent Raj et les garçons à emprunter trois vieilles navettes branlantes qui sont allées jusqu'à la Lune, du temps où elle était encore à sa place. Les chasseurs devront se débrouiller avec ça. Alors, en désespoir de cause, Raj écrit une lettre à tous les journaux possibles et imaginables. Il y parle des sorcières et de trois jeunes filles appelées Rosie, Aria et Gempa, qui les ont détruites presque jusqu'à la dernière à l'aide d'une lampe-torche, d'un lance-pierre et d'un ami baleine. Puis il attend que le monde lui réponde. Il espère que sa lettre permettra de regarnir les rangs de la Ligue des chasseurs de sorcières, même si les jours de celle-ci sont comptés.

Dans les cimetières, les vivants discutent avec leurs défunts pour la première et, peut-être, la dernière fois. Au fond de la mer de l'Éternité, les fantômes qui arpentent toutes les strates du passé échangent des rumeurs sur l'avenir et attendent de savoir quel sera le destin du monde. Au collège de Seaport, élèves et spectres sympathisent et partagent des nouvelles. La plus incroyable concerne Gemma Patton-Strout et sa discrète amie Rosie Oaks, qui auraient mené en secret un dangereux combat et s'apprêteraient maintenant à affronter une menace encore pire.

Le matin qui décidera du sort du monde, leurs camarades ne s'aperçoivent pas que les arbres pointent leurs branches vers le haut. Bien que le même phénomène se produise un peu partout, très peu de gens y prêtent attention. Les peupliers de Sibérie, les sapins de Suède, le vieux chêne du jardin des Patton-Strout – tous les arbres incitent les humains à lever la tête. Mais personne ne remarque la chouette qui fend les nuages à des kilomètres de là.

Sur une montagne des Alpes, une femme aux mains délicates et aux talents subtils sort sur une terrasse et regarde la nuit tomber. Elle semble hantée par le souvenir de tout ce qu'elle a fait. Préoccupée par ce que le ciel lui réserve, elle voit logiquement venir la chouette bien avant qui que ce soit.

La messagère se pose sur la rambarde, juste devant elle, et pousse son hululement mécanique.

Alors la femme s'approche, la main tendue.

CHAPITRE 29

À Seaport, quand j'étais petite, j'adorais me faufiler dans des recoins exigus. Me blottir dans le creux d'un arbre, me rouler en boule sous la table de la salle à manger, observer le monde depuis ma cachette – invisible, secrète, telle une minuscule espionne.

J'éprouve un peu les mêmes sensations sur Halo 5, alors que nous patientons pour que Zippy nous rapporte des nouvelles. Comparés à ce qui nous attend si elle réussit sa mission – un voyage suivi d'une bataille contre un horrible sorcier que personne n'a jamais vu –, le calme et le silence de cette planète paraissent très rassurants. Je les savoure d'autant plus.

Il y a maintenant quatre nuits que la chouette a pris son envol. Nous nous relayons afin de guetter son retour dans le crépuscule sans fin. Au-dessus de nous, les étoiles tourbillonnent. J'admire la beauté de l'univers, devant lequel je me sens agréablement petite. Je m'assieds en tailleur dans un renfoncement de la colline et regarde Loup courir à l'horizon, ma pierre de lune rebondissant sur sa poitrine. Il ne tient pas en place ce soir, encore moins que d'habitude, et ne cesse de faire le tour du lac. Je me demande s'il a peur.

– Tu veux de la compagnie?

Flo attend que j'acquiesce avant de s'asseoir à côté de moi. Pablo saute sur son épaule et tente de lui picorer l'oreille.

– Il t'aime encore plus que les miettes de pain, je commente, avant d'ajouter avec un sourire: Et moi aussi.

– Tu m'aimes plus que les miettes de pain? Je suis flatté, me taquine Flo tout en posant sa main sur la mienne.

Bien sûr, comme nous ne sommes plus dans le musée, je ne suis pas faite de la même matière éthérée que lui. Ses doigts passent au travers des miens, et son sourire s'efface. Le panier de couture que nous nous apprêtons à sacrifier est le seul endroit où nous pourrons jamais nous toucher.

Il y a un petit tas de plumes par terre, sans doute abandonnées par une oie de l'espace qui a mué. Flo les ramasse, les fait flotter un moment sur le champ de force qui entoure sa main, puis souffle dessus. Elles s'élèvent dans les airs, frissonnantes, avant de retomber autour de moi tels des flocons de neige.

— Tu deviens doué, je le félicite.

— Quand j'arrive à contrôler le flux d'énergie, ça fait un peu comme du vent dans les voiles d'un bateau. Plus on sera nombreux à le maîtriser, plus on aura de force. Et plus on pourra vous aider pendant la bataille.

Voilà ce qui m'a fait craquer pour ce garçon. Depuis que je le connais, il a toujours veillé sur moi. Et même avant.

— Au fait, elle ne l'a pas du tout mal pris, précise-t-il. Zia. Elle dit qu'on n'a aucune raison de se sentir gênés. Et que si elle a été attirée par moi, c'est surtout parce qu'on était les seuls fantômes du coin. Enfin, à part Fabian.

Je hoche la tête, soulagée.

— N'empêche que je n'en suis toujours pas un.

— C'est vrai, ça tombe mal que tu sois en vie, plaisante Flo, avec une pointe de mélancolie dans la voix.

Il étend sa main à côté de la mienne, et cela me suffit. Pour le moment, nous sommes ici, ensemble. Un jour, il faudra se dire au revoir, mais pas ce soir.

Je pense à mes parents et à une remarque que Wanda a faite une fois à propos du clair de lune. Pour elle, cette lumière est magique parce qu'elle renferme une promesse. Elle aime se dire qu'à la fin de toute chose, le clair de lune demeure. J'espère que ce sera aussi le cas pour notre relation, à Flo et à moi.

Alors que j'ouvre la bouche pour lui faire part de ces réflexions, craignant que ma langue s'emmêle comme un bretzel, Flo lève soudain les yeux vers le ciel. Tout son corps se raidit.

Il se met debout et je l'imite, bien que je ne voie rien. Il a de meilleurs yeux que moi.

– Que se passe-t-il ? je souffle.

Il se penche en avant, les paupières plissées et l'air intrigué.

– Quelque chose arrive…

À force de me concentrer, j'aperçois à mon tour une silhouette sombre dans la nuit tombante. Je retiens un cri de surprise.

C'est Zippy ! Qui vole comme une folle dans notre direction.

Je n'ai jamais eu autant envie de serrer Flo dans mes bras. Je suis si soulagée que j'en ai le vertige.

Mais lui paraît toujours crispé, et je ne tarde pas à comprendre pourquoi. Notre messagère est entourée de petits points noirs. Plus elle approche, plus il y en a… encore et encore et encore… des dizaines, des centaines, des milliers.

Leurs contours se précisent peu à peu.

Ce sont des corbeaux.

– Le Roi du Néant, dit Flo. Il nous a trouvés.

Alors nous nous précipitons vers l'hôtel.

Le sol ondule étrangement sous nos pas. Durant une seconde, j'ai peur qu'il s'ouvre pour nous engloutir.

– Ce sont les boucliers de Rufus, m'explique Flo. Ils sont en train de se déployer.

J'évite de justesse les pierres jaunes qui pivotent et font sortir de terre des canons rouillés, puis je m'écarte d'un bond lorsque l'un d'eux tire un arc de clair de lune vers le ciel. Derrière nous, une poignée de corbeaux tombent à terre, pulvérisés.

La porte de l'hôtel s'ouvre à la volée. Aria se tient sur le seuil, tournant vers les étoiles son visage encore à moitié endormi. Sur notre droite, Loup arrive au pas de course et jette des coups d'œil terrifiés par-dessus son épaule. Aria agite frénétiquement les bras, comme si cela pouvait nous faire avancer plus vite. Quelques secondes plus tard, Flo et moi nous affalons dans le hall en même temps que ma mère et Wanda débouchent d'un couloir.

– Que se passe-t-il ? halète maman en voyant apparaître Fabian et Zia à travers un mur. Ne me dites pas que Jade a recommencé !

Loup est le dernier à entrer. Aria claque la porte derrière lui, puis la ferme à clé. Pendant une minute, nous restons là à nous regarder, muets et paralysés.

Et ça démarre.

Tchac.

Tchac. Tchac. Tchac.

Les corbeaux heurtent la façade de l'hôtel tels des missiles.

Avec un grand craquement, un bec transperce le mur juste à côté de ma tête. Fabian, qui l'a échappé belle, repart aussitôt par là d'où il était venu.

– Armez-vous ! crie Aria.

Nous courons jusqu'à nos chambres, dont Clara et Gempa sont en train de sortir – la première avec sa trousse à outils, la deuxième serrant son ours en peluche dans ses bras. J'allume Pablo et je vais me planter à la fenêtre du petit salon de l'étage, le dos contre le mur afin de me protéger. Un corbeau fait exploser la vitre en mille morceaux, puis dérape sur le sol où Pablo se transforme en chat et le dévore. À l'extérieur, les lasers de défense mitraillent les volatiles, qui adoptent bientôt une autre technique : ils se jettent sur les armes par hordes, les arrachant de leur socle avant de les avaler.

Car ils peuvent manger n'importe quoi. Ils se posent sur les arbres et grignotent leurs branches. Ils atterrissent au sol et gobent les cailloux. Ils se perchent sur les carcasses rouillées du jardin et les engloutissent aussi.

De plus en plus d'oiseaux visent la fenêtre, où nous les abattons les uns après les autres. Pablo est maintenant un ours qui les tue par dizaines, tandis que Clara manie avec adresse un marteau et une clé à molette. Des chocs sourds et des cris nous parviennent du rez-de-chaussée, où les autres se battent eux aussi.

Une volée de corbeaux tente une percée, mais nous la réduisons en bouillie. Puis le silence retombe, si soudain que nous échangeons des regards perplexes. Le reste du groupe en profite pour nous rejoindre, tandis que Clara, Aria et moi attendons près de la fenêtre.

Dehors, les corbeaux se sont posés. Le sol, l'herbe et le toit du hangar en sont recouverts. Ils s'ébouriffent les plumes, se donnent de petits coups de bec, lâchent de temps en temps quelques croassements. À perte de vue, Halo 5 n'est plus qu'une étendue miroitante de plumes bleu-noir. Heureusement, ils ont cessé de dévorer les alentours.

Aria est la première à remarquer le ciel.

– Pourquoi on ne voit plus les étoiles ? s'étonne-t-elle.

Au début, je ne comprends pas de quoi elle parle, jusqu'à ce qu'elle m'indique une zone plus sombre, comme masquée par un nuage dont nous sommes incapables d'identifier la nature. Quelques instants plus tard, les étoiles réapparaissent, mais personne ne bouge. Un groupe d'oies de l'espace effrayées décolle à l'horizon. Et presque aussitôt, elles retombent à terre – mortes.

Quelle que soit la source de l'obscurité, elle approche. Elle descend lentement vers nous, provoquant des tourbillons de poussière. La mare de clair de lune entre en ébullition, puis s'apaise. L'arbre incendié par Loup se fendille et se brise. Les portières d'une épave tout au bout du jardin s'ouvrent, puis se ferment en claquant.

– C'est lui, souffle Clara. C'est forcément lui.

Je comprends alors avec horreur de qui elle parle.

– Il sera bientôt ici, ajoute Gempa, son nounours tendu devant elle comme un bouclier.

Elle a les mains qui tremblent.

Nous ne quittons pas l'ombre des yeux et tentons de suivre ses progrès grâce aux objets qu'elle déplace. « C'est un métamorphe, a dit Rufus. Étant fait de néant, il peut prendre la forme qu'il veut. Il est la peur et l'absence. »

Enfin, juste sous notre fenêtre, une silhouette humaine se matérialise. Celle d'un homme vêtu d'une cape en plumes de corbeau qui semble taillée dans le vide luimême. Une capuche dissimule son visage d'ombre.

Il se tient immobile, la tête levée vers nous. Puis il se désintègre et retombe en poussière sur le sol. La fenêtre, ou plutôt ce qu'il en reste, oscille lentement sur ses gonds avant de se figer. Le silence s'éternise.

– Il est entré, souffle Clara.

Alors que nous nous regardons, impuissantes, je sens tout à coup quelque chose me chatouiller le bras. La manche de mon gilet est en train de se détricoter, une force invisible tirant sur les fils et les faisant disparaître centimètre par centimètre. Clara s'empare de son marteau et donne de grands coups dans les airs. Et soudain, du coin de l'œil, j'aperçois une espèce de tentacule poussiéreux qui se rétracte en frissonnant, puis ressort par la vitre brisée. Nous avons à peine le temps de respirer qu'un autre se faufile dans la pièce, venu cette fois du couloir. Pablo, transformé en perroquet, s'y attaque furieusement, encore et encore, jusqu'à ce que, lui aussi, fasse demi-tour. Pendant quelques instants, on entendrait les mouches voler.

– Il joue avec nous, devine Aria.

Au même moment, j'aperçois une silhouette dans l'ombre, juste devant la porte. L'homme à la cape de plumes nous observe depuis le seuil.

Nous déchaînons toutes nos armes contre lui, mais il se contente de s'évanouir dans le plancher qui se met à trembler sous nos pieds. Aria pousse un cri. Des livres décollent des étagères et le buffet du coin manque d'écraser Gempa. Si Wanda n'avait pas dégainé sa bague pour le couper en deux, mon amie serait morte. Les éclats de verre éparpillés sur le sol s'élèvent dans les airs et se mettent à tourbillonner, nous entaillant les bras. Pour les faire retomber, Aria lance un caillou accompagné d'une note aiguë, mais cela ne suffit pas.

Puis Pablo perd les pédales.

Reprenant son apparence d'oiseau, il se jette sur moi et s'accroche au tissu de mon tee-shirt. Il me laboure la poitrine de ses griffes comme s'il voulait se réfugier à l'intérieur. J'ai beau braquer ma lampe devant moi et me le représenter sous la forme d'un bouclier, il ne réagit pas. La panique le rend inutile au moment où j'ai le plus besoin de lui.

– Pablo, je m'écrie, arrête !

Dehors, les corbeaux redécollent. Ils dévorent et bombardent tout ce qui se trouve sur leur route. Des milliers d'entre eux s'en prennent au hangar, dont le toit s'effondre bientôt dans un fracas de métal broyé. Aria gémit. *Notre vaisseau.*

Pablo toujours agrippé à moi, je sursaute en entendant un mur exploser. Lorsque je me retourne, je découvre un trou béant près de la porte.

Mais le Roi du Néant n'y est pour rien.

Rufus Halo se tient dans l'ouverture, son pistolet laser en plastique dans les bras. Il vise le tourbillon d'éclats de verre enflammés et fait mouche. La tornade recule, sort de l'hôtel et se dissipe au-dessus du jardin.

Sous le choc, nous nous précipitons à la fenêtre.

– Je ne le vois plus, dit Clara, qui enlace sa sœur d'un bras protecteur.

Rufus nous rejoint, prêt à tirer une nouvelle fois, mais nous ne distinguons plus que des corbeaux. Aucun indice quant à l'endroit où le sorcier a pu se cacher. Puis, alors que je regarde autour de moi, je prends conscience d'un détail que j'étais jusqu'à présent trop effrayée pour remarquer.

– Loup n'est plus là !

CHAPITRE 30

Nous dévalons le couloir et nous nous bousculons sur le seuil de ma chambre.
La première chose que je vois, c'est que le toit a disparu. Arraché comme le couvercle d'une boîte de conserve. Et la deuxième, c'est mon frère.

Planté près de mon lit, il tremble comme une feuille, une main crispée sur la bretelle de mon sac à dos dont dépasse un bout de sa couverture. Et juste à côté, penché sur lui tel un ami, le Roi du Néant le tient par le bras. Loup fait non de la tête comme pour me mettre en garde. Je frissonne en reconnaissant le panier de couture qu'il serre contre lui.

Pétrifiée par le choc, je sens que Rufus les met en joue. Le Roi du Néant déploie alors un long tentacule dans sa direction et lui fracasse le crâne. L'inventeur s'écroule sur le sol.

Puis le sorcier attrape mon frère et le hisse sur son dos, Loup s'accrochant à lui de son mieux.

Le temps que je me jette sur le panier, il est déjà trop tard. Mon regard croise celui de mon frère tandis que leurs deux silhouettes s'élèvent à travers le toit éventré.

Durant quelques secondes, je contemple ce spectacle qui semble d'une logique imparable : un garçon éduqué par une sorcière, fuyant avec le sorcier venu le chercher. Ils se fondent bientôt dans la nuit, engloutis par un nuage ou transformés en brume sombre.

Les milliers de corbeaux décollent derrière eux en battant des ailes dans un tumulte de lumière iridescente. Ils ondulent telle une immense vague, puis disparaissent eux aussi.

Derrière moi, ma mère pousse un long gémissement. Wanda se laisse tomber à genoux près de Rufus pour voir s'il respire encore.

Nous prenons alors conscience, avec une certitude écrasante, de tout ce que nous venons de perdre.

CHAPITRE 31

Une planète crépusculaire tout au bout de la galaxie n'est pas la sépulture idéale pour un homme qui s'est battu afin de sauver le monde – chasseur de sorcières ou pas.

C'est pourtant là que nous enterrons Rufus.

Wanda préside la cérémonie, qui se déroule rapidement, discrètement et en petit comité. Elle ne dit pas grand-chose. De toute façon, nous sommes tous trop sonnés pour l'écouter. Notre univers vient de s'écrouler devant nous, qui formons désormais un cercle incomplet autour de la tombe de Rufus.

L'hôtel, lui aussi, est dans un état lamentable – son toit est arraché, la moitié de ses murs, effondrée, la poussière des débris plane encore dans les airs. Et le hangar n'est pas mieux. Tant de choses ont été détruites, tant de créations d'un esprit génial réduites en miettes. Au fond de moi, je me réjouis presque que Rufus ne soit plus là pour voir ça.

Nous avons installé un campement dans la salle à manger, l'une des rares pièces qui possèdent encore quatre murs et un toit. Nous y dormirons ce soir sur une pile de couvertures et d'oreillers, rassemblés à même le sol.

Mais personne n'est pressé d'aller se coucher. Wanda allume un grand feu dans le jardin pour nous réchauffer, sur lequel elle entasse des chaises cassées, des portes fendues et des morceaux de placards. Nous nous serrons autour, Gempa avec Eliot Falkor qu'elle a miraculeusement retrouvé en vie sous son lit.

Personne ne dit rien tandis que le soir cède place à la nuit. Sans la clé, sans Rufus, sans le panier, sans mon frère. Notre vaisseau a été écrabouillé et le musée a disparu. Nous sommes coincés ici, peut-être pour toujours, à moins que le Roi du Néant revienne nous achever.

Ma mère nous regarde, les yeux cernés.

– Loup n'a pas réfléchi, murmure-t-elle. Il a fait une erreur.

Flo est assis face à moi, les épaules basses et les bras croisés. Il me fixe d'un air soucieux, comme si j'étais celle pour qui il s'inquiète le plus.

– C'est difficile de renoncer à ce qu'on a toujours connu, répond-il. Loup a grandi avec les sorcières.

Ma mère prend une longue inspiration, puis s'éloigne, le nez levé vers le ciel, espérant sans doute que son fils lui retombe dans les bras. À une vingtaine de mètres de là, Aria est agenouillée près de Zippy qu'elle tripote dans tous les sens. Bien que la chouette soit définitivement fichue, elle passe un long moment à l'inspecter. Dans les ruines du hangar, Clara se penche quant à elle sur l'Accélérateur astral. Il s'est retrouvé coincé sous l'aile d'un planeur quand le toit s'est écroulé. La carlingue est brûlée d'un côté et les phares ont explosé, mais il ressemble encore à peu près à un vaisseau spatial.

– Tu crois qu'il fonctionne ? je demande à Clara lorsqu'elle nous rejoint.

– Ça dépend de ce que tu entends par « fonctionner ». Les soudures ont tenu, ce qui est déjà pas mal, mais la Matrice de Glaciation est dans un sale état. Je pourrais le faire décoller ; le seul problème, c'est qu'il y a une chance sur deux pour qu'il nous réduise en cendres. À quoi bon prendre un tel risque ? Le Roi du Néant est parti.

– Et même si vous le suiviez, vous n'avez pas la clé, nous rappelle Zia.

Ce n'est pas de la méchanceté ; elle énonce simplement un fait. Elle ramasse les assiettes encore intactes et les empile pendant que Fabian flotte à côté d'elle, beaucoup moins hautain que d'habitude.

Pendant que nous parlions, Aria s'est approchée sans bruit. Nous mettons un moment à nous apercevoir de sa présence. Enfin, un à un, nous tournons la tête vers elle. Son expression est extrêmement frappante : tendue, solennelle, comme si elle s'apprêtait à nous faire une annonce capitale. Je croise les bras devant ma poitrine en priant pour que ce ne soit pas une autre mauvaise nouvelle. Je ne le supporterais pas.

Aria tente plusieurs fois de se lancer, s'interrompt, se racle la gorge, les deux mains serrées l'une contre l'autre. Et tout à coup, je m'aperçois qu'elles dissimulent un objet.

– Zippy est fichue, dit-elle enfin, ce qui ne surprend personne.

Nous attendons la suite, car elle n'a visiblement pas terminé.

– Elle a rapporté quelque chose.

Je jurerais sentir chaque cheveu se dresser sur ma nuque. Parfois, on a conscience de vivre un moment décisif avant même qu'il se produise.

Aria tend une main devant elle et l'ouvre doucement.

Sur sa paume repose un petit disque blanc argenté qui luit comme la lune. Un nœud incroyablement délicat est sculpté au milieu.

Nous comprenons de quoi il s'agit sans avoir besoin de le demander. Et en même temps, nous réalisons que nous nous sommes trompés sur Jade. Si le Roi du Néant a poursuivi Zippy, ce n'est pas parce qu'elle l'avait prévenu.

Cela n'aurait aucun sens. Car elle nous a envoyé sa clé.

CHAPITRE 32

Huit semaines et quatre jours après être arrivés sur Halo 5, nous repartons. Nous sommes passés en une nuit de l'attente à l'urgence, du calme résigné à l'agitation des grands préparatifs. L'Accélérateur ne rattrapera peut-être pas le Roi du Néant, mais qui sait ? Dans sa vidéo de bienvenue, Rufus le disait trois fois plus rapide que le plus rapide des messagers ; or ces derniers voyagent déjà plus vite que la lumière.

À l'intérieur du vaisseau, Wanda a installé les combinaisons pressurisées qu'elle a fabriquées. Clara a travaillé toute la nuit sur l'Accélérateur pour qu'il soit aussi prêt que possible. Seule la Matrice de Glaciation demeure irréparable et clignote d'une manière inquiétante dans son compartiment. Mais d'après Clara, même en y consacrant des semaines, elle ne pourrait rien y faire. Nous devons donc prendre le risque. Et décoller sans tarder.

Wanda et ma mère ont empaqueté des provisions, de l'eau et des couvertures. Gempa a aménagé une couchette spéciale pour Eliot Falkor, à côté de laquelle les quartiers de Frida font pâle figure (Flo a juste prévu de la glisser dans sa poche).

Je reste à proximité du site de décollage et m'entraîne avec Pablo dans l'espoir de comprendre ce qui lui est arrivé durant l'affrontement. Mon cœur bat si vite dans ma poitrine que je ne m'entends plus penser. Je transforme l'oiseau en tourbillon de lumière et, pendant une fraction de seconde, celle-ci enveloppe mon bras comme si elle émanait de moi. Lorsque je secoue la main pour m'en débarrasser, Pablo atterrit par terre et s'ébroue d'un air contrarié.

On s'en va, je songe. On rentre chez nous, si tant est que notre chez-nous existe encore. Je me sens à la fois résolue et absolument terrifiée.

– Je vais garder un œil sur le thermomètre, déclare Clara, penchée sur le moteur à l'arrière du vaisseau.

Aria et elle contemplent la Matrice de Glaciation.

– Si ça ne tient pas, on le saura très vite. L'Accélérateur entrera en surchauffe et on sera tous incinérés.

– En d'autres termes, on aura le temps de se rendre compte qu'on va finir en pain grillé, résume Aria. Comme ça, on pourra profiter pleinement de nos derniers instants.

Il faut reconnaître que notre nouveau plan est un peu léger. Nous ne pouvons plus utiliser le panier de couture comme appât. Nous devons également renoncer à l'élément de surprise, puisque le Roi du Néant sait maintenant que nous existons. Sans parler du fait que nos armes sont quasi impuissantes face à lui.

– Quasi impuissantes, c'est toujours mieux que complètement inutiles, souligne Gempa quand je le lui fais remarquer.

Debout près du vaisseau, elle assiste aux derniers ajustements.

– Le plan, c'est d'y aller, point barre, décrète Wanda. De rejoindre la Terre et de nous battre.

Une main sur la hanche, elle attend que tout le monde se rassemble pour le départ. Ma mère se tient à côté d'elle.

– D'accord, c'est le pire sorcier de tous les temps, mais j'essaie de me raccrocher au fait que c'est aussi…

– Le dernier, termine maman à sa place.

– Voilà. Aujourd'hui encore, il y a beaucoup de choses que j'ignore au sujet des sorcières. Le plus important, c'est qu'on ait survécu jusqu'ici.

Wanda nous contemple tour à tour, nous, les derniers membres hétéroclites de la Ligue des chasseurs.

Aria se penche vers moi et me passe la clé en pierre de lune autour du cou. Je fais non de la tête, refusant d'assumer cette responsabilité.

– C'est toi qui as débuté cette chasse, Rosie. C'est donc à toi d'y mettre un terme. Si tu le peux.

Tous les autres, ma mère y compris, semblent du même avis. Aria regarde Pablo, qui n'arrête pas de me pousser du bec.

Avant de partir, je dois toutefois leur avouer une chose qui ne va sans doute pas leur plaire. Si je ne le fais pas, mon oiseau ne me laissera pas une seconde de répit.

– Je sais qu'on doit se dépêcher de rejoindre la Terre parce qu'il y a urgence, mais… un petit arrêt en chemin s'impose.

Mes amis me dévisagent, attendant des explications.

Nous faisons le tour du vaisseau une dernière fois avant le départ. Le pauvre n'a pas fière allure.

Ses portes métalliques coulissent en grinçant. À l'intérieur, les sièges ont été rapiécés. La cabine, bien qu'assez fonctionnel, semble tout droit sorti d'un film des années 1980, avec des tas de cadrans et de lumières qui clignotent. Il y règne une drôle d'odeur de vieux fromage.

Dehors, Zia et Fabian ont pris place le long de la rampe de lancement pour nous dire au revoir (même si le réceptionniste grincheux s'en serait visiblement bien passé).

– On va s'ennuyer, sans vous, soupire Zia.

– Tu es sûre que ça va aller ? je l'interroge. L'hôtel est très abîmé.

Quand nous leur avons proposé de nous accompagner, ils ont tous les deux décliné. Étant donné ce qui nous attend, je peux les comprendre.

– On va le remettre en état, me promet Zia. On est des fantômes ; on n'a pas besoin de grand-chose.

Elle promène son regard sur l'hôtel en ruines et la plaine jonchée de débris.

– Tu sais, Rosie, je ne t'en veux pas. Rufus était un rêveur… comme toi. J'ai envie de croire qu'avec un rêveur aux commandes, cet endroit pourrait devenir grandiose. Si tout se termine bien, n'hésite pas à revenir nous voir. Ça nous fera plaisir.

– J'espère que vous avez passé un séjour extr-Halordinaire, conclut Fabian, toujours aussi guindé.

Nous jetons un dernier regard au paysage qui nous entoure, conscients que nous ne reposerons peut-être plus le pied sur de la terre ferme. Même cette planète désolée nous paraît accueillante, maintenant que nous devons la quitter.

Un à un, nous embarquons à bord du vaisseau, dont la cabine de verre fraîchement astiquée forme une bulle au-dessus de nos têtes. Je vérifie machinalement que j'ai bien mon sac à dos, avant de me rappeler qu'il a disparu. Et je pense au *Guide universel des chasseuses de sorcières* resté sur mon bureau. (Je le connais par cœur; si nous ne survivons pas, il pourrait s'avérer utile à quelqu'un d'autre.) Aria et Clara prennent place dans la cabine pendant que nous nous glissons dans nos sièges à l'arrière. Leurs voix nous parviennent par l'interphone.

– C'est moi qui conduis, Cacahuète, décrète Clara sans s'apercevoir que son micro est allumé. Pousse-toi un peu, tu prends toute la place!

On les entend se bousculer dans un froissement de tissu.

– Tu es au courant que ce vaisseau a été conçu pour des fantômes? réplique Aria. Je peux difficilement me faire aussi inexistante qu'eux.

À côté de moi, Gempa boucle sa ceinture en pouffant. Aria se retourne et nous jette un coup d'œil furieux.

– Attention à la fermeture des portes, annonce une voix robotique. Note à l'attention de nos passagers humains: la consommation de chewing-gum est interdite à bord. Quant aux fantômes en route pour leur lieu de repos éternel, si vous en mâchiez un au moment de votre mort, il n'a aucune substance ; vous pouvez donc le garder. Le voyage jusqu'aux Limbes durera environ deux heures, en fonction du flux de poussière cosmique. Nous vous souhaitons un agréable vol et espérons qu'il sera extr-Halo-rdinaire.

Bien qu'un peu à l'étroit, notre petit groupe est confortablement installé. Le vaisseau ayant été conçu à des fins touristiques, nous allons pouvoir profiter d'une vue à couper le souffle. Derrière chaque siège est brodé le slogan : « Les Limbes : ni la meilleure ni la pire fin qui soit. »

– Il faudrait revoir un peu la stratégie marketing, commente Gempa en glissant Eliot Falkor dans sa couchette, avant de caler son ours en peluche derrière sa nuque.

Ma mère et Wanda sont devant nous, Flo dans la même rangée que Gempa et moi. Mon amie n'arrête pas de me lancer des regards entendus et de remuer les sourcils d'une façon comique. Bien que nous partions pour une mission qui risque de nous transformer en pain grillé, je suis tout émue d'être assise à côté de mon nouvel amoureux.

– Allumage des moteurs, lance Clara dans le micro.

L'Accélérateur prend vie avec le même grondement que la Camaro de David, le frère de Gempa, quand son pot d'échappement était percé. La voix de notre pilote tremble un petit peu, ce qui n'est pas rassurant. Nous l'entendons actionner divers interrupteurs pendant qu'Aria nous observe d'un air navré.

– Décollage imminent, continue Clara.

Le vaisseau tout entier vibre, puis s'élève brusquement, tanguant d'un côté puis de l'autre d'une manière qui me rappelle Zippy – sauf que cette fois, nous sommes à l'intérieur. Après une brève montée, il retombe tout à coup, et j'ai peur d'être malade. Mais il finit par reprendre de l'altitude, frôlant la colline de si près que nous manquons de nous écraser.

– Accrochez-vous, ordonne Clara en tirant sur des leviers sans se départir de son calme.

Peu à peu, les vibrations s'apaisent. Par les immenses fenêtres, nous voyons Halo 5, ainsi que Zia et Fabian, rétrécir sous nos pieds. Je distingue même la silhouette minuscule de la tombe de Rufus au milieu de la plaine.

Enfin, avec un grand *woush*, nous nous élançons dans l'espace.

– Normalement, il y a un dispositif de réduction du bruit, mais il est cassé, nous informe Aria. Ça devrait aller mieux lorsque je couperai les propulseurs.

Elle nous adresse une grimace qui se veut encourageante.

– On va mourir, n'est-ce pas ? s'inquiète Gempa avant de se tourner vers Flo. Désolée. Je n'ai rien contre les morts, bien sûr.

– Pas de problème.

– Je ne sais pas trop, je soupire, mais ça m'étonnerait qu'on revienne ici un jour.

– Moi aussi, avoue mon amie.

C'est à la fois excitant, effrayant et un peu triste. Gempa réfléchit une minute avant d'ajouter :

– Tu nous imagines rentrer à la maison après avoir gagné ? Et puis grandir, acheter un pavillon en banlieue, tout ça ? Parce que moi, non. Et ça m'angoisse. Si je ne peux même pas l'imaginer, ça ne risque pas d'arriver.

J'hésite. Pour être honnête, j'ai moi aussi du mal à me représenter cet avenir, alors que l'imagination est censée être mon plus grand talent.

Bientôt, nous sortons de l'atmosphère d'Halo 5 et les ruines de l'hôtel disparaissent de notre champ de vision. Nous filons dans le noir à vitesse maximale, prenant peu à peu conscience que cette capsule de métal rouillée et branlante est le seul rempart qui nous protège de l'espace.

Gempa me tend son ours avec un signe de tête encourageant. Alors, pour lui faire plaisir, je serre la peluche contre moi. Aussitôt, celle-ci émet une lueur et m'enveloppe d'une douce chaleur qui me réconforte.

– Incroyable, je commente en lui rendant son arme.

– Mon super-pouvoir, c'est l'amour, m'explique Gempa en la récupérant.

Elle a raison. Ça l'a toujours été.

Nous sommes en route vers chez nous. Bientôt, nous découvrirons si la Terre est encore là ou pas. Mais auparavant, Aria et Clara vont faire le petit détour que j'ai réclamé.

Un détour par les Limbes.

CHAPITRE 33

— Il fait chaud ou c'est juste moi ? nous interroge Gempa.
— Je ne sens rien, vu que je suis mort, lui rappelle Flo, ce qui n'aide pas vraiment.
— Oui, il fait chaud, confirme ma mère depuis son siège.

Elle s'évente avec ses mains et regarde autour d'elle d'un air anxieux. La température n'a cessé de monter depuis une heure.

Pour ma part, j'aurais préféré me convaincre que c'était dans ma tête. Aria n'arrête pas de nous jeter des coups d'œil inquiets. Nous nous demandons tous si nous atteindrons les Limbes avant que l'Accélérateur fonde. Je promène Pablo de long en large dans la cabine ; il paraît aussi nerveux que moi.

– Je me disais, reprend Flo, si Homer et quelques autres fantômes acceptent de se joindre à nous, on pourra unir nos forces et se jeter tous ensemble sur le Roi du Néant, comme une violente bourrasque, pour le propulser dans le trou noir.

Ma mère et Wanda se retournent afin de l'écouter, les bras croisés sur leur appuie-tête.

– Je peux leur expliquer la méthode en quelques minutes, ajoute Flo. Comme Zia l'a fait pour moi.

Wanda, ma mère et moi échangeons un regard. Ce n'est pas un mauvais plan, en théorie. Mais s'il ne fonctionne pas, ce détour nous aura fait perdre un temps précieux.

– Vous ne serez sans doute pas très nombreux, le prévient ma mère. L'effet sera limité, mais cela pourrait suffire à le déséquilibrer ; ensuite, nous prendrons le relais avec nos armes. Homer, ses amis et toi formerez la première vague.

Ses paroles m'angoissent, car la première vague est généralement celle qui encaisse le plus de dégâts. Mais Flo acquiesce avec entrain, plus lumineux que je ne l'ai jamais vu. Et parce que je le connais bien, je comprends pourquoi. Après être restés sur la touche pendant des siècles, les fantômes vont enfin avoir l'occasion de se battre.

– Attention à ne pas dépasser le point de non-retour, lui rappelle Wanda. Sinon, vous ne pourrez plus échapper à l'attraction du trou noir.

– Contentez-vous de le pousser dans la bonne direction, résume ma mère. Et nous, on donnera tout ce qu'on a pour le renvoyer dans son trou.

Ses yeux se posent sur moi.

– Après quoi, Rosie, il ne te restera plus qu'à l'enfermer.

– À ce propos, comment suis-je censée trouver la serrure ? Si je m'approche trop, je risque d'être aspirée moi aussi.

– Quand tu la verras, tu sauras, me promet Wanda.

– Et si jamais c'est trop dangereux, enchaîne ma mère, tu me passeras la clé et je m'en chargerai.

Je la dévisage, consciente que ces mots n'ont pas dû être faciles à prononcer pour elle – même s'ils sont encore plus durs à entendre pour moi.

– Et Loup ? intervient Gempa. Qu'est-ce qu'il va devenir ?

Le silence retombe sur notre cercle.

– On évitera de le blesser, dans la mesure du possible, répond finalement Wanda. Mais, au bout du compte, on n'aura peut-être pas le choix. L'avenir de la Terre est en jeu.

Ma mère se rassied sans un mot. Assaillie par une poussée de claustrophobie, je me détache, me lève et me dirige vers l'avant du vaisseau où je m'accroupis près d'Aria, qui me prend la main.

– Quand on s'arrêtera, la température redescendra, me rassure-t-elle. On ne doit plus être très loin, maintenant.

La dernière partie du trajet se déroule en silence. Je me rends compte que nous approchons des Limbes, grâce aux instruments de navigation mais aussi parce que le brouillard qui nous entoure est de plus en plus dense.

– Combien de fantômes penses-tu qu'Homer a pu recruter ? m'interroge Aria.

– Une douzaine, peut-être ?

Elle hoche la tête, perdue dans ses réflexions.

– Bah, il n'y a pas si longtemps, on n'était que trois filles cachées dans une baleine. Et on s'en est tirées.

Nous échangeons un sourire hésitant.

Les yeux plissés, nous tentons de distinguer notre destination dans le brouillard. Je me demande si les Limbes seront comme dans la vidéo de Rufus, multicolores et magnifiques. Et en secret, je ne cesse d'espérer que mon père m'y attendra, puisque les bergers des nuages peuvent parfois se tromper.

Une forme floue se dessine devant nous, ronde comme une planète mais complètement noire. Clara nous jette un regard perplexe.

– C'est là ? demande-t-elle.

Personne ne lui répond. Ce que nous avons sous les yeux n'est pas un lieu ; c'est juste une énorme boule de gaz et de brume.

– Impossible, Cacahuète. Tu as dû te tromper dans tes calculs.

– D'après le navigateur, c'est pourtant bien ici.

– Il n'y a rien. Juste de la purée de pois.

Clara continue toutefois d'avancer.

– Allons jusqu'au point qui clignote sur la carte, suggère Aria, un doigt pointé sur l'écran du radar. Encore cinq cents mètres. Le sol paraît solide.

– Je vais tenter d'atterrir, mais la visibilité est nulle.

Clara se mord la lèvre et manœuvre dans le brouillard, si épais que je crains de ne jamais pouvoir en ressortir.

C'est le genre d'endroit où l'on peut se perdre pour de bon, je songe. Un instant plus tard, comme s'ils avaient lu dans mes pensées, les instruments de navigation du vaisseau s'éteignent en bourdonnant.

– Nous n'apparaissons plus sur la carte, murmure Aria.

Le silence à bord devient écrasant.

– Je vais viser le dernier point qu'on a vu clignoter, décide Clara.

Nous dérivons ainsi durant quelques minutes, chacun retenant son souffle. Puis, alors que je commence à me représenter ce que signifie errer dans l'espace et à faire le compte de nos réserves de nourriture, une cavité sombre s'ouvre autour de nous, comme une bulle d'air pur au milieu du brouillard. Avec un mélange de soulagement et de consternation, nous découvrons ce qui apparaissait sur l'écran du radar : un petit appontement en bois.

– C'est ici que doivent accoster les bateaux du musée, je devine.

J'ai parlé aux autres des navires qui empruntaient le fleuve de brume souterrain. Je n'aurais jamais imaginé que leur destination était aussi lugubre et abandonnée au milieu de nulle part. Une fois devant le ponton, Clara coupe les moteurs du vaisseau, qui toussote, puis se tait.

Tout le monde, à part Flo, enfile alors sa combinaison. Un à un, nous sortons de l'appareil, notre ami fantôme prenant soin de ne pas approcher du brouillard. Un faux mouvement, et il ne pourra plus jamais quitter les Limbes ni partir pour l'Au-delà.

Quelque part, au loin, nous entendons gémir. *Des fantômes.* Je fais quelques pas dans leur direction et me rends compte que plus rien ne soutient mon pied gauche. Aria me rattrape juste à temps pour m'éviter de culbuter dans le vide.

Clara étudie le ponton sur lequel nous nous tenons.

– Il fait à peine trois mètres de long. Après ça, il n'y a plus que de la brume.

– C'est sans doute un simple point d'entrée pour les spectres, suppose Wanda. Rien n'est solide, ici.

– Mais comment allons-nous retrouver Homer si nous ne pouvons pas avancer? je demande, paniquée.

Après avoir fait ce long détour, nous n'avons aucun moyen d'atteindre les fantômes que nous sommes venus chercher.

– Homer? appelle Flo dans le brouillard.

Les gémissements continuent, faits de plusieurs voix entremêlées. Mais personne ne nous répond.

– Homer! je répète, plus fort.

Gempa grimace et désigne son casque. Mon micro répercute mes cris dans les écouteurs de tout le monde.

– Désolée, je souffle.

Flo contemple le mur de vapeur blanche.

– Il faut que j'y aille, conclut-il. C'est notre seule chance.

Son regard croise le mien. Et au bout d'un moment, je me rends compte que les autres m'observent aussi.

C'est moi qui ai parlé à Homer et décidé de venir ici. C'est donc moi qui vais devoir trancher.

Je secoue la tête en murmurant :

– Je ne sais pas...

Puis j'allume Pablo, qui se met à briller à mes pieds. Nous nous dévisageons et je comprends qu'il essaie de communiquer avec moi. Au fond de mon cœur, j'ai confiance en Homer. Je suis persuadée que la tâche inachevée qui le retenait sur Terre a un rapport avec nous.

Flo s'avance d'un pas.

– Si je ne suis pas revenu dans une heure, ça voudra dire que je suis coincé. Vous devrez repartir sans moi.

Mon souffle se fige dans mes poumons. Gempa et Aria se prennent par le bras. Flo va jusqu'au bout du ponton et tourne le dos un instant au brouillard pour nous dire au revoir.

Il nous fixe l'une après l'autre, en terminant par moi. Puis il disparaît.

Les gémissements se poursuivent pendant que nous attendons. Gempa et Aria se blottissent autour de moi, leurs têtes pressées contre la mienne. Notre vaisseau cliquète à côté de nous. De temps à autre, la Matrice de Glaciation émet un sifflement inquiétant.

J'essaie de ne pas penser au fait que Flo est peut-être déjà perdu pour toujours. Mais peu à peu, l'atmosphère change. La bulle d'air pur rétrécit, comme si le brouillard se refermait sur nous.

– Je crois qu'il veut nous chasser, dit Wanda. Les vivants ne sont pas censés s'attarder ici.

Des volutes de brume s'étirent devant les fenêtres de l'Accélérateur tandis que les minutes défilent.

– Que se passera-t-il si la bulle disparaît complètement ? je demande.

– J'ai bien peur que nous nous retrouvions coincées ici pour de bon. Nous n'allons pas pouvoir attendre plus longtemps, Rosie.

– Ça fait presque une heure, renchérit Clara d'une voix rauque. À mon avis, Flo ne reviendra pas.

– Non, on ne peut pas partir sans lui, j'objecte.

Clara grimpe tout de même à bord et commence à allumer les moteurs.

C'est alors qu'une silhouette surgit devant le vaisseau, les bras en croix. Nous sursautons, surprises de reconnaître Flo.

Lorsqu'il se tourne vers nous, les yeux écarquillés, j'ai d'abord l'impression qu'il grimace de terreur – avant de m'apercevoir qu'il sourit de toutes ses dents. Nous nous relevons d'un bond.

– Tu es seul ? le presse ma mère. Il faut qu'on se dépêche.

– Pas du tout, ils arrivent, répond Flo, toujours étrangement radieux.

Une autre silhouette émerge alors du brouillard. Homer! Puis une autre, et encore une autre.

– Coucou, Rosie, me lance le marin. J'ai amené quelques amis!

Il me fait un clin d'œil et prend une grande inspiration. L'air concentré, il lève les mains comme Flo vient sans doute de le lui apprendre, et se sert de son énergie pour repousser le brouillard... loin... plus loin... toujours plus loin.

Au fur et à mesure que les nuages se dissipent, je m'aperçois que les Limbes sont beaucoup moins désertes que je le pensais. Mon cœur se gonfle de joie à la vue des milliers de fantômes massés devant nous. Homer me sourit.

– Finalement, les Limbes sont aussi barbantes que les Enfers, déclare-t-il. Tous les esprits que vous voyez là préfèrent tenter leur chance avec vous.

Tandis que je jette un regard ébahi à Flo, Homer redevient sérieux.

– Et surtout, ils sont prêts à se battre pour le monde qu'ils ont connu, même s'ils n'y vivront plus jamais. Flo nous a expliqué votre plan. J'ai cru comprendre qu'on était un peu pressés?

– Ils ne tiendront jamais tous dans le vaisseau, chuchote Clara.

– Pas besoin, répond simplement Homer. On va s'accrocher à l'arrière. Ne vous en faites pas pour nous !

Puis il lève les deux pouces d'un geste confiant et entraîne la foule de spectres vers la queue du vaisseau.

C'est ainsi que, à des années-lumière de chez nous, des milliers de fantômes des Limbes qui n'ont jamais pu régler leurs affaires ni rejoindre l'Au-delà décident de prêter main-forte à la Ligue des chasseurs de sorcières, afin de sauver le monde.

– Allumage des moteurs, annonce Clara tandis que le vaisseau frissonne.

Nous nous dépêchons de regagner nos sièges avant que la voix automatique signale la fermeture des portes. Une fois assise, je tourne un regard interrogateur vers Flo. Comment se sent-il, après avoir renoncé à l'Au-delà ?

Il interprète mon expression différemment et répond à une autre question.

– Ton père n'était pas là, Rosie.

Je suis prête à parier que notre départ des Limbes constitue un spectacle comme la galaxie n'en avait encore jamais vu, avec cette interminable chaîne de fantômes arrimée à notre vaisseau.

Tandis que nous nous éloignons lentement et prenons de la vitesse, nos nouveaux alliés, Homer en tête, se déploient derrière nous telle la queue d'un cerf-volant. Lorsque nous sortons du brouillard, je me rends compte qu'ils s'étirent ainsi sur des kilomètres. La lueur que j'aperçois à travers la fenêtre serait suffisante pour aveugler un géant... ou peut-être même un sorcier ? Alors, pour la première fois depuis que le trou noir nous a chassés au fond de l'océan, je me dis que nous avons une chance de vaincre le Roi du Néant.

CHAPITRE 34

Durant mon premier et dernier voyage dans l'espace, j'aurais aimé pouvoir admirer les planètes, les anneaux de Saturne, la brume d'un bleu glacial entourant Neptune. Mais comme nous allons plus vite que la lumière, je n'aurai pas cette chance.

Je me demande ce que Rufus a ressenti en faisant le trajet inverse, fuyant la Terre et les sorcières en quête d'un lieu où il se sentirait chez lui. Je me demande s'il était excité ou juste effrayé par cette plongée dans l'inconnu. Quel courage il lui a fallu, pour se construire une nouvelle vie à l'autre bout de la galaxie, sur un petit caillou gris flottant dans le noir! Il a créé « une destination de voyage d'exception pour l'humanité », tout ça grâce au pouvoir du clair de lune. Je peux comprendre qu'un rêveur comme lui ait été séduit par cette planète où les seules limites étaient celles de son imagination. Il aurait pu y bâtir le plus incroyable des parcs d'attractions du monde.

À bord, le calme règne tandis que, dehors, les étoiles défilent si vite que nous ne distinguons que des traînées de lumière. Il fait horriblement chaud. D'après Aria, la température intérieure est encore montée d'un degré. Nous sommes tous en nage, silencieux et inquiets. Depuis ma place, je vois mon amie penchée sur ses instruments, les épaules tendues, les mains crispées sur le tableau de bord comme si elle pouvait empêcher la surchauffe par la simple force de sa volonté.

J'ai changé de place pour m'installer à côté de ma mère, car Flo n'arrête pas d'entrer et de sortir par la paroi du fond afin de discuter avec Homer.

– Nous avons l'avantage du nombre, maintenant, dit-elle quand je pose ma tête sur son épaule. Il ne s'y attendra pas.

Les mains croisées, elle examine ses doigts tremblants.

– Trente degrés, annonce Aria.

Je reste blottie contre ma mère, qui m'entoure de son bras. Je n'ai pas eu droit à ses câlins étant enfant, et je ne pourrai jamais rattraper le temps perdu. Mais j'en profite au maximum tant que ça dure. J'essaie de me représenter ce qui nous attend, ce qui adviendra de ma famille quand nous serons devant Loup. Je n'y arrive pas.

Bien que ma lampe-torche soit rangée dans ma poche, Pablo s'est allumé. Posé sur mes genoux, il se presse contre mon ventre, visiblement ravi d'être là. Ma simple présence lui suffit. Et au fond de moi, j'éprouve un peu la même chose à son égard, aussi étrange et peu fiable soit-il. Je me sens si bien que je finis même par m'assoupir.

Quand je me réveille, il règne un silence de mort.

Les moteurs sont coupés. La température est miraculeusement revenue à la normale. Nous ne bougeons plus.

L'espace d'un instant, je panique, craignant que nous soyons en panne. Puis je m'aperçois que tous les autres sont massés à l'avant.

– Qu'est-ce que...

Flo et Gempa se tournent vers moi, et Aria me fait signe de venir. Lorsque je m'approche à mon tour de la fenêtre, je reste stupéfaite.

Le trou noir se trouve sur notre droite, distant mais gigantesque, telle une bouche béante entourée d'un anneau de lumière dont sort une espèce de long spaghetti brillant.

– Il mange, commente Aria.

– Des étoiles, précise Clara d'une voix grave.

Le ventre noué, je me demande s'il s'est passé la même chose pour la Lune et sa Déesse, si le trou noir les a englouties avant de recracher leur lumière comme un filet de bave. Même de loin, on devine que c'est un endroit dont on ne revient pas.

– Je n'ose pas avancer davantage, m'informe Clara. Je ne voudrais pas qu'on se fasse aspirer.

Puis je distingue autre chose, juste devant nous. Sur le ciel noir se détache une planète d'un bleu aussi vif et joyeux que celui d'une mésange.

Gempa m'agrippe la main, parce que c'est là que sont rassemblés tous les gens que nous aimons et qui ne sont pas déjà à bord de ce vaisseau. La Terre. Autour d'elle, une masse sombre s'enroule, marbrée, tissée, semblable à une toile miroitante. J'essaie de comprendre ce que ça peut être. Le plus étrange, c'est que la planète entière semble se déplacer dans l'espace. En diagonale, comme si on la tirait.

– Ce sont...

– Des corbeaux, termine ma mère à ma place.

Combien d'oiseaux faut-il pour recouvrir la Terre ? Un million ? Un milliard ? Quel que soit ce chiffre, nous l'avons sous les yeux.

Les corbeaux ont planté leurs griffes dans le monde et l'entraînent, ainsi qu'ils le feraient avec un serpent ou une autre proie, vers le vide insondable du trou noir. Je repense à cette nuit, à l'aube de l'humanité, où Terreur et la Sorcière du Temps discutaient au coin du feu des projets des sorcières concernant le retour du Roi du Néant. « Il n'aura plus qu'à empoigner le monde et à le tirer à travers. »

Je ne visualisais pas bien ce que cela signifiait, jusqu'à cet instant.

– Mais où est le Roi du Néant ? demande Gempa. On est arrivés avant lui ?

Clara appuie sur un bouton et un hologramme s'affiche devant nous : une vue en gros plan de la marée de corbeaux. Leurs mouvements sont étrangement coordonnés, comme s'ils communiquaient par télépathie. Ils se déploient d'un côté, puis de l'autre, tels deux bras qui s'allongent.

– Nous devons attendre que les oiseaux soient plus près du trou noir avant d'attaquer, déclare Wanda.

C'est risqué, car la Terre s'en rapproche en même temps qu'eux. Et au rythme où ils vont, elle l'atteindra bientôt.

– Comment affronte-t-on un nuage de corbeaux plus gros qu'une planète ? murmure Gempa en serrant son nounours.

Personne ne lui répond; personne ne le sait.

– Dis aux fantômes de se tenir prêts, lance Wanda à Flo. Dès que les corbeaux seront à portée du trou noir, vous passerez à l'action. Et en attendant, nous allons débarquer.

Nous empoignons nos armes et enfilons précipitamment nos combinaisons spatiales. Gempa glisse Eliot Falkor tout contre son cœur, dans une pochette spécialement ajoutée par Wanda. Je suis soudain terrifiée et épuisée, comme si je n'avais pas fermé l'œil depuis mille ans. Mon corps tremble lorsque je pense à mon frère. *Où peut-il bien être?*

Je tourne une molette sur mon poignet, et l'oxygène afflue en sifflant dans mon casque.

– Ouverture des portes, annonce Clara.

Une à une, nous utilisons les commandes de nos combinaisons pour sortir du vaisseau, formant une ligne flottante qui paraît minuscule à côté du trou noir. Une vague de fantômes émerge de derrière l'appareil et nous encercle. Ils sont partout, à perte de vue, Flo et Homer en tête. Mon cœur se gonfle d'espoir.

Au loin, les corbeaux qui entourent le monde changent d'attitude. Leur masse ondule, dessine des bras, des jambes, une cape, une capuche, un vide sombre en guise de visage. Durant quelques instants, ils restent ainsi, frémissants mais immobiles.

– Ils nous ont vus, conclut Wanda.

– Ils ne font qu'un, ajoute ma mère, fascinée. Le Roi du Néant et ses corbeaux. Il s'incarne en chacun d'entre eux.

Nous tentons de nous faire à l'idée que notre adversaire est constitué d'un million de créatures prêtes à nous dévorer.

Puis, telles des gouttes d'encre jaillissant d'un flacon, les corbeaux s'éparpillent avant de se rassembler en une gigantesque horde, qui fonce sur nous à une vitesse incroyable.

– En tout cas, il est rapide, dit Wanda.

Flo nous regarde, attendant le signal. Wanda hoche la tête à son attention. Nos yeux se croisent, puis il crie quelque chose que je ne comprends pas à ses compagnons. Crépitant d'énergie électromagnétique, les fantômes se jettent à la rencontre des corbeaux qui nous assaillent.

Je vois presque une bourrasque lumineuse se propager devant les mains tendues des spectres, formant une espèce de bouclier semblable à celui que Pablo a fabriqué un jour, mais en mille fois plus grand. Des éclairs en émanent, comme s'il s'agissait d'un énorme nuage d'orage.

Les fantômes se déplacent dans un grondement de tonnerre. Ils prennent de plus en plus de vitesse, se préparent à la collision avec le milliard de corbeaux qui leur fait face. Lorsque les deux groupes se rencontrent, les volatiles se figent, stoppés dans leur élan. Puis ils ouvrent leurs ailes noires d'un même mouvement, comme pour enlacer les fantômes.

Ils les picorent, les dévorent, les étouffent; ils sont si nombreux que les spectres ne tardent pas à être submergés. Bientôt, nous ne distinguons plus ni leurs corps translucides ni leurs auras crépitantes.

– Ils les mangent! s'écrie Aria.

Quelques fantômes parviennent à revenir vers nous. Flo en fait partie, mais pas Homer.

Puis les corbeaux se dispersent dans toutes les directions à la manière d'une supernova qui explose.

Il ne reste plus rien.

Nos alliés ont disparu, engloutis en quelques secondes.

CHAPITRE 35

Un nuage de brume se forme près du lieu de l'affrontement. Les corbeaux s'y réfugient et changent d'aspect, se volatilisent en poussière d'étoiles. Le nuage grossit, grossit, sans cesser d'avancer vers nous. À l'intérieur, une tempête cosmique a remplacé les ailes iridescentes, agitée de remous sombres dont jaillit la foudre.

Les bourrasques reprennent mais, cette fois, c'est nous qui en sommes la cible. Nous sommes d'abord si surprises que nous restons pétrifiées.

– Sortez vos armes ! hurle Wanda.

Au même instant, Flo me rejoint et secoue tristement la tête. Homer ne reviendra pas.

Alors que nous sommes alignés dans l'espace face à la tornade qui approche, je prends conscience de notre petitesse. Nos armes ne m'ont jamais paru aussi ridicules – Pablo encore plus que les autres. Comme à l'hôtel, il me laboure la poitrine et tente de se réfugier à l'intérieur. Même la peluche de Gempa se tient mieux, aussi inutile soit-elle. Mon amie la brandit à deux mains, prête à braquer ses yeux laser sur nos ennemis.

Flo et moi échangeons un regard. Lorsqu'il me prend la main, je sens presque ses doigts traverser les miens. Puis il envoie une nouvelle vague d'énergie devant lui tandis que je transforme Pablo en bouclier. Aria est la première à viser le nuage de poussière cosmique, accompagnant son projectile d'une note suraiguë.

Le caillou disparaît et le nuage poursuit sa route.

Nous attaquons alors toutes ensemble. Ma mère tire flèche sur flèche, Aria recharge son lance-pierre en boucle, Gempa utilise les lasers de son ours. Wanda passe devant nous afin d'entailler la masse sombre, et Clara lance des clés à molette.

Mais nos armes ont beau mitrailler le nuage comme des météorites, il ne ralentit même pas.

Une vague de poussière déferle sur nous et nous sépare. La peluche de Gempa lui est arrachée des mains. Wanda bascule, une couture de sa combinaison craque, et elle part en vrille dans l'espace.

– On se replie ! crie ma mère.

Mais c'est trop tard. Derrière nous, une explosion retentit. Je me retourne et vois que l'Accélérateur, frappé par la foudre, a pris feu.

Clara, touchée à la tête, s'est évanouie. Aria tente de l'entraîner loin des débris mortels qui fusent autour de nous, mais sa combinaison se retrouve elle aussi percée et toutes deux subissent le même sort que Wanda.

Catapultées dans les airs, trois chasseuses flottent désormais en apesanteur. Flo fonce vers le nuage, les mains tendues, et disparaît. Ma mère est repoussée à son tour. Il ne reste plus que Gempa et moi, heurtées de tous côtés et entourées d'un halo d'électricité statique.

D'un même mouvement, nous essayons de nous prendre la main, mais une nouvelle bourrasque nous en empêche.

Je me retrouve moi aussi éjectée loin du vaisseau en flammes. J'ai tout juste le temps de transformer Pablo en propulseur pour me redresser.

C'est alors que je tombe nez à nez avec le Roi du Néant.

Ce n'est plus un nuage, mais l'homme que nous avons vu dans le jardin de l'hôtel, avec sa cape en plumes de corbeau. Suspendu dans les airs à côté de lui, vêtu d'une cape semblable mais dotée d'ailes, je reconnais… mon frère, le regard perdu et désespéré.

Apparemment, il est capable de respirer dans l'espace – sans doute un cadeau du sorcier, comme les ailes. Alors que les sorcières étaient treize depuis la nuit des temps, il semble qu'il y en ait maintenant une de plus à combattre.

Loup me dévisage, serrant mon sac à dos dans ses bras. Mon pendentif en pierre de lune brille à son cou. Il le fait tourner entre ses doigts tremblants, ses ailes toutes neuves claquant derrière lui.

Puis il ouvre le sac et s'empare de la couverture en verre qu'il a fabriquée. J'ignore ce qu'il compte en faire, mais ce sera forcément douloureux.

Je braque ma lampe – et Pablo – devant moi pour me protéger. Malheureusement, une fois de plus, l'oiseau panique et tente de se cacher dans ma poitrine.

Je n'ai pas d'autre choix que d'allumer mes propulseurs et de fuir.

Je fonce à travers l'espace, poursuivie par le Roi du Néant et mon frère.

À force de me débattre avec ma lampe-torche, je parviens à changer Pablo en missile ; mais mon ennemi le rattrape et me le renvoie.

Alors j'en fais un rayon laser. Le Roi du Néant le dévie vers un morceau de l'Accélérateur, qui explose dans un tel fracas que je deviens temporairement sourde d'une oreille. Des éclats me frôlent ; ma lampe m'échappe des mains. Satisfaits, les sorciers se détournent de moi et repartent vers la Terre.

Au loin, je distingue les débris de notre vaisseau qui ne seront bientôt plus qu'un amas de cendres. Mes propulseurs, abîmés lors du combat, refusent de redémarrer.

Nous ne rentrerons jamais chez nous. C'est fini.

Je n'ai plus de navette. Plus d'amis. Je suis seule.

Une plaque de métal me heurte le front, et tout devient noir.

CHAPITRE 36

— Rosie.

Une voix me parvient, un peu crachotante, comme à travers un micro. Ne la reconnaissant pas, je me dis que mon imagination me joue des tours. Mon oreille gauche résonne.

Je flotte sur le dos, les yeux braqués vers l'infinité des étoiles. Un violent élancement me contracte les côtes. Près de moi, un inconnu barbu m'observe à travers le casque de sa combinaison spatiale. Il me tient la main.

Je cligne des paupières, car j'ai la vague impression de l'avoir déjà vu quelque part.

— Rosie, répète-t-il.

J'ai un goût de poussière dans la bouche et les poumons en feu.

– On s'est rencontrés brièvement, me rappelle l'homme. Dans le ventre d'une baleine, tout au fond des mers.

Les souvenirs commencent à affluer.

– On savait que vous finiriez par revenir, continue-t-il. Alors on a guetté le ciel.

Ça y est, je le reconnais : c'est le compagnon de Wanda qui a disparu lorsque nous nous sommes téléportés sur Halo 5 !

– Raj, je murmure, la gorge pleine de gravier. Raj et les garçons.

Il tire doucement sur mon bras pour me redresser.

– Les garçons sont restés à bord de notre vaisseau. Où sont tes amies ? Et Wanda ? Et Clara ? On est venus vous aider.

Je découvre maintenant le spectacle qui s'étend devant nous : des millions de corbeaux traînent la Terre en direction du trou noir, sans prêter la moindre attention aux humains venus les en empêcher. Nous sommes arrivés trop tard ; même si notre vaisseau n'avait pas explosé, nous n'aurions rien pu faire.

– Les chasseuses de sorcières, je murmure, horrifiée. Elles ont toutes disparu. La Ligue est finie, détruite. Il n'y a plus que moi.

Raj m'étreint gentiment le bras.

– Non, Rosie. Tu n'es pas seule.

Il me fait pivoter sur moi-même et me désigne un groupe de vaisseaux au loin. Des navettes argentées, des fusées profilées… Tous les engins terrestres capables de voyager dans l'espace semblent s'être donné rendez-vous ici.

– Je te présente, annonce Raj avec un geste de sa main gantée, la nouvelle Ligue des chasseurs de sorcières !

Je n'en crois pas mes yeux. C'est trop inconcevable.

– Nous n'avons pas d'armes, nous n'avons pas de clair de lune, mais tu peux compter sur nous.

– Tous ces gens sont là… pour m'aider ?

– Plutôt pour s'engager à tes côtés. Parce que je leur ai raconté une histoire : celle de deux filles parties tuer des sorcières, qui ont rencontré une troisième chasseuse en chemin. Votre destin a ému le monde entier.

– Je croyais qu'on était seules, je bégaie avant de fondre en larmes.

– Dis-moi ce qu'on peut faire.

Le corps tremblant de peur et de gratitude, je contemple les centaines de vaisseaux qui attendent mes ordres. Même avec ces renforts à disposition, je ne sais pas quoi dire. Depuis le début de cette aventure, chaque fois qu'on s'est retrouvés coincés, j'ai imaginé un moyen de m'en sortir – mais là, je n'en vois aucun. Nous n'avons pas de clair de lune. Mes amis et ma famille ont disparu.

– Un million de fusées ne suffiraient pas à se battre contre le vide, je soupire, reprenant une phrase de Rufus. Je ne sais pas quoi faire.

Les larmes coulent sur mes joues, pour le monde, pour les baleines, pour mes amis, pour ma famille, pour les arbres.

Soudain, quelque chose me chatouille au niveau de la poitrine, et je baisse les yeux. Pablo se frotte contre ma combinaison. Je pose délicatement une main sur lui, soulagée et ébahie qu'il soit là alors que j'ai perdu ma lampe-torche.

– Merci, Pablo, je souffle. Merci d'être resté.

J'ai l'étrange impression de me parler à moi-même. Cet oiseau courageux blotti sous ma main me rappelle tout ce qu'il y a de plus fou, de plus libre en moi. Je repense à la nuit où je l'ai découvert niché au creux de mes côtes ; je repense à ses ailes enroulées le long de mon bras. Je repense à Rufus essayant d'allumer un feu dans la cheminée et m'expliquant qu'il n'y a rien de plus difficile que de transformer la matière. Je repense à mes histoires, qui ont changé la paille en or quand j'en ai eu besoin.

Que se passe-t-il quand on accomplit le plus grand des exploits, à savoir modifier sa nature profonde ? Comment être sûre que je trouverai de la lumière tout au fond de l'abysse ? À quel point suis-je prête à y croire ?

Il ne me reste plus qu'une histoire à raconter.

Je dois imaginer un récit qui parle de la fin.

– L'espace est vaste; ma mère et mes amis pourraient être perdus n'importe où, je déclare. Prenez vos vaisseaux et essayez de les retrouver, en espérant qu'ils soient encore en vie.

Raj me dévisage, étonné.

Je soulève Pablo entre mes mains et lui trouve soudain l'air déterminé. Mon petit oiseau ridicule, courageux, fort, féroce, bizarre et maladroit.

Après l'avoir repoussé tant de fois, je l'invite enfin à entrer.

Dès que j'ouvre mes paumes, il se glisse sous ma peau, illuminant mes bras et remontant vers mon cœur. Les frontières entre nous s'effacent au point que je ne sais plus où il commence et où je finis. Je rayonne de la force qu'il me prête, tandis que la mienne étire son corps frêle.

Lorsque j'ouvre mes bras, ils ressemblent à des ailes, pas seulement fixées à une cape, mais faisant partie de moi. Lorsque je tends mes pieds, ils se terminent par des griffes.

Raj, émerveillé, me contemple à travers son casque, mais je m'en aperçois à peine. Car je ne suis plus celle que j'étais.

Je ne m'inquiète plus de ce qui me tracassait autrefois; je n'ai plus peur de me faire remarquer ou de grandir; je n'ai plus peur de mourir. Je suis un oiseau, une arme. Comme l'a dit la Tisseuse de Lumière: « il n'existe qu'une seule entité, dont nous faisons tous partie ». Alors, pourquoi ne pourrais-je pas voler?

Laissant Raj derrière moi, je m'élance dans le ciel, aussi rapide que la lumière. Peut-être même plus. Vue de la Terre, je dois ressembler à une comète.

Je fonce vers le trou noir, son attraction irrésistible, son spaghetti d'étoiles dévorées, sa gueule béante qui risque de m'engloutir. Et je ne ralentis pas.

Les corbeaux me sentent arriver. Je les rattrape au niveau du point de non-retour, où ils forment une masse noire qui pulse et respire. Évitant les éclairs qui fusent, je m'insinue parmi eux, le bec grand ouvert. Je me nourris de leur électricité, je la sens crépiter dans mes veines.

L'orage se fige, surpris. Autour de moi, des formes virevoltent: des nuages, des corbeaux, des météorites. Des stalactites tranchantes, des montagnes de poussière brûlante.

Dans l'espoir de me stopper, le Roi du Néant n'en finit plus de se transformer. En créatures magiques, en ouragan, en arme ou en blizzard.

Mais moi aussi, je me transforme.

CHAPITRE 37

Le Roi du Néant bat en retraite. Et moi, Rosie Oaks, je le suis.

Le temps et l'espace n'importent plus. Nous survolons les vallées de planètes inconnues; nous parcourons les années-lumière à une vitesse folle.

Dans le ciel, il est une comète, et moi une pluie de glace essayant de l'éteindre. Dans la jungle d'un monde lointain, il est un insecte à la carapace verte, et moi une chauve-souris noire essayant de le gober. Dans un recoin désert de l'univers, il est une gigantesque nébuleuse, et moi le vent essayant de la disperser.

Nous bondissons de planète en planète, incroyablement petits, puis infiniment grands. Sans âges. Nous nous faisons aussi microscopiques que des molécules, aussi énormes que des astres, et jamais, à aucun moment, je ne le perds de vue. Tout ce que Minnie a incarné, tout ce que Pablo a voulu être, je le deviens aussi facilement que si je plongeais dans l'eau. Tout ce que j'imagine, je le suis.

« Il ne faut pas sous-estimer l'imagination des hommes », disait le *Guide universel des chasseuses de sorcières*. Et pour vaincre le néant du Roi du même nom, c'est à elle que je m'en remets.

Il se transforme en sorcière vêtue de blanc qui court dans la neige, et moi en phoque qui la poursuit à la nage en grinçant des dents. Il se transforme en géant, et je m'accroche à un fil de sa manche, je me faufile sous ses vêtements, je plante des lances dans sa peau. Mais il est malin. Alors que je suis certaine de l'avoir emporté, il riposte.

Je suis un coyote suivant sa piste dans le désert, le nez rempli de son odeur de serpent à sonnette, quand je l'aperçois sous une pierre, qui m'observe. Je n'ai pas peur. Je bondis sur lui et je l'attrape entre mes dents pointues. Aussitôt, il se cambre et me mord.

Je tombe en arrière. Je sens le poison paralyser mes babines, où ses crocs sont toujours plantés, puis se répandre dans ma poitrine.

Un vent féroce nous fouette tandis que mon ennemi se métamorphose à nouveau, reprenant l'apparence d'un homme. Le sol caillouteux écorche mon corps balayé par les rafales.

Je sens alors une force lumineuse me quitter et découvre que Pablo gît à côté de moi, inconscient. Nous sommes sur un chemin de terre. Je roule sur le flanc et pose ma main sur l'oiseau. Son petit cœur palpite, s'arrête, palpite à nouveau. J'ai mal partout.

Je m'assieds, serrant contre moi Pablo qui brille encore mais se meurt. Une douleur sourde m'étreint la poitrine là où, il y a un instant, mon oiseau resplendissait.

Je regarde autour de moi, éblouie. Bien que le lieu dans lequel nous nous trouvons n'existe pas, il n'en est pas moins réel.

Nous sommes dans une forêt de conte de fées, semblable à celle d'*Hansel et Gretel* et d'un million d'autres histoires. Je vois une petite maison au loin, dans laquelle se terrent toutes les choses effrayantes qui peuvent dévorer une personne. C'est une histoire et une maison plus vieilles que les mots. Une histoire qui renferme nos peurs les plus ancestrales.

Le Roi du Néant m'attend sur le chemin, toujours drapé dans sa cape et dépourvu de visage. Puis Loup ouvre la porte de la maison, ses ailes claquant au vent. Il tient sa couverture de verre dans ses bras.

– Viens, enfant des hommes, viens, dit le Roi du Néant, comme pour me narguer en employant les mots qui m'ont attirée dans le musée.

Sa voix se confond avec l'air qui m'entoure, en imprègne les moindres molécules.

– Tu n'auras pas été aisée à dévorer.

Le poison du serpent brûle toujours au creux de ma poitrine. De l'oxygène et du sang s'échappent de ma combinaison spatiale. Le Roi du Néant s'agenouille près de moi sans me toucher. Une sensation de froid m'enveloppe, comme si tout ce qui avait un jour compté pour moi s'envolait.

Il fait signe à Loup.

– Étouffe-la, ordonne-t-il. Déchiquette-la. Prouve-moi ta dévotion à l'obscurité.

Loup s'approche de nous, soulevant sa couverture dont les mille pointes acérées s'apprêtent à transpercer ma peau. Mon cœur se brise tandis que je me protège de mes bras. Mais Loup secoue imperceptiblement la tête, comme dans ma chambre sur Halo 5.

Il se tourne vers le Roi du Néant. Puis, avec un cri rauque, il s'élance et referme son ouvrage sur lui.

À cet instant, je comprends que mon frère ne fabriquait pas une simple couverture.

Il fabriquait une arme.

CHAPITRE 38

La forêt s'évapore, comme un décor de cinéma qu'on aurait démonté.
Nous sommes à nouveau dans l'espace, tout près du point de non-retour, là où nous nous tenions avant ma transformation. La Terre tourne sur elle-même un peu plus loin. Sauf que cette fois, Loup est grimpé sur le dos du Roi du Néant qu'il étrangle avec sa couverture. Il bat des ailes afin de l'attirer en arrière, mais il n'y arrive pas. Le sorcier se débat, tente de se métamorphoser pour le repousser.

Au moment où mon frère lâche prise, il porte une main à la pierre de lune à son cou. Un geste si discret que, dans d'autres circonstances, je n'y aurais pas prêté attention. Mais Loup connaît bien les sorcières. Et moi, je commence à connaître Loup.

Pendant que le Roi du Néant essaie de se dépêtrer de la couverture, mon frère tend le pendentif devant lui. Nous n'aurons pas d'autre chance.

La douleur dans ma poitrine est si violente qu'elle me fait hoqueter. Je baisse les yeux vers mes mains, toujours serrées sur le corps inerte de Pablo. Il respire faiblement. Alors, de toutes mes forces, je le lance dans les airs. Il bat des ailes et s'envole, à sa manière un peu bancale, en direction du collier.

Dès que son aura effleure la pierre de lune, une vive lumière en jaillit et inonde les épaules du Roi du Néant. La couverture – qui, je m'en rends compte maintenant, est en fait un *filet* – prend vie. Chaque éclat de verre, chaque maille scintille de mille feux.

Entravé par cette nasse lumineuse dont il ne parvient pas à se libérer, le sorcier pousse un cri perçant. Loup l'empoigne à deux mains. Au prix d'immenses efforts, il progresse lentement, luttant pour chaque centimètre, ses ailes battant de plus en plus vite jusqu'à la limite où l'attraction du trou noir prend le dessus.

– Lâche-le ! je hurle.

Mon frère ne réagit pas. Il veut s'assurer que le sorcier n'en réchappe pas. La gravité est si forte qu'il n'a plus besoin de battre des ailes. Tous deux tourbillonnent sans fin, aspirés par l'obscurité.

– Loup ! je m'époumone, en vain.

Il est déjà trop tard. Rien ne peut plus empêcher mon frère et le Roi du Néant de sombrer dans le trou noir.

Au dernier moment, un éclair lumineux resplendit autour d'eux, puis s'éteint. Mon frère, mon oiseau et le sorcier ont été engloutis par le vide.

Pétrifiée et en sang, je refuse d'y croire.

C'est alors que je vois flotter quelque chose devant moi, aussi doucement qu'un flocon de neige tombé du ciel. Une petite sphère de lumière, légère et délicate comme de la soie. À l'intérieur, je distingue une encoche à la forme familière.

Les mains crispées sur mon ventre, je la contemple un instant, sous le choc. Puis j'arrache la clé de mon cou, la retire de sa chaîne et la place au cœur de la sphère, en priant pour que cela suffise.

Devant moi, le trou noir tournoie encore quelques secondes avant de se replier sur lui-même. Enfin, il clignote et disparaît.

Il ne reste plus que le silence, l'espace, les étoiles et la Terre – paisible, bleue, parfaite.

Alors seulement, je vois les vaisseaux. D'abord un à un, puis en masse, ils arrivent pour me ramener chez moi.

CHAPITRE 39

Quand les corbeaux se mettent à tomber du ciel, on dirait presque de la pluie.

Je les regarde par la fenêtre du vaisseau de Raj, ces derniers souvenirs du Roi du Néant qui terminent en météorites. Quelqu'un s'assied à côté de moi et drape doucement un plaid sur mes épaules. C'est Aria.

La navette qui nous a secourues est parfaite, étincelante et fonctionnelle, sans rien de magique ni de décrépit. Et contrairement à l'Accélérateur astral, elle n'a pas été réduite en cendres.

Les autres vont bien ; ils se sont répartis dans différents vaisseaux. Flo a embarqué avec Clara et l'un des « garçons ». Maman et Wanda sont ensemble. Et

Gempa est là, tout près de moi, couverte de bleus et de contusions mais en forme. Elle s'inquiète juste un peu pour Eliot Falkor qui, d'après elle, aurait la migraine.

Au début, nous ne parlons pas de Loup. Je suis incapable de prononcer son nom. Sous nos pieds, les moteurs bourdonnent tranquillement.

– Ça change des trente degrés auxquels je m'étais habituée pour les voyages dans l'espace, je plaisante.

Ces quelques mots me font grimacer de douleur. Le médecin de bord m'a recousue, et je dois rester sous perfusion jusqu'à ce que mon corps ait évacué le poison. Toutefois, c'est important de garder le sourire.

– Il n'y a même pas de Doritos, comme dans le ventre de Chompy, déplore Gempa.

Dehors, il ne reste pas la moindre trace de l'Accélérateur. Je suppose que les éventuels débris flottent quelque part dans l'espace.

– Atterrissage prévu dans quelques heures, nous informe Raj via les haut-parleurs.

– Et pas sous forme de pain grillé, précise Aria.

Nous contemplons la Terre, privée de sa Lune mais toujours là, intacte.

– Il nous aimait, je murmure finalement.

Gempa me serre très fort dans ses bras. Je pense à Loup, à la manière dont, ensemble, nous avons fait naître la lumière. J'ai le cœur si lourd...

– On a réussi, dit-elle. On va retrouver nos maisons, nos vies, tout ce dont on rêvait.

Je hoche la tête sans conviction. Peut-être que j'ai encore du mal à l'imaginer. Ou peut-être que je suis trop fatiguée pour ça.

Le vaisseau poursuit sa route en ronronnant. Même sans la Lune, la Terre est comme je l'ai toujours connue : bleue, blanche, verte, parfaite vue d'en haut.

Et pourtant, tout est différent.

CHAPITRE 40

Un hélicoptère nous transporte depuis le New Hampshire, où nous avons passé trois jours à l'hôpital, jusque dans le Maine. Nous avons été isolés, soumis à un tas d'examens pour vérifier que nous ne rapportions pas de bactéries extraterrestres et que nos cerveaux n'avaient pas été altérés. Nous avons reçu la visite du ministre de la Défense et d'autres représentants du gouvernement en costume, à qui nous avons raconté l'histoire d'Halo 5 et du musée de l'Imaginaire. Et maintenant, enfin, nous rentrons chez nous.

Les lumières familières de Seaport brillent sous nos pieds.

Il y a sept fantômes dans la cabine. Le pilote nous confie, pour faire la conversation, que, depuis qu'il est devenu clairvoyant, beaucoup d'entre eux lui réclament des baptêmes de l'air. Il nous dit aussi que nous sommes des héros, et que nous sommes célèbres. Que nos vies ne seront plus jamais les mêmes.

Comme dans un rêve, nous nous posons sur la pelouse derrière ma maison. Quelqu'un a allumé les lumières à l'intérieur en prévision de notre arrivée. D'une certaine façon, c'est encore plus étrange que lorsque nous avons atterri sur Halo 5. Peut-être parce que j'ai imaginé cet instant tant de fois ?

Je débarque de l'hélicoptère, les jambes flageolantes et les genoux en compote. Nous nous couvrons la tête pour nous protéger des bourrasques provoquées par les pales, jusqu'à ce que l'appareil redécolle et que le silence revienne. Nous avons demandé à ce qu'on nous laisse tranquilles, au moins pour quelques heures.

Nous nous tenons à quelques mètres de l'endroit où, il y a de cela une éternité, j'ai brûlé mes histoires. J'entends les vagues qui se fracassent sur les rochers en contrebas, plus fortes qu'autrefois.

— Ça va faire bizarre, commente Aria, de vivre dans un monde sans sorcières et sans Lune.

— Un monde où le don de clairvoyance est banal, ajoute Flo.

Frida, qui a miraculeusement survécu, trottine sur son épaule. Ma mère me prend la main.

Un monde sans Loup, songe-t-elle probablement elle aussi.

Nous restons plantés dans le jardin, nous demandant quoi dire.

– Je ne vais pas dormir ici, annonce finalement Wanda, à la surprise générale. Je voulais juste m'assurer que vous arriviez à bon port. Un taxi va venir me chercher. Je rentre à New York pour retrouver Raj et décider de la suite.

– Tu as une idée de ce que tu veux faire ?

Wanda lève la tête, hausse les épaules et soupire.

– Une fois n'est pas coutume, pas la moindre ! Il est question d'organiser un grand rassemblement de chasseurs et chasseuses. Vous serez les invités d'honneur, évidemment.

Elle me décoche un clin d'œil, car tout le monde sait que je préfère encore affronter une sorcière que m'exprimer en public.

Nos sourires s'effacent, puis reviennent. C'est douloureux de songer à ceux qui ne sont plus là. Rufus, et Loup, et tous les fantômes.

Quelques minutes plus tard, un taxi s'avance dans l'allée, comme s'il s'agissait d'une soirée tout à fait normale. Wanda s'attarde, hésitant à faire ses adieux.

– Je n'ai pas encore renoncé à la Lune, déclare-t-elle, les yeux tournés vers le ciel noir. Je n'ai pas encore renoncé à *elle*.

Chacun d'entre nous a alors une pensée pour la Déesse et sa lumière.

Puis Wanda nous étreint tous, en terminant par ma mère. Et elle s'en va. Tout paraît si paisible – si étrange. Demain, nous serons interviewés par des reporters qui voudront connaître les moindres détails de ce que nous avons vécu. Mais ce soir, nous pouvons souffler un peu.

– Ma mère ne va pas tarder, nous prévient Gempa.

Mme Patton-Strout n'a jamais été une très bonne conductrice, mais son arrivée en fanfare quelques instants plus tard est particulièrement mémorable. Ses quatre fils et elle jaillissent de la voiture et se jettent sur Gempa, qui a couru à leur rencontre dans l'allée. Tout le monde pleure, même son grand frère David qui, il y a quelques mois encore, ne nous supportait pas.

Une silhouette solitaire attend, dans la lumière des phares, de pouvoir embrasser Gempa à son tour.

– D'quan ! s'exclame-t-elle en s'extirpant de la masse formée par sa famille.

Elle s'arrête devant lui, soudain intimidée. Si D'quan n'a jamais été du genre bavard, c'est la première fois que je vois mon amie à court de mots. Après toutes ces heures passées à me parler de lui, elle ne sait plus quoi dire.

– Je t'ai écrit des poèmes, dit-il en sortant des feuilles de son sac. Il y en a un où je compare tes taches de rousseur à de la lave.

Gempa vire au rouge brique.

– Cool.

Silence gêné.

– J'ai failli être aspirée par un trou noir, ajoute-t-elle.

– Cool.

Puis il lui prend la main.

Pendant ce temps, nous nous étreignons tous, ma mère et celle de Gempa pleurant dans les bras l'une de l'autre.

– Merci de me l'avoir ramenée, murmure Mme Patton-Strout.

Je pleure aussi, même si j'ai un tout petit peu envie de rire parce qu'elle porte un tee-shirt « Je ne suis pas n'importe qui ».

– Nous avons hâte que Gempa rentre à la maison, avoue-t-elle à ma mère avant de se tourner vers moi. Mais on se revoit dans quelques jours.

Je hoche la tête, pas vraiment rassurée. Gempa et moi ne nous sommes pas quittées une seule journée depuis que nous avons embarqué dans la baleine l'été dernier.

Mais elle s'éloigne déjà pour s'entasser à l'arrière de la voiture avec ses frères et D'quan.

Une fois qu'ils sont partis, ma mère laisse retomber ses bras.

– Allons préparer vos lits, les filles.

Clara et elle rentrent dans la maison pour installer les couchages. Aria s'attarde un peu avec Flo et moi, avant de nous quitter en bâillant.

Je me retrouve en tête à tête avec le fantôme.

– Moi non plus, je n'ai pas renoncé à la Déesse de la Lune.

Je le regarde dans les yeux et me rends compte que je suis du même avis. Nous n'en avons pas fini avec elle. J'ai l'impression que nous aurons bientôt de ses nouvelles.

En attendant, malgré mon désir que cette nuit ne se termine jamais, je dors debout.

– À demain soir, alors ? dit Flo.

– À demain soir, je réponds, mon cœur faisant un petit bond de joie.

Il lève son poing fermé, que je fais mine de taper avec le mien. Puis Flo survole la pelouse et descend le sentier de la falaise, comme autrefois. Il me jette un dernier coup d'œil par-dessus son épaule avant de disparaître de mon champ de vision.

Cette nuit-là, Aria, Clara et moi dormons à même le sol du salon dans des sacs de couchage, incapables de nous séparer. Nous attendons que la Lune se lève, nous attendons de voir s'allumer la lueur rosée de l'Au-delà – mais rien ne se passe. Alors nous parlons de l'avenir.

Le leur, celui dans lequel Chompy m'a menée, n'existe plus. Ou du moins, plus de la même manière. Quand l'excitation de notre retour sera un peu retombée, les filles prévoient d'embarquer dans une baleine temporelle pour essayer de retrouver leur oncle et leur tante en 2062.

– Peut-être qu'on les ramènera, ajoute Aria. S'ils sont d'accord.

– Et ensuite, vous pourrez tous vous installer ici, je réponds.

Ma mère et moi le leur avons déjà proposé plusieurs fois, espérant qu'elles acceptent.

Clara se tourne vers sa sœur.

– Ce sera à Aria de décider.

Je dissimule un sourire derrière ma main. Avant, Clara ne se souciait pas beaucoup de l'avis de sa sœur. Mais les choses ont changé, peut-être quand celle-ci l'a sauvée des débris du vaisseau qui menaçaient de la tuer.

– On verra, conclut Aria en me faisant un clin d'œil.

Nous sommes toutes les trois épuisées, mais aussi trop fébriles pour trouver le sommeil.

Et c'est comme ça que nous les voyons tomber doucement du ciel.

Les corbeaux morts du Roi du Néant... Il leur aura fallu tout ce temps pour atteindre la Terre. Leurs corps émettent encore une faible lueur. Aria, Clara et moi courons à la fenêtre et restons bouche bée.

Car ce n'est pas vraiment de la lumière qui sort d'eux, mais des fantômes iridescents ; les milliers et les milliers de fantômes qu'ils ont dévorés dans l'espace. Plusieurs atterrissent comme des parachutistes maladroits sur ma pelouse. Lorsque je reconnais Homer parmi eux, je me plaque contre la vitre en faisant de grands signes, le cœur au bord de l'explosion. Il me rend mon salut mais ne rentre pas, se contentant de flotter vers les bois avec ses amis. Ce n'est qu'à l'aube, une aube véritable où les rayons du soleil éclairent le ciel du matin, que nos respirations s'apaisent. Je suis la dernière à m'endormir.

CHAPITRE 41

Le monde est différent de celui que nous avons quitté. Nous nous en rendons compte au fil des jours et des semaines.

Aux informations, il est question d'armistice entre des pays qui étaient en guerre au moment de notre départ; de distribution d'argent; de vieilles rancunes pardonnées. Les gens organisent des fêtes pour les vivants et les morts, se découvrent des talents ignorés jusque-là. Des boulangers constatent que leur pain a des vertus de guérison; des poètes, que leurs mots scintillent lorsqu'ils les écrivent. Grâce au don de clairvoyance autrefois volé par Terreur, les humains voient les navires fantômes qui flottent sur la mer et forment des comités de protection pour les baleines temporelles et leur habitat – car tout le monde sait désormais que le passé continue à vivre sous les flots.

Certains changements sont presque imperceptibles. Sans le Pleureur, la tristesse existe toujours, mais elle est moins accablante. Sans les pies de Babille qui volaient leurs mots, les gens se comprennent mieux. Mlle Rage ne lance plus ses frelons du haut des collines. Le temps ne file plus les jours d'été, les week-ends semblent durer plus longtemps, et la phrase « Ils grandissent trop vite » s'entend de moins en moins car, sans la Sorcière du Temps, elle n'est plus aussi vraie.

Les cœurs sont plus légers. Et surtout, on devine que le monde renferme davantage que ce que l'on perçoit, alors même qu'on croyait avoir tout vu.

Bien entendu, les choses ne sont pas non plus parfaites. Les gens continuent à stresser à cause de leurs impôts, à s'ennuyer, à s'énerver, à vieillir, à pleurer, à mourir. Il arrive toujours du mal aux gentils oiseaux (et aux êtres humains). Les fantômes se demandent ce qu'il adviendra d'eux maintenant qu'il n'y a plus d'Au-delà. Mais on commence à croire que ce qui a été brisé pourra être réparé. Et bien que le Roi du Néant ne soit pas anéanti mais seulement enfermé, le souvenir de sa noirceur nous rappelle l'importance de la lumière.

C'est sans doute pour cela que, chaque soir, dans le jardin, Flo et moi guettons la lueur rosée de l'Au-delà et le disque pâle de la lune, espérant les revoir. Et c'est sans doute pour cela que tante Jade nous écrit. Un matin, en ouvrant la boîte aux lettres, nous en trouvons une rédigée de sa main – la dernière chose à laquelle nous nous attendions.

Elle ne contient que trois mots : « Je suis désolée. »

Rien d'autre.

Ma mère la lit, les lèvres pincées. Elle ne répond pas. Et nous n'entendons plus jamais parler de Jade.

Chaque nuit sur la pelouse, si proche et si loin de Flo à la fois, je trépigne d'impatience. Il n'y a plus rien à chasser, plus de sorcières à éliminer. Pourtant, il semble que j'aie pris goût à l'aventure, comme un dragon s'habitue à cracher du feu. Moi qui rêvais autrefois de devenir invisible, j'ai soif de nouveauté. Et puis, une nuit où Gempa dort à la maison, j'ouvre les yeux et découvre un fantôme au pied de mon lit.

– Rufus !

Il rayonne, éthéré mais bien réel.

– Qu'est-ce que vous faites ici ? je souffle tandis que Gempa remue dans son sac de couchage.

– Je passais dans le coin, répond-il avant de me décocher son sourire commercial. Mais non, je plaisante. Je suis venu te voir !

Gempa s'assied et nous regarde en clignant des yeux.

– Comment ? je m'étonne. Vous êtes mort et enterré à des années-lumière d'ici !

– Eh bien, me confie Rufus en inclinant son chapeau, quand elle a appris que je voulais discuter avec toi de mon prochain projet, elle m'a autorisé à l'accompagner.

Je le contemple avec de grands yeux.

– Qui ça, « elle » ?

Même dans le noir, je vois son regard pétiller.

– Elle attend dehors pour te parler, réplique-t-il d'un ton mystérieux. Tu devrais réveiller les autres.

Puis il s'en va en traversant le mur de la chambre. Je me lève et jette un coup d'œil par la fenêtre, mais je ne vois que Flo, qui monte la garde comme il l'a toujours fait. Toutefois, et bien qu'il me tourne le dos, je note qu'il brille plus intensément que d'habitude. Je vais chercher ma mère et les filles, puis nous sortons toutes ensemble dans le jardin, encore à moitié endormies.

La première chose que nous remarquons, c'est la Lune. Derrière moi, Aria et Clara poussent un cri. Elle est de retour, ronde, pleine et brillante, flottant tout près du sol avec son échelle. L'Au-delà répand sa brume rose scintillante autour de la Terre, et les bergers des nuages vont et viennent dans le ciel. La nuit est teintée d'une magie très ancienne, comme durant celle où j'ai vraiment *vu* le monde pour la première fois.

La Déesse de la Lune est là, elle aussi. Et contrairement à d'habitude, ce n'est pas une entité distante et inatteignable.

Elle se tient debout dans l'herbe, auréolée d'un éclat aussi argenté que son astre.

J'ouvre la bouche et la referme sans rien dire, trop sonnée pour parler.

La déesse garde ses distances. Son visage est lisse et sans expression, mais plutôt bienveillant. Elle a un regard à la fois doux et acéré, comme si elle voyait tout et avait conscience de choses qui nous dépassent. Comme si la planète entière, voire l'univers, étaient contenus dans ses yeux.

Flo, qui l'a vue le premier, se rapproche de moi dans un réflexe protecteur.

– Vous avez été engloutie par un trou noir, je murmure, résumant tout ce que sa présence a d'impossible, de même que celle de l'Au-delà et de la Lune. Personne n'en ressort jamais.

La déesse ne paraît pas troublée.

– Tu ne crois tout de même pas que le monde serait assez naïf pour laisser un trou noir causer sa fin ?

Je fais non de la tête, alors que c'est exactement ce que je craignais.

– Les trous noirs sont à la fois une fin et un commencement. Je suis désolée d'avoir mis si longtemps à revenir. Cela n'a pas été évident de remonter à la surface, car j'étais très chargée.

À ses pieds repose un sac en argent aussi lumineux qu'elle.

– Je vous ai rapporté la Lune, ajoute-t-elle en désignant le ciel. Pour ma part, je ne compte pas m'attarder. Maintenant que les humains ont récupéré le don de clairvoyance, ils vont tous vouloir me rencontrer.

Elle dévisage ma mère d'un air entendu.

– Le propre d'une Déesse de la Lune, c'est de rester inatteignable. Cependant, je voulais vous offrir un cadeau à chacun avant de partir. Pour commencer, j'ai donné à Rufus un accès illimité au clair de lune. Et je l'ai chargé de livrer une nouvelle bague à Wanda.

Puis elle se tourne vers Aria et Clara, un petit sourire aux lèvres.

– Savez-vous que vous descendez d'une famille royale ?

Gempa pouffe. *Évidemment.* Ce n'est pas par hasard que notre amie a des goûts aussi raffinés.

– J'ai retracé votre arbre généalogique, continue la déesse en tendant à Clara un petit volume relié à la main. Un jour, vous retrouverez vos parents dans l'Au-delà. Et en attendant, vous verrez que vous avez des cousins à ne plus savoir qu'en faire, aussi bien dans le présent que dans le futur.

La déesse plonge la main sous sa robe argentée et en tire un autre livre.

– Gempa, je sais que tu rêves de ceci depuis longtemps.

Intimidée, mon amie accepte l'ouvrage avec une drôle de petite révérence. Elle lit le titre, pousse un couinement ravi et nous le montre aussitôt. *La Télépathie animale en dix leçons.* Je pense à Eliot, qui dort profondément dans le sac de couchage de sa maîtresse. Le pauvre ne sait pas ce qui l'attend.

La Déesse de la Lune se tourne maintenant vers Flo. Une lueur attendrie passe sur son visage austère.

– Tu as courageusement protégé cette chasseuse de sorcières, dit-elle en me regardant. Et tu as repoussé les limites de ce dont les fantômes sont capables. Malheureusement, je ne peux pas te rendre la vie ; certaines choses demeurent hors de ma portée. Toutefois, je peux effacer la marque laissée sur ton âme par ton séjour dans les Limbes.

Flo lévite à côté de moi, soudain nerveux. Il affiche son expression habituelle, celle que je prenais au début pour de la mauvaise humeur mais qui est en réalité un mélange d'inquiétude et de perplexité.

– Je t'offre un choix, poursuit la déesse. Tu peux rejoindre l'Au-delà et retrouver tes parents, dès maintenant si tu le souhaites. Ou bien tu peux continuer à hanter la Terre.

Le silence est à couper au couteau. Je retiens mon souffle, soudain très triste, alors que je devrais me réjouir pour lui.

– J'ai fait la même proposition à tous les fantômes qui se sont battus à vos côtés. Leur mission ici est terminée. Ainsi que la tienne. Mais seulement si tel est ton désir.

Flo et moi échangeons un regard qui fait battre mon cœur plus fort. Je sais qu'il rêve de revoir ses parents depuis bien avant ma naissance. Pourtant, je suis incapable de lire dans ses yeux ce qu'il va décider.

– Tu n'es pas obligé de choisir maintenant, précise la déesse. Quand tu seras prêt, préviens Rufus. Il m'enverra un messager.

Aussi énorme que soit l'annonce qu'elle vient de faire à Flo, elle est complètement éclipsée par ce qui se passe ensuite. Car la déesse se tourne vers ma mère et dit :

– Pour toi, chasseuse.

Elle soulève un pan de sa robe argentée, et voici qu'en sort… Loup.

Ma mère laisse échapper un bruit à mi-chemin entre le hurlement bestial et le cri de joie. Elle tombe à genoux et serre mon frère très fort dans ses bras. Une seconde plus tard, je les rejoins.

Loup a toujours l'air hagard. Ses cheveux sont tout ébouriffés, il ne prononce pas un mot et ses yeux bougent dans tous les sens. Mon frère restera un mystère pour moi. Jusqu'à la fin de ma vie, il sera sans doute un livre que je ne comprendrai qu'à moitié. Il a vu l'intérieur d'un trou noir, et cela le rend plus énigmatique que jamais. Nous serons toujours plus différents que je ne l'espérais. Mais d'un autre côté, je n'aurais jamais imaginé qu'il donnerait sa vie pour tous nous sauver.

Puis qu'il nous reviendrait.

– Sa cape l'a protégé jusqu'à ce que je l'atteigne, nous explique la déesse. Elle était faite de vide ; or le vide est indestructible.

Puis je m'aperçois qu'elle m'observe avec un drôle de sourire, comme si elle avait gardé le meilleur pour la fin – alors que Loup est aussi un cadeau pour moi.

– À ton tour, Rosie. Je t'offre une invitation.

Je dois faire un effort pour continuer à respirer. Je ne suis pas certaine que ça va me plaire.

– Pour aller où ?

La dernière fois qu'elle m'a invitée quelque part, non pas de vive voix mais en faisant apparaître son échelle, c'était sur la Lune, pour me convaincre de partir à la chasse aux sorcières. Et je suis fatiguée. Fatiguée d'avoir peur.

Elle sort un morceau de nuage de sa robe puis le dépose dans mes mains. Il ne pèse rien.

– Qu'est-ce que c'est? je demande.

– Le panier n'a malheureusement pas survécu, répond-elle. Mais même sans lui, je pensais que tu reconnaîtrais le musée de l'Imaginaire!

Je contemple la masse duveteuse à la fois réelle et irréelle, vide et emplie d'une infinité de possibles. Comme la Déesse de la Lune, et sans doute comme le Roi du Néant, le musée est indestructible.

– Je te propose une dernière visite avant qu'il soit remis à sa place. Au matin, il ne sera plus là.

– Mais… mais… je bégaie.

Parmi toutes les réponses qui se bousculent sur mes lèvres, celle qui sort finalement est loin d'être la meilleure.

– Mais j'y suis déjà allée des dizaines de fois!

Je parais presque ingrate, alors que ce n'était pas du tout mon intention. La Déesse de la Lune sourit.

– Ton oiseau t'indiquera le chemin.

Le temps que j'ouvre la bouche pour la prévenir que Pablo est mort, elle a déjà tourné les talons et s'éloigne vers la forêt. J'aurais du mal à dire si elle marche, si elle dérive ou si elle flotte. Si elle est un fantôme ou un être vivant. Peut-être un peu tout ça à la fois. Comment savoir ? Serrés les uns contre les autres, nous la regardons partir.

Cette nuit-là, lorsque l'échelle disparaît, c'est pour de bon.

Elle ne réapparaîtra plus.

CHAPITRE 42

Voici ce qui se passe lorsque je pénètre dans le musée de l'Imaginaire pour la dernière fois.

Le hall d'entrée n'est plus dans l'état où je l'avais laissé. Au guichet d'information, des bergers des nuages à la forme changeante conduisent un inventaire. D'autres font le ménage, balaient les débris, ramènent à leur place les créatures échappées.

Près de l'ascenseur, j'ai la surprise de reconnaître la Tisseuse de Lumière. Elle me sourit comme si on s'était vues la veille et que rien n'avait changé.

– Te voilà, se réjouit-elle. Je voulais te saluer tant que c'était possible.

Elle me gratifie d'une étreinte qui me réchauffe l'âme, bien que j'aie retrouvé ma forme éthérée. Puis elle s'écarte et lève les yeux. Quelque chose descend vers nous en virevoltant.

Pablo !

L'oiseau se pose sur mon épaule et se frotte contre ma joue tandis que je ravale mes larmes.

– Il est mort, je chuchote à la Tisseuse de Lumière.

– Comme tout ce qui est né de ton imagination, il vit ici, me rappelle-t-elle avec un sourire indulgent. Tu as environ une heure, Rosie, avant que je le ramène dans les nuages avec le reste du musée. Les bergers n'en peuvent plus ; je leur ai promis que tu serais notre dernière visiteuse. Profites-en comme il se doit. Ton oiseau te guidera.

Elle baisse les yeux vers Pablo, dont le plumage d'un brun mordoré resplendit. Il a sa couleur d'adulte, désormais. Il bondit sur le sol puis sautille jusqu'à l'ascenseur ; et comme j'ai toute confiance en lui, je le suis. Un numéro s'allume sans que j'aie rien touché. Je fais au revoir de la main à la Tisseuse de Lumière pendant que les portes se ferment.

Quand elles se rouvrent, nous sommes à l'étage des Comédies musicales.

Pablo hoche la tête en rythme.

– Évidemment, je m'esclaffe, il fallait que tu m'amènes ici !

Il me dévisage et, tout à coup, un frisson me parcourt la nuque.

Cette mélodie, au loin… Plus nous nous approchons, plus j'ai l'impression de la reconnaître. Oui, c'est « Un morceau de sucre » de *Mary Poppins*. Le film que mes parents sont allés voir ensemble pour leur premier rendez-vous.

Un espoir insensé m'envahit. Je lance un regard menaçant à mon oiseau.

– Ne me fais pas ça, s'il te plaît.

Mes espoirs ont été tant de fois brisés que j'en suis venue à me méfier d'eux. Pourtant, Pablo pépie et tourbillonne dans le couloir comme s'il n'avait pas le moindre souci.

Nous arrivons devant le rideau de velours rouge qui, si j'en crois la musique, conduit à *Mary Poppins*. Je me prépare à être déçue. Ma poitrine se contracte lorsque l'oiseau se faufile de l'autre côté. Mais je le suis.

Je reconnais les décors du film : le parc où Mary Poppins emmène les enfants faire du manège avec Bert, la maison en forme de bateau d'où un amiral donne l'heure, le parvis de la cathédrale où une vieille femme nourrit les oiseaux. Pablo et moi avançons de scène en scène, jusque sur les marches de la cathédrale, où il entre en volant.

À l'intérieur, il n'y a personne. Le silence règne. Mais tout en haut, dans un renfoncement, quelqu'un bouge dans l'ombre. J'en sais assez pour comprendre qu'il s'agit d'un fantôme et non d'un personnage du film.

Mon souffle se fige.

Je monte l'escalier.

Au sommet, un homme en vareuse de pêcheur m'attend. Il est souriant, barbu, un peu mouillé. Et translucide, bien sûr.

– On m'a prévenu de ton arrivée, dit-il.

Je fonds en larmes.

Alors mon père flotte jusqu'à moi et m'entoure de ses bras.

– Oh, Rosie, murmure-t-il.

Et je le sens qui me serre. Nous restons comme ça un long moment, accrochés l'un à l'autre, sans dire un mot. Mais tout à coup, je me rappelle que la Tisseuse de Lumière m'a donné une heure. Je ne peux pas la passer à étreindre mon père, même si rien ne me ferait plus plaisir.

– Qu'est-ce que tu fais ici ? je lui demande en m'écartant un peu pour regarder ce visage que je n'avais vu qu'en photo.

Pendant que j'essuie mes larmes, mon père me sourit. Il ne sait visiblement pas par où commencer.

– Viens t'asseoir, Rosie. Nous avons tellement de choses à rattraper !

Je demeure blottie contre lui encore quelques minutes, le temps de me faire à l'idée qu'il est bel et bien là, puis nous nous asseyons. Et aussi inconcevable que ce soit pour moi, je lui parle de Gempa, d'Aria, de la Voleuse de Mémoire, de Chompy, de Flo, de la Ligue des chasseurs de sorcières, d'Halo 5 et du Roi du Néant. De son côté, il me raconte son histoire et comment il a atterri ici, dans le grenier de la cathédrale de *Mary Poppins*, sous la forme d'un fantôme.

– Après mon naufrage, j'avais le cœur brisé, m'explique-t-il. Je suis mort si loin de chez moi, si loin de ta mère… que je ne pouvais pas me résoudre à quitter ce monde. J'étais pourtant censé partir pour l'Au-delà, je le sentais qui m'appelait nuit et jour, mais j'ai résisté. Je suis têtu, tu sais. J'ai d'ailleurs cru comprendre que tu avais hérité ça de moi !

Je n'essaie même pas de réprimer mon sourire.

– Pendant des mois, j'ai erré sur une plage bondée, coincé entre deux mondes, sans savoir quoi faire. Il y avait un cinéma sur la promenade, et j'ai remarqué que de nombreux fantômes y entraient pour ne plus ressortir. Alors un soir, curieux, j'en ai suivi un à l'intérieur et je l'ai vu disparaître à travers l'écran. Comme je n'avais rien à perdre, je l'ai imité.

– C'était une porte, je devine. Un passage vers le musée.

– En effet. Et l'histoire s'arrête là, ajoute-t-il d'une voix résignée. Une fois dans le musée, je ne pouvais plus m'en échapper. Car ces portes, comme tu le sais, ne fonctionnent que dans un sens. J'ai fini par me réfugier ici, dans le film *Mary Poppins*. Je crois qu'au fond de moi, j'entretenais l'infime espoir qu'un jour, ta mère, cette grande chasseuse de sorcières, retrouverait ma trace. Qu'elle découvrirait le musée et serait attirée par le film que nous avions vu lors de notre premier rendez-vous.

Il contemple ses mains d'un air pensif.

– Pendant toutes ces années, j'ai attendu. Même quand on nous a annoncé qu'il fallait partir pour les Limbes, je n'ai pas pu m'y résoudre, parce que cela signifiait vous abandonner, elle et toi.

Il me sourit encore avant d'ajouter :

– L'espoir est parfois un sentiment absurde et douloureux.

Je hoche la tête. Ce n'est pas moi qui dirai le contraire.

Mon père a un petit rire doux-amer.

– Je ne connaissais même pas ton nom jusqu'à hier, quand la Déesse de la Lune est venue me voir. J'ignorais aussi que tu avais un jumeau. Mais je t'ai aimée à la seconde où ta mère m'a annoncé sa grossesse – et pareil pour Loup. Rien que pour te voir, ça valait le coup d'attendre ici toutes ces années.

Quelque chose se dénoue en moi, quelque chose qui était bloqué depuis toujours. Je me détends enfin.

– Que va-t-il t'arriver ? je demande.

– Eh bien, dès que tu seras partie, je monterai vers l'Au-delà, m'avoue-t-il, la bouche légèrement crispée. Comme j'aurais dû le faire depuis longtemps.

Dehors, les cloches de la cathédrale sonnent l'heure. Mon père paraît soudain très triste.

– Nous n'avons plus beaucoup de temps, Rosie. Il y a tant de choses que j'aurais aimé faire avec toi. Mais dis-moi, qu'est-ce qui te rendrait le plus heureuse, là, tout de suite ? Je peux rester assis et te serrer dans mes bras. Je peux aussi te poser plein de questions – sur tes amis, ta nourriture préférée, toutes les choses que tu aimes.

Je le dévisage, intimidée. Je sais ce que je veux, ce que j'ai toujours voulu. Même si je ne suis plus une petite fille.

– Tu pourrais me raconter une histoire ?

Surpris, il me sourit.

– Avec plaisir.

Alors, pour la première et la dernière fois jusqu'à nos futures retrouvailles dans l'Au-delà, blottie contre mon père, je l'écoute prononcer les mots :

– Il était une fois…

L'histoire qu'il a choisie parle de chemins obscurs, d'ombres interminables, de forêts profondes. La vie y est pénible et parfois incompréhensible. Rien n'est jamais aussi lumineux ni aussi rassurant que les personnages le souhaiteraient – et même lorsque leurs vœux se réalisent, ce n'est pas comme ils l'espéraient.

Pourtant, ainsi que toutes les histoires réalistes, elle a une fin heureuse. L'héroïne se découvre une force insoupçonnée, et les gens qu'elle rencontre au cours de ses aventures lui apportent de la joie dans l'adversité. Elle apprend que de l'autre côté des trous noirs se cache la lumière. L'histoire que mon père m'offre en guise d'adieu est authentique, chargée de bonheur et d'espoir. Et ne serait-ce que pour ça, elle valait la peine d'être racontée.

ÉPILOGUE

Quel meilleur endroit pour terminer mon aventure que le jardin où tout a commencé ?

Debout dans l'herbe, j'attends l'arrivée d'un vaisseau. Mes amis – Aria, Clara, Gempa et Flo – sont avec moi. Ma mère et mon frère jumeau aussi, ainsi que la famille Patton-Strout au grand complet.

L'engin qui se pose dans la clairière près de la falaise n'est pas un amas de boulons rouillés comme l'Accélérateur astral. Il ne ressemble pas non plus aux appareils qui nous ont ramenés sur Terre, car il n'est pas cantonné comme eux à la réalité. C'est une sorte d'entre-deux, mélange de clair de lune et de métal. La dernière création de Rufus.

Il l'a appelé le Promeneur de l'Espace. Ma mère en a dessiné le logo, dont les couleurs arc-en-ciel resplendissent de chaque côté de la cabine. Nous serons les premiers passagers à faire le voyage entre la Terre et Halo 5 ; les premiers à nous installer sur cette petite planète découverte par Rufus il y a tant d'années.

Nous quittons notre maison afin de bâtir une station de voyage spatial destinée à l'humanité. Il y aura une plage, un océan de clair de lune et plusieurs palaces à thèmes. Touristes et fantômes pourront emprunter des navettes pour visiter les alentours ou se rendre dans les divers restaurants et parcs d'attractions. On y trouvera des encas de toutes sortes, des voitures et des châteaux fournis par le Distributeur de Tout. Et bien d'autres choses que nous n'avons pas encore imaginées – pourquoi pas une chaîne de planètes-hôtels, avec des adresses dans toute la galaxie ?

J'ignore dans quel état nous découvrirons Halo 5. Rufus affirme avoir entièrement rénové les lieux avec l'aide de Zia et de Fabian, mais il a toujours eu tendance à exagérer.

Pourtant, je suis optimiste. Et impatiente de commencer.

Aria dirigera les excursions, et Clara sera responsable de la flotte de vaisseaux en constante expansion. Deux de leurs cousins vont nous accompagner.

De mon côté, je concevrai des manèges et imaginerai tout ce que cette planète peut devenir – puis des ingénieurs se chargeront de concrétiser mes rêves grâce au clair de lune. Loup dessinera les maquettes de chaque bâtiment; enfin, ma mère illustrera les brochures publicitaires. Quant à Rufus, il profitera de sa retraite et de sa mort en supervisant le tout.

Nous faisons nos adieux à la Terre. D'après Rufus, ses vaisseaux seront bientôt si avancés qu'ils pourront faire l'aller-retour en un clin d'œil, mais j'attends de voir. Et de toute façon, ma maison ne sera jamais plus la mienne. Mon collège non plus. Même si je reviens en visite, ce ne sera plus chez moi.

Pendant que nous chargeons nos bagages dans le vaisseau, le crépuscule descend. Bientôt, Flo apparaît au sommet de la falaise. Il n'a pas besoin de valise, mais il vient avec nous. Pas pour toujours, peut-être seulement pour un an ou deux; il ne sait pas encore quand il décidera de rejoindre l'Au-delà. Pour le moment, il est temps de dire au revoir à ceux que nous laissons derrière nous. Après beaucoup d'embrassades et de larmes, tout le monde embarque dans la navette. Sauf moi.

Les Patton-Strout montent dans leur voiture, me laissant seule avec Gempa. Un dernier tête-à-tête avant que l'immensité de l'espace nous sépare.

Ma meilleure amie et moi nous faisons face.

– Je voudrais te donner une moitié de moi pour que tu l'emportes avec toi, dit-elle.

– Pareil.

Nous savons toutes les deux que ça ne suffirait pas. Gempa a besoin de rester chez elle, sur Terre, et de vivre la vie normale dont elle a toujours rêvé. Comme cela arrive à beaucoup de gens, nos chemins divergent. Mais cela ne signifie pas que nous allons nous perdre.

– Tu viendras me rendre visite ? je réclame. Dès que possible ?

Elle hoche la tête. Ses taches de rousseur pâlissent, signe qu'elle est très émue. Comme le jour de notre rencontre, quand elle pleurait près de la porte de la classe en maternelle, les larmes inondent ses joues.

– Toi aussi, dit-elle. Et tu m'écriras. Surtout des histoires mignonnes qui se terminent bien.

– On a pourtant passé l'âge, je la taquine.

Nous nous étreignons avec fougue.

Tout change. C'est une chose que j'ai apprise en grandissant. Nous devons tous évoluer. Mais rien ne nous oblige à cesser d'exister.

Lorsque le Promeneur de l'Espace décolle, nous nous pressons contre les vitres et regardons en bas. Gempa nous fait signe de la main, de plus en plus minuscule sous nos pieds.

Dans mon cœur, pourtant, elle occupe une place gigantesque. Et ce sera toujours le cas.

Ma vie d'ex-chasseuse ne ressemble pas à ce que j'avais imaginé. Je n'aurais jamais parié que nous emménagerions au fin fond de la galaxie pour retaper un hôtel abandonné. Je ne pensais pas que ma mère serait trop occupée par la conception de logos pour s'installer à côté de moi avec un livre ni que Loup serait trop réservé et sauvage pour me chuchoter des secrets dans le noir.

Je n'aurais jamais cru que je perdrais mon père une deuxième fois ni que, dans un monde sans sorcières, les gens continueraient à se faire du mal, comme ma tante Jade en a fait à ma mère.

Je ne me voyais pas m'asseoir chaque nuit sur l'unique colline d'Halo 5 pour regarder les étoiles avec Flo. Ni lui tenir la main, grâce à la dernière invention post-mortem de Rufus, qu'il a appelée – en toute logique – le Solidificateur d'Éther.

Ça ne durera pas.

Petit à petit, je deviens plus âgée que Flo. J'aurai quatorze ans dans un mois et, bientôt, l'écart entre nous sera trop important pour que nous puissions l'ignorer. Quand ce jour arrivera, il partira pour l'Au-delà afin d'embrasser ses parents. Mais pour l'instant, il s'occupe des arbres d'Halo 5, où il a entrepris de planter une forêt. Il me tient la main, il me fait rire, il fait battre mon cœur.

J'aime me dire que les trous noirs ne sont pas inutiles. J'aime me dire qu'il y a une raison pour que le Roi du Néant existe encore, enfermé à clé quelque part.

Je pense aussi que des fins heureuses se cachent au bout des histoires les plus tristes. Que la magie est porteuse d'une promesse de lumière. Aujourd'hui encore, bien que j'aie le don de clairvoyance, cette magie ancestrale demeure pour moi un mystère.

Et elle me souffle qu'il y a plus... tellement plus.

Ce n'est pas fini.

REMERCIEMENTS

Merci à Kristin Gilson pour m'avoir accompagnée dans cette dernière partie du voyage de Rosie avec tant de gentillesse et d'honnêteté. Merci à Liesa Abrams pour toutes les graines qu'elle a semées, et à Rosemary Stimola pour son amitié et sa sagesse, plus précieuses pour moi à chaque année qui passe. Merci à Bara MacNeill et Jen Strada, dont l'attention aux détails ne cesse de m'émerveiller ; et toute ma gratitude à Khadijah Khatib et Heather Palisi pour avoir insufflé tant de beauté dans la couverture de ce livre. Je suis également très reconnaissante à l'équipe qui a permis à cette trilogie de voir le jour : Tara Shanahan, Antonella Colon, Nadia Almahdi et Anna Jarzab. Merci, encore et toujours, à Dannie Festa. Enfin, je tiens une fois de plus à remercier tout le personnel enseignant, les libraires et les bibliothécaires qui bâtissent des ponts entre les jeunes lecteurs et les histoires qui les sauvent. J'ai une chance incroyable d'être entrée dans votre orbite.

L'AUTRICE

Jodi Lynn Anderson vit en Caroline du Nord, aux États-Unis. Elle est l'autrice de plusieurs romans acclamés par la critique et primés dans son pays. Elle écrit aussi bien pour les enfants que pour les adolescents, passant avec le même plaisir du réalisme au fantastique. Le point commun de toutes ses histoires : capturer l'étincelle de magie que recèle la vraie vie.

DÉJÀ PARUS

JODI LYNN ANDERSON

Les Treize SORCIÈRES

2. La mer
de l'Éternité

Suivez-nous sur le Web
et les réseaux sociaux !

EDITIONS-PETITHOMME.COM
EDITIONS-HOMME.COM
EDITIONS-JOUR.COM
EDITIONS-LAGRIFFE.COM
RECTOVERSO-EDITEUR.COM
QUEBEC-LIVRES.COM
EDITIONS-LASEMAINE.COM

Imprimé chez Marquis Imprimeur inc.